KB146091

총의 울음

손상익

1955년생. 전 문화일보 기자, 언론학 박사.
1991년 '시사만화 고바우에 대하여'로 서울신문 신춘문예 당선.
저서로 '한국만화통사' 외 대중문화 평론, 이론서 10여 권이 있음.

손상익 역사소설

총의 울음·하

1판 1쇄 2014년 9월 20일
1판 3쇄 2019년 6월 25일

지은이 손상익
펴낸이 박찬익
책임편집 손성원
디자인 황인옥
펴낸곳 도서출판 박이정
주소 서울시 동대문구 천호대로 16가길 4
전화 02-922-1192~3
팩스 02-925-1334
홈페이지 www.pjbook.com
이메일 pijbook@naver.com
등록 1991년 3월 12일 제1-1182호

ISBN 978-89-6292-680-4 (03810)
ISBN 978-89-6292-678-1 (세트)

＊책값은 뒤표지에 있습니다.

총의 울음

손상익 역사소설

하

도서출판 박이정

상권 줄거리

　서구열강이 한반도를 호시탐탐 노리기 시작하던 1850년대. 함경북도 국경마을 회령에서 소작농군의 아들로 태어난 정복길은 가난하지만 부모의 보살핌으로 행복하게 살아간다. 그러나 그의 아버지는 흉년이 든 어느해 지주의 횡포에 맞섰다가 심하게 구타를 당하고 소작농을 그만둔다. 복길이 아버지는 그해부터 회령개시 만주거상의 종복 일을 시작한다.

　복길이가 열두 살 되던 해 아버지가 거상의 집사로 승진하면서 2년간 만주로 일을 떠난다. 부모와 동생 복태가 만주로 떠나면서 복길이는 회령천변에서 화승총 화약을 제조하는 염초장인 허 초시에게 맡겨진다.

　2년 뒤 만주살이를 마치고 귀국하던 복길이 부모와 동생은 만주 마적떼에게 무참히 살해되고 재물을 빼앗기고 만다. 천애고아 복길이는 복수심에 가득차고, 허 초시는 결국 죽마고우인 강계 포수에게 복길이를 맡겨 화승총 사격과 사냥을 배우게 한다.

　젊은 시절 백두산 최고의 범 사냥꾼으로 이름을 떨쳤던 강계 포수는 화전민의 방화로 산불이 나서 부모와 처자를 모두 잃고 회령으로 홀로 낙향했던 처지였다. 강계 포수는 가족 모두를 한시에 잃은 복길이와 동병상련을 느끼며 부자지간의 정을 쌓게 된다.

　강계 포수는 열여덟 살이 된 복길이에게 새 화승총을 쥐어 주고 함께 사냥에 나선다. 복길이가 스무 살이 되자 회령장터의 막걸리 도가 박 첨지의 외동아들 부뜰이를 끌어들여 세 사람은 본격적인 범 사냥에 나선다. 스물두 살 되던 해, 늠름한 청년으로 장성한 복길이는 염초장 허 초시의 외딸 은연이와 부부의 인연을 맺는다.

　1860년대 중반 조선에는 외세침공 전운이 짙어진다. 1866년, 신부 학살을 응징한다는 명분으로 프랑스 함대가 강화도를 침공하자 조선 조정은 부랴부랴 순무영

을 조직하고 백두산 등에서 호랑이를 잡던 범 포수들로 화승총부대를 꾸려 프랑스
군에 맞서게 한다.

병인양요 당시, 광성보에는 공충도(충청도) 병마절도사 어재연이 인솔한 화승총
부대 지원병이 주둔했다. 그러나 프랑스군의 월등한 라이플 소총과 야포의 위력에
눌려 어재연 부대는 화승총 한번 쏘아보지 못하고 퇴각하고 만다. 병인양요가 끝나
고 공주본영으로 원대 복귀했던 어재연은 치욕으로 온 몸을 떨며 절치부심한다.

광성보 참전 이후 조선 삼군부의 추천으로 곧장 회령 부사로 부임한 어재연 장군
은 정복길과 강계 포수, 허 초시 등을 만나게 된다. 어재연 장군의 주도로 백두산
범 포수들은 회령 별포군으로 조직되고, 개보수된 회령의 진지를 지킨다. 또 회령
개시의 규모도 키워 별포군을 운영할 세수(稅收)도 넉넉하게 확보한다.

회령에 가뭄과 기근이 계속되자 어재연 부사는 부임 3년을 넘기면서 업무상의 과
로로 쓰러지고 만다. 삼군부에서는 어재연에게 한양 외곽을 경비하는 명목상의 직
책을 맡기고 그를 경기도 이천의 본가로 낙향하여 쉬게 한다.

한편 신미년(1871) 5월 그랜트 미국 대통령이 재가하고 의회가 승인한 조선원
정 아시아함대가 일본 나가사키 항을 출항한다. 로저스 제독의 지휘로 전함 5척에
1,400명 정규군 병력을 실은 미국 함대가 인천 앞바다에 닻을 내리자, 조선 군부의
실권자이던 김병국 삼군부 판부사는 어재연 장군에게 조선군 총사령관인 진무중군
을 맡긴다. 강화도 수비부대는 병인양요 때와 마찬가지로 용맹한 범 포수를 주력으
로 편성했다. 범 포수들과 미군 함대가 결전을 앞둔 강화도에 바야흐로 전운이 감
돌고 있었다.

차례

총의 울음·하

상권 줄거리

총의 울음·상

머리글

1 호랑이 사냥꾼

2 백두산자락 사람들

3 양란(洋亂)

4 마부위침

- 소설 상권과 하권 말미에는 소설의 역사적 내용을 충실하게 뒷받침하는 부록이 수록되어 있습니다.
- 상권의 부록 '강화 화승총'은 15세기 유럽에서 발명된 화승총이 과연 어떤 성능의 화기이며, 어떤 경로를 통해 우리나라에 정착하여 조선 범 포수들의 손에 쥐어졌는지 그 경로를 꼼꼼하게 살폈습니다.
- 또 하권의 부록 '신미년 조미(朝美)전쟁'은 신미양요 당시 미군 종군사진작가가 남긴 기록사진과 함께 어재연 장군과 범 포수 무명용사, 국내외의 신미년 전쟁과 관련한 기록화 등을 소개합니다.

총의
울음
하

8장

강화로 가는 길

기각지세(掎角之勢)

덤벼드는 적은 모름지기 협공작전을 펼쳐야 수월하게 잡는다. 장정 두 사람 앞으로 사슴 한 마리가 뛰어들었다면, 한 사람이 재빨리 뿔을 잡아채고 나머지 한 사람이 사슴 뒷발을 낚아채면 깔끔하게 제압할 수 있다. 그것이 기각지세 전술의 요체이며 조선군 진지방어 전략의 뼈대다.

기각지세는 삼국지에 등장한다. 유비가 여포를 소패성으로 보내 기각지세를 이룬 뒤 조조의 대군을 물리쳤다는 고사에서 비롯됐다. 조선 군부는 중국의 고사에서 비롯된 기각지세를 오지게도 신봉했다. 예를 들면, 한양 방어 전략의 핵심도 강화도와 남한산성이라는 협공 기각지세로 이뤄졌다. 내륙으로 쇄도하는 오랑캐의 뿔은 남한산성에서 잡았고, 서해로 침노하는 적은 강화도가 먼저 나서서 뿔을 낚아챘다.

강화도의 해안선은 마치 손가락을 벌려서 쭉 편 것처럼 울쑥불쑥한데다 허리까지 빠지는 개흙밭이 섬을 두른 덕분에 자고이래로 천참(天塹: 천혜의 요새)으로 쓰였다. 고구려 장수왕이 남하정책을 폈을 때 한강 유역을 차지하기 위해 백제와 사생결단의 전투를 벌인 곳도 강화도였다. 조선을 개국한 이성계도 팔도의 최고 전략요충지 네 곳 가운데 하나로 강화도를 꼽았다.

고려 고종임금이 38년간 천도한 도읍지가 강화도였고 고려에 이어 개국한 조선은 그 예우를 깍듯이 하여 정2품의 고관인 유수(留守)가 다스리는 유수부를 두었다. 임진왜란 이후에는 해상방어의 중요성을 깨달아 1627년, 강화도에 딸린 섬 교동도에 해군사령부 통어영(統禦營)을 설치했다. 통어영은 남해안 충무에 설치한 통제영과 함께 조선수군의 양대 사령부여서 전투함인 거북선도 배치했다.

강화도에 제대로 된 방어진지를 구축한 이는 숙종(재위 1674~1720)임금이었다. 1679년에 병조판서 김석주에게 명하여 함경, 황해, 강원도에서 승군 8,900명을 차출하고 개성의 화포병으로 조직된 어영군 4,300명을 동원하여 불과 사십 일 만에 49개소의 돈대를 강화도 해안에 축성하고 4개소는 추가로 축조했다. 돈대는 해변에서 바다 쪽으로 툭 튀어나간 언덕 위에 경계와 방어가 용이하도록 지어졌다.

숙종은 진지공사를 마무리 짓고 1700년에 육해군합동사령부 격인 진무영을 설치하고, 9년 뒤에는 고려 고종 때의 임시 궁궐을 방비했던 내성(강화읍성)을 축소 복원한 유수부 부성(府城)을 축성했다. 1711년에는 강화유수 민지원이 당시로는 조선 최대 규모였던 무게 4톤짜리 동종을 주조하고 아침저녁 제 시간에 타종을 했다.

강화도가 강력한 군사기지로 거듭난 것은 1866년, 병인년의 프랑스 침공 이후였다. 그 이전의 강화 진무영은 반농반군의 향토군이 성곽을 지켰고, 서류상의 병력 대부분이 유사시에 한양과 경기도 감영에서 차출되는 숫자여서 사실상 빈껍데기 군사조직에 불과했다.

병인양요는 조선 조정으로 하여금 상시 전투태세를 갖춘 방어진지의 필요성을 뼈저리게 느끼게 했다. 소 잃고 고친 외양간 격이었지만, 그해 겨울 프랑스군이 강화도에서 물러난 직후 조정과 군부가 합심하여 조선 개국 이래 최대 규모의 전투사령부를 그곳에 설치하는 작업을 시작했다.

강화도의 환골탈태에는 김병국 대감의 친형인 좌의정 김병학의 역할이 컸다. 강화 진무영을 확대 개편하고 진무사가 삼도수군통어사의 권한까지 겸임하는 진무영별단(鎭撫營別單)을 제정해 한양 오군영과 동등한 군사편제로 격상시켰다.

그로부터 강화 진무영에는 육군 상비군 삼천여 명이 주둔했다. 강화도 전역에 5진 7보 8포대가 설치되었고, 해안을 뺑 둘러 십

리나 5리마다 설치된 50여 개소 돈대에는 화포병을 배치하여 적의 해상침투를 막아내게 했다.

강화도와 김포반도 사이의 해협 양안은 기각지세의 협공을 고려한 포대를 구축했다. 강화 섬 월곶진과 한강 하구를 사이에 둔 통진의 문수산성, 광성보와 덕진진을 마주 보는 김포 덕진 포대의 설치가 그러했다.

정묘년(1867)에는 프랑스군이 파괴하고 달아난 문수산성을 당백전 일만 냥으로 말끔히 보수했다. 또 무진년(1868)에는 삼군부가 나서서 병인년에 파괴됐던 성채와 진보, 관아 건물 개보수를 마쳤으며 부족한 병장기도 다시 추진하여 진무영 무기고를 채웠다.

강화도의 요새화를 서두른 지 불과 이삼년 만에 강화 진무영의 전투역량은 한양의 오군영을 압도했다. 중앙 군영에서도 큰 편인 훈련도감이나 금위영, 어영청에 배치된 초관의 수가 삼사십 명에 불과했고 그나마 비상근 편제가 대부분이었던 것에 비해, 진무영에는 상근하는 초관만 63명이나 됐다. 상주 전투부대 인원과 보유 병장기 규모를 단순 비교한다면 한양의 오군영 조직 모두를 합한 것보다 강화 진무영의 규모가 컸다.

작은 섬 안에 육해군 직업군인만 사오천 명에 달했고 딸린 식솔만 일만 명이 넘어서 두 집 걸러 한집 꼴로 군인가족이 살았다. 거기에다 한양 오군영과 경기 감영에서 수시로 수백 명 단위의 위경군을 강화에 파견 근무시켜 진지외곽 방어를 확장했다. 진무영의 본대 병력 외에도 외곽의 월곶진 종3품 첨사에서 종9품 별장이 관장하는 장곶보에 이르기까지, 강화 거리 곳곳에는 옆구리에 환도 찬 무관과 정예 기마병이 수시로 순시하여 서슬 푸른 분위기를 자아냈다.

진무영의 군사조련과 군율도 엄했다. 한양 오군영의 전투역량을 강화 진무영과 비교하면 코흘리개 수준에 불과하다는 평판이 당연했다. 한양 장졸이 혹여 강화도에 공무가 있어 출장이라도 갈 때면, 갑곶이 해변에서 배를 내리자마자 군기가 시퍼렇게 살아있는 진무영 병사의 위세에 눌려 괜히 야코가 죽었다.

강화도 지세는 낮은 구릉에 편편한 들대가 발달하여 사면이 바다였지만, 예로부터 고기잡이보다 농사가 성했다. 섬 곳곳에는 대형 저수지가 축조돼 빗물을 넉넉하게 가둔 덕분에 엔간한 가뭄에도 쌀농사는 풍년이었다. 논밭이 3,400여 결(結)에 달했는데 1,100만평이 넘는 넓이다. 평년의 추수만으로 알곡 십만 석의 소출이 무난했다.

진무영의 확대로 말미암아 새로 편성된 직업군인에게 지급할 양곡을 확보하는 일이 삼군부의 발등에 떨어진 불이었다. 진무영 운영에만 연간 십칠만 석의 군량이 필요했다. 강화도민이 공출하는 삼만 석에다 기호지방의 환곡과 사복시(司僕寺: 왕립 말 사육 목장)의 세납전, 호조를 주축으로 한 육조가 십시일반으로 추렴하여 진무영을 꾸려나갔다. 교동의 방어영 수군의 급료는 양곡

대신 호조가 주조한 당백전을 지급하기도 했다.

신미년(1871) 어름의 강화도에는 주로 농사를 짓는 9,700여 호 가구에 33,000여 명의 백성이 살았다. 소수의 전업 어부를 제외하면 대부분이 논, 밭일을 했고 짬짬이 바다에 나가 그물을 치거나 갯벌의 조개를 캐서 먹고 살았다.

어재연이 진무중군에 부임하던 당시에도 삼군부의 당면한 골칫거리는 군량미였다. 판삼군부사 김병국은 광성보로 부임하는 어재연 진무중군에게 기쁜 소식이라도 전하듯 "대원위 이하응 대감께오서 운현궁 곳간을 헐어 진무영과 교동에 삼천 석이나 되는 군량미를 특별히 보내주셨습니다"며 활짝 웃을 정도였다.

병인년의 불랑국 패악질을 경험한 조선 조정과 강화도 백성은 "나라를 뺏기면 백성도 없으며, 백성이 없으면 조선 조정 또한 없다"는 이심전심을 소통하고 함께 허리띠를 졸라매어, 강화 진무영을 조선 제1선 방어진지로 키웠다.

어머니

어재연의 신미년 5월은 추웠다. 이천의 산과 들은 초록빛 환희였지만 그의 가슴에는 지난 가을에 박힌 허연 얼음가시들이 아직도 빼곡하게 들어차 있었다. 숨 마른 한기가 차올라 식은땀을 흘릴 때가 많았다. 아궁이에 군불을 때고 서재에만 박혔다.

김병국 대감을 만난 뒤 강화도만 머릿속에 남았다. 아내는 초췌한 남편의 모습에서 조선에 심상찮은 일이 벌어지고 있음을 직감했는지 눈도 마주치지 않으려 했다. 무골 남편이 속병을 앓을 땐 건드리지 않는 게 상책이었다. 밤잠을 설치는 초로의 남편이 안쓰러웠지만 아내가 거들어서 덜어질 짐은 아니었다.

5월 23일 아침이었다. 안장이 비어있는 전마 한 필을 데린 기발꾼이 장군 사저에 닿았다. 판삼군부사 김병국 대감이 즉시 만나 뵙자는 서찰을 보내왔다. 서둘러 채비를 차렸다. 말 달릴 겉옷을 갖춰 입고 서재 구석의 나무궤짝을 열어 화승총 총투를 꺼내 말안장에 걸었다. 이제 화승총은 그가 가는 길 어디든 함께 할 터였다.

오밤중이 되어서야 삼군부 총무당에 닿았다. 황촉불을 밝힌 집무실에서 기다리던 김병국 대감이 문지방을 넘는 어재연에게 거두절미, 등사본 문서 한 장을 디밀었다.

"수원 유수 신석희가 보낸 장계입니다. 미리견 군선으로 추정되는 다섯 척의 거대한 이양선이 이틀 전 유시(오후 5시~7시)에 남양 앞바다 경계인 풍도(楓島) 뒤편에 닻을 내렸답니다. 놈들은 거기서 북상하여 염하를 따라 한강으로 치고 오를 것이 틀림없습니다."

미리견이 기어이 모습을 드러냈다.

지난 가을부터 어재연의 가슴에 박혔던 얼음 대침이 비로소 뽑혔다. 더워진 핏물이 혈관을 타고 온몸을 돌았다. 추위를 화농했던 뿌리는 상대를 모른 채 기다려야하는 막연함이었고 이제 그 어쭙잖음은 끝났다.

"이제야 만나는구나, 목을 빼고 기다렸던 네놈을……."

마치 역설처럼, 그의 입가에 편안한 미소가 머금어졌다. 어재연의 표정을 지켜보던 김병국 대감도 종내는 잔잔한 웃음을 흘렸다. 두 사람은 밤낮없이 욱신거리던 충치를 빼낸 사람마냥 홀가분하고 차분한 표정으로 머리를 맞댔다.

"진무중군……. 이런 날이 올 것이었으므로 올 초에 삼군부가 미리 나서서 강화도 진보의 경계수위를 한 단계 격상시켰습니다. 중군께서 작성하신 계에 맞춰 강화 진무영에도 곧 증원군이 파견될 것입니다. 4월에 동원령을 내렸던 양관 산포수 3초도 더덜나루 숙영지에 도착하여 강화도 출진명령만 기다리고 있습니다."

어재연이 깜짝 놀라며 "아……. 백두산 범 포수들이 벌써 임진강에 당도했습니까?" 되묻고는 양 주먹을 불끈 쥐었다.

"대감, 내일 미명에 곧바로 더덜나루로 가야겠습니다. 별포군의 임전 태세를 살피고 그들의 의지에 강고함의 불을 지펴놓아야 합니다. 그들은 광성보를 지키는 결사대가 될 병력입니다."

"그리하십시오. 곁에 두고 통솔할 장졸들입니다. 삼군부에는 내부 통문을 돌려서 어 장군의 진무중군 내정을 이미 통지했습니다. 숙영지에 파견된 군교에게도 중군께 깍듯한 예를 갖추라고 일러놓았습니다."

5월 24일 오전에 삼군부의 기병 셋을 대동한 어재연이 파주 더 덜매로 향했다. 늦은 오후 화석정 숙영지에 도착한 신임 진무중 군의 기마대열을 삼군부 군교가 맞았다. 어 장군의 당도 소식을 듣고 가장 먼저 달려온 이는 강계 포수였다. 손을 모으고 고개를 깊이 숙여 인사를 하자 말에서 훌쩍 뛰어내린 어재연이 두 팔을 벌려서 그를 덥석 껴안았다. 말을 아낀 두 사람이 한참 동안이나 그렇게 엉켜 있었다.

　삼군부에서 파견된 군교가 장군에게 약식보고를 올렸다. 양관 범 포수는 동원 병부와 대조하여 인원을 아뢰고 병력 수송용 군 선이 마련되는 대로 더덜나루에서 승선하여 강화도로 이동할 예 정이라 보고했다. 어재연이 군교에게 "지금 즉시 별포군 전원에 게 화승총을 집총하고 나루터 공터에 대오를 지어라"고 명했다. 막사가 갑자기 술렁거리면서 부산해졌다. 얼마 지나지 않아 3초 의 양관 범 포수가 더덜매 물살이 찰랑거리며 흐르는 강변 사장 에 오와 열의 각을 잡았다.

　그 앞에 어재연이 우뚝 섰다. 그가 오른팔을 하늘로 번쩍 치켜 들었다. 팔목 심줄이 탱탱하게 일어나며 손아귀에 들려진 화승총 총구가 하늘로 불끈 솟구쳤다.

　"미리견 놈들의 전함이 기어이 조선으로 몰려오고 있다. 우리 는 강화도에서 이 나라 조선을 지킨다. 죽기는 쉬워도 강화도를 뺏길 수는 없다. 자신 있는가, 우리는 모두 강화도로 간다!"

　3초의 별포군이 악에 받친 고함을 내질렀다. 그들이 치켜 올린 수백 자루의 화승총 총구가 하늘을 찔렀다. 백두산 자락에서 남행하며 지금까지 가슴 한구석에 감춰두었던, 막연한 두려움을 떨쳐버리려는 몸부림 같기도 했다.

더덜나루에 석양이 물들기 시작했다. 범 포수들의 의기충천을 직접 확인하고 다시 말안장에 오르는 장군 앞에 강계 포수가 복길이와 부뜰이를 데리고 왔다. 두 사람이 각기 전마의 고삐를 쥐고 있었다. 강계 포수가 삼군부의 군교와 협의하여 어재연 장군이 강화도 진지에 당도할 때까지 복길이와 부뜰이를 호위기병 삼기로 했다.

복길이와 부뜰이가 장군 앞에 나란히 엎드려 재회의 큰 절을 올렸다. 강계 포수가 단검을 허리에 차고 화승총과 활을 말안장에 거치한 그들에게 신신당부를 했다.

"지금부터 너희는 진무중군께서 강화도에 부임할 때까지, 지근에서 호위하여 모신다. 장군님의 동선을 한 발짝도 놓치지 말며 항상 최고의 안전을 도모하도록 힘쓰라."

어재연이 말안장에 올랐다. 어둑어둑해지는 더덜매 물굽이를 뒤로하고 장군과 좌우 호위병이 모래먼지를 일으키며 저 멀리 사라져갔다.

어재연 장군 일행이 다음날 정오 무렵 이천의 사저에 닿았다. 사저 마당에서 말안장을 내리던 복길이를 빤히 쳐다보던 장군의 아내가 화들짝 놀랐다. 남편마저 소 닭 보듯 지나치고, 한달음으로 복길이에게 다가서더니 덥석 손목을 잡았다. 잡은 손을 몇 번이나 아래위로 흔들고 나서 그렁그렁한 목소리를 이었다.

"병수가 말 타고 온 줄 알았으이, 천리 바깥 수성에 사는 우리 병수가……."

울음과 웃음을 번갈던 아내의 표정이 결국에는 굵은 눈물방울을 매달았다. 복길이의 헝클어진 머리카락을 아내는 몇 번이나 쓸어 올렸다. 어재연이 헛기침을 해대며 두 사람 앞에 나섰다.

"먼 길을 달려온 호위 병사들이오. 사사로운 이야기는 나중에 하고 당장은 요기꺼리나 내오시오."

퍼뜩 정신을 수습한 어재연의 아내가 눈물자국을 소매로 훔치며 부엌으로 들어갔다. 부뜰이가 복길이의 손을 가만히 잡고 끌어서 사저의 뒷마당으로 데려갔다.

"복길아……."

복길이의 양 어깨에 손을 얹고 가만가만 흔들며 나지막히 불렀다. 뒷마당 호박돌에 주저앉은 복길이는 대 여섯 번을 불러도 대답도 없이, 어깨를 들썩이며 닭똥 눈물을 떨구고만 있었다. 저리도 서럽게 우는 복길이란 상상도 하지 못했다. 부뜰이가 보아왔던 복길이란 사내는, 바위처럼 무겁고 쇳덩이만큼 단단했기 때문이다.

머쓱해진 부뜰이가 뒷짐을 지곤 하늘만 뻘쭘히 올려다봤다. 눈물 한 종지는 너끈히 쏟아낸 뒤에야 복길이가 "후우—" 기다란 날숨을 쉬며 고개를 들었다. 그의 시뻘건 눈자위에 지우다 만 물기가 흥건했다.

"마지막으로 울었던 게 언제였는지 기억도 안 나. 눈물샘이 진즉 말라붙은 줄 알았는데, 그것 참……."

멋쩍게 웃고 있는 복길이의 어깨를 부뜰이가 토닥였다. 부끄러운 짓을 하다 들킨 아이의 변명처럼, 복길이가 두서없이 어물거렸다.

"정부인 모당(母堂)께서 내 손을 잡고 펑펑 우실 땐 말이야……. 지난 십오 년간 까맣게 잊고 지냈던 생전의 엄마가 갑자기 내 속에서 치밀고 올라왔어. 열 두 살 어름에 내 손을 잡으셨던 그 엄마가 말이야……."

"그래……. 네 심정은 충분히 이해할 수 있을 것 같다."

"여태 부뜰이 네가 참 부러웠어. 내가 꿈에서나 그리던 어머니란 존재가……. 늘 네 옆에 계셨으니까."

부뜰이가 갑자기 웃음을 터뜨렸다. 분위기를 바꾸려는 속셈임이 확실해 보였다.

"그래 복길이 네 말이 맞아! 사사건건 잔소리 해대는 엄마가, 나에게는 무려 두 사람이나 계시지! 보통 사람에겐 하나 밖에 없는 그 어머니가 말씀이야, 하하하."

두 사람이 두런거렸던 뒷마당으로 사저의 종복이 다가와 우선 입치레할 밥상을 사랑방에 차려 놓았다고 했다. 복길이가 앉아있던 호박돌에서 벌떡 일어서며 넋두리처럼 중얼거렸다.

"강화도에 닿기 전에, 꿈에서라도 어머니를 다시 한 번 만나봤으면……."

대임(大任)

지난겨울 내내 어재연을 떨게 했던 오한은 저만큼 달아났다. 이제는 전투에 나서야 하는 다급함이 그 자리를 대신했다. 삼군부 총무당에서 김병국 대감과 도모했던 전체적인 전략에 입각하여, 이제는 그 세세한 전투의 가닥들을 구상해야 했다.

피비린내 나는 화두에 한 발짝 더 다가서면서 어재연의 한 뼘 가슴은 자욱한 안개로 덮여갔다. 다가올 전쟁에서 조선의 장수가 구사할 전술이 애초에 존재하지 않았다. 조선의 병서가 짐작도 할 수 없는 서양 총포를 대적하는 일인데다 과거의 조선군 전투 지침이라던가 부대 단위 전술 또한 무용지물이었기 때문이다.

다만 죽음을 무릅쓰는 강고한 정신이 필요했다. 그렇다면 그 무시무시한 적의 총포 앞에서 초개처럼 목숨을 버리라며 등 떼밀 명분은 어디서 찾아야 할까. 눈앞의 적도 맞추지 못하는 화승총을 쥐어주고 "싸워서 이겨라!" 선동하는 것이 과연 가능할 것이며, 죽을 수밖에 없는 전투에 내몰면서 "용감하게 싸워라!" 강요할 수 있을까.

결론은 간단했다. 휘하 장졸들에게 에둘러 낯간지러운 명령을 내릴 것이 아니라 진무중군이 먼저 죽음의 본(本)을 보이고 나서 "나처럼 장렬하게 죽어라"고 요구하는 것이 답이었다. 부하들에게 삶의 미련을 몰아내게 하는 방법은 그것 말곤 없었다.

"어떻게 죽어야 하나."

까칠한 화두를 놓고 밤잠을 설쳤다. 생각이 깊어질 때마다 자신의 갑옷을 뚫은 미군 총알로 말미암아 시뻘건 핏물이 분수처럼 뿜어지는 환영이 겹쳐졌다. 그럴 때마다 고개를 세차게 흔들어서 칙칙하게 달라붙는 그것들을 떼어 냈다. 자신은 죽어야 했고, 그러나 조선은 이겨야 했다.

육신을 죽여 혼신(魂神)이 승리하는 길. 자신의 죽음을 흔쾌히 전제하자 마음이 편안해졌다. 다만 자신의 사멸 이후를 정리하는 일이 돌부리처럼 걸렸다. 머릿속을 꽉 채우는 아내와 피붙이의 아릿아릿한 잔상이다.

전투에 나서는 장수가 빠지지 말아야할 웅덩이가 있었다. 이승의 연분과 이별하는 일이 두려워 스스로 파놓은 연민 구덩이다. 패장의 치욕을 그들에게 물릴 수 없는 노릇이다. 어재연은 전장으로 떠나기 전에 그 연민의 싹을 자르기로 했다. 그가 살아 있음에 거미줄같이 얽어놓은 이승의 인연을 걷어내야 했다.

날선 환도를 다탁에 올려놓고 사흘째 깊은 생각에 잠겼다. 자정을 넘긴 시간이었다. 서재에 정좌하여 환도 손잡이를 움켜쥐었다. 스르릉 칼집을 빠져나온 칼날의 비늘이 황촉 불빛을 되받아 번들거렸다. 칼끝을 위로 치켜세우자 자루를 잡은 손이 떨렸다. 칼이 흔들리자 그의 마음마저 뒤뚱거렸다.

눈을 감아 마음을 진정시켰다. 이번에는 칼끝에 매달린 발간 핏방울이 방바닥에 떨어지는 환영이 망막을 덮었다. 머리를 연신 가로 저었다가 기어코 고개를 떨어뜨리고 말았다. 환도를 다탁에 다시 내려놓고 긴 한숨을 뿜었다. 다시금 몸통을 추슬러 정신을 가다듬었으나 머릿속은 외려 탁해져 갔다.

상투에 꽂힌 동곳을 뽑고 머리타래를 풀어 내렸다. 서재 방문을 나와 껌껌한 마당으로 내려섰다. 안마당 구석지의 우물로 터덜터덜 걸어가서 가라앉은 우물물 정수를 두레박으로 퍼 올려 산발한 머리 위에 끼얹었다. 홑저고리 동정과 소매가 흠씬 젖도록 찬물을 뒤집어쓰고서야 정신이 맑아왔다.

우물 둔덕에 털퍼덕 앉았다. 사랑채를 밝힌 촛불이 마당까지 새나왔다. 방 안에서 두런거리는 소리가 일렁이는 불빛에 묻어 그의 귀에까지 닿았다. 아내가 복길이와 부뜰이를 앉혀놓고 정담을 나누고 있었다. 잔잔한 이야기에 웃음이 간간이 섞였다가는 어느 순간 아내의 흐느낌이 겹치곤 했다.

팔성산 봉우리 위로 반달이 떴다. 밤바람에 실려 부지런히 떠내려가는 구름뭉치가 달빛에 교교하다. 산골의 소쩍새가 밤공기를 두 쪽으로 가르는 울음을 질렀다. 두견의 소리가 무수히 죽어나갈 전쟁터의 망자를 미리 호곡이라도 하듯 처량했다. 그의 가슴이 섬벅섬벅 저려왔다.

이웃집 개 짖는 소리에 문득 정신을 수습한 어재연이 발자국 소리를 죽여 서재로 되돌아갔다. 인시(寅時: 새벽 3시에서 5시)가 넘도록 눈을 감고 좌정했다. 또렷해오는 정신으로 간절하게 기구했다.

계백(階伯)이시여……. 꺼져가는 백제의 명운을 당신의 칼날에 걸었나이다. 단지 오천의 결사대로 전장에 나서기 전에 처자의 목을 먼저 잘라 패장의 가솔이 살아서 당할 수모를 면케하였나이다. 소신 어재연, 이제 저 감당할 수 없는 포악한 미리견 오랑캐 무리와 맞서러 광성보로 출진하나이다. 이 땅에 계백의 혼령이 살아계시거든 다만 제 앞길을 끌어주소서…….

양손을 무릎 위에 올리고 얼마를 그렇게 있었는지 모른다. 눈꼬리로 두어 방울 눈물이 밀려나왔다. 동네 먼 집에서 수탉 우는 소리가 들리나 했더니 화답이라도 하듯 집안 장닭이 홰를 치며 목청껏 울어 젖혔다. 퍼뜩 눈을 뜨자 아, 새까맣던 창호지 너머의 밤들이 그때 막 뿔뿔이 흩어지고 있었다.

방문을 열자 이윽고 한 보시기만큼의 아침볕이 방바닥에 들어와 앉았다. 아침밥 지으러 나선 아내가 부엌문을 여닫을 때마다 나무 돌쩌귀가 삐거덕 소리를 냈다. 어재연은 지난밤부터 끌어안고 몸부림쳤던 고뇌를 그쯤에서 끊고자 했다.

서재 구석의 나무궤짝 쇳대를 따고 화승총을 꺼내 무릎 위에 올렸다. 총목에 적어놓은 자신의 이름 석 자를 물끄러미 쳐다보았다. 불그스레한 총목은 이십오 년 세월을 견디지 못하고 탈색했으되 주인이름 먹 글씨만은 선명하게 박고 있었다.

부끄러운 이름이었다. 오랑캐와 마주치고도 자신이 살기 위하여 총구를 틀어막아 울음을 멈춘 주인이었다. 다탁에 올려놓았던 환도를 집어 총목에 적어놓은 자신의 이름을 깎았다. 가래나무 (楸木) 총목에 박혔던 어재연이란 먹 글씨가 사라지자 하얀 나무 속살이 드러났다. 다시 눈을 감았다.

처자를 대신하여 화승총목의 어재연 이름 석 자를 죽였나이다……. 소장의 손으로 더 이상의 죽임은 치르지 않겠나이다. 곧 나서는 전장의 끝이 설령 치욕스럽다 해도, 오로지 홀로 끌어안고 가겠나이다. 광성보에 나서는 소장을 굽어 살피소서, 전투를 그르치는 사사로운 번민에 더 이상 휘둘리지 않게 하소서…….

잡념의 타래들은 새로 돋은 햇살에 태워버렸다. 심박도 평상을 되찾았고 머리와 가슴이 맑아왔다. 산발인 채로 서재 방문을 나서자 놋대야에 세숫물을 담아놓고 툇마루에 걸터앉아 기다리던 복길이가 벌떡 일어나 공손하게 고개를 숙였다.

"밤새 편안히 주무셨는지요."

왼 버선, 붉은 동곳

다음날로 어씨 문중 대소가 사람이 하나 둘 몰려들었다. 서양 오랑캐와 싸우러 떠난다는 소식을 접한 어른들은 하나같이 출전을 만류했다. "죽으려고 가는 길이다. 지금이라도 늦지 않았으니 삼군부에 참전할 수 없다는 뜻을 밝혀라"고 애원했다. 어재연이 빙그레 웃었다.

"조선의 무장이라면 나라의 명을 받고 출전하는 것은 당연합니다. 설사 그게 죽을 자리라면, 죽어야 마땅하지요⋯⋯."

문중 어른들이 더 이상 만류하지 않았다. 가문의 사사로운 정의(情義)로 말미암아 나라를 구하려는 어재연의 대의(大義)가 훼손되는 일 또한 올바른 모양새가 아님을 깨달았기 때문이다.

차분하게 대임을 준비했다. 서재에 정좌하여 무릎 위에 화승총을 얹고, 하얗게 깎인 총목을 어루만지며 마치 죽은 자식과 이야기를 나누는 듯 교감하는 시간이 늘었다. 더덜나루의 별포군을 만나고 돌아온 지 일주일이 되던 날 밤에는 양아들 병선을 서재로 불렀다.

"네 나이 열일곱이고 세상 물정은 깨친듯하니 몇 가지 당부를 하마. 세상에 태어나 물정도 모를 때 친아버지의 품을 떠난 네가 이번엔 또 양아버지와 생이별을 고하는 것 같아서 심히 괴롭구나……. 만약에 내가 이세상이 없더라도, 너는 자긍심을 갖고 꿋꿋하게 살아야 한다. 홀로 된 양어미를 건사하는 일에도 소홀하지 말아라……."

무릎을 꿇고 고개를 들지 못하는 병선의 목소리가 떨렸다.

"집안 걱정은 마시고 부디……. 부디 강녕하십시오……."

뒷걸음으로 서재 방문을 열고 툇마루로 나서는 동안 병선은 내내 소리 없는 울음을 지었다.

장군의 사저에는 겸종이 있었다. 돌원 마을 인근 부락에서 나고 자란 임지팽(林之彭)이다. 어재연이 낙향할 때 사저 마구간에 들인 대마를 건사했고 인근 관아를 나들이 할 때마다 말고삐를 쥐고 따라 나섰던 사노비였다. 마을 사람들은 어재연의 동구 밖 나들이에 그림자처럼 따라붙는 그를 '지팽이'란 애칭으로 불렀다.

강화도 출전 전에 임지팽의 노비 신분을 면천(免賤) 해주고, 그동안의 노고를 보답하는 넉넉한 세경을 주어 고향집으로 돌려보낼 생각이었다. 임지팽을 불러 귀향할 것을 고지하자 그가 펄쩍 뛰면서 거부했다. 땅바닥에 무릎을 꿇더니 머리를 조아리곤 "죽으라면 죽는 시늉이라도 내겠으니 장군님 곁을 지키게 해 주십시오"하고 애원했다. 임지팽의 곧은 심성에 감복한 장군이 "네 뜻이 정히 그렇다면, 전장으로 함께 떠나자꾸나"하며 허락했다.

별포군 3초가 유월 초하루에 더덜나루 숙영지에서 철수했다.

한강 주교사에서 내준 돛배 십여 척이 병력과 병장기를 실어 강화 섬 갑곶이의 수군 나루까지 날랐다. 강화 진무영의 판관 이창회가 갑곶이 해문에서 기다렸다가 범 포수 3초를 인솔하여 십여 리 떨어진 강화읍으로 행군해갔다.

그곳에는 한양 오군영과 경기 감영에서 차출된 수백 명의 장졸들이 막사를 치고 숙영하며 광성보 투입을 기다리고 있었다. 범 포수도 진무영 담장 밖 평지에 각 맞추어 지어놓은 천막에 들었다.

6월 둘째 날 오전에 교지를 받든 영(令) 깃발의 일곱 필 삼군부 기마대가 어재연의 이천 사저에 닿았다. 진무중군 제수가 집행되는 날이다. 어재연이 아침 일찍 일어나 정좌하고 있다가 아내가 곱게 다림질하여 서재에 들여놓은 바지저고리를 입었다.

조선 버선은 겉으로 보기에 왼발 오른발에 신는 버선모양새가 같다. 그러나 버선 속을 뒤집어보면 왼 버선과 오른 버선이 구분된다. 왼 버선은 왼쪽으로, 오른 버선은 오른쪽으로 솔기가 넘어가 있어서 각각의 엄지발가락을 감싼다. 왼 버선을 오른발에 신으면 엄지발가락이 제자리를 잡지 못하여 불편하다. 그럼에도 불구하고 무과 급제 이후 삼십 년 동안 어재연의 아내는 남편의 왼 버선만 기웠다.

어재연의 또 다른 습관 하나는 상투에 꽂는 붉은 동곳이다. 동곳은 상투머리가 풀리지 않게 꽂는 침이다. 왼 버선과 붉은 동곳은 어재연만의 독특한 신표였다. 피붙이들에게는 이렇게 일렀다.

"무장이기 때문에 언제 전투에 나서서 언제 죽을지는 나 자신도 모른다. 혹시라도 내 시신을 찾기가 어렵거든 버선과 동곳만 살펴라. 살이 썩어 문드러져 형체를 알 수 없다 해도, 머리카락에 꽂힌 빨간색 동곳과 왼 버선 두 짝으로 감싼 발만 찾으면 된다."

의관을 정제한 어재연이 마당에 깔린 대자리에 올라 무릎을 꿇어 교지를 받들었다. 주상은 조선군 총사령관의 위엄이 서린 지휘 환도와 갑주(甲冑: 갑옷과 투구) 일습을 하사했다.

갑옷은 붉은 비단 안쪽에 수십 겹의 면을 덧대고 미늘을 넣어 황동으로 고정시킨 두정갑(豆釘甲)이다. 쇠 투구 정수리 위에는 세 가닥 창끝 모양의 매(鷹) 형상이 달렸고 거기에 붉은 술이 감겨있다. 진무중군의 옷차림은 붉다. 휘하장졸이 그의 일거수일투족을 멀리서도 쉽게 식별하도록 배려한 차림새다.

주상 전하는 교지의 하문(下文)에서 "시간이 촉급하니 보직 신고는 생략하고 촌각을 다퉈 광성보로 출정하라"고 일렀다. 어재연이 대궐을 향해 국궁 사배를 올렸다.

강화도로 떠난다는 사실을 아무에게도 알리지 않았다. 병인년 양요 당시 프랑스 함포와 상륙군이 강화도에서 저질렀던 끔찍했던 만행은, 조선 사람 모두가 치를 떨었기 때문에 차마 그곳으로 부임한다는 이야기는 꺼내지 못했다.

어재연은 그가 기실 강화도 광성보를 수성하며 살아서 돌아오기 힘든 만큼, 고향집의 모든 일은 동생 재순에게 부탁한다는 서찰을 미리 적어 피봉하여 서재 앉은뱅이책상 위에 올려놓았다. 출정 뒤에 아내만 알 수 있도록 부임지를 밝혀놓은 셈이다.

진무중군 제수의식이 진행되는 동안 어재연의 아내가 복길이와 부뜰이의 손을 꼭 붙잡고 있었다. 어떻게든 살아서 돌아와야 한다, 장군님을 잘 모셔라, 잔잔하게 이르는 목소리에 눈물이 진득하게 묻었다. 제 배 아파서 낳은 병수와 이별하듯 복길이를 쳐다보고 있었다.

동생 재순이 내외와 양아들 병선이 입을 다문 채 착잡한 얼굴로 장군의 출정을 지켜봤다. 문중의 어른들도 그의 등을 두들겼다.

"집안 걱정은 말 것이며 위기에 처한 나라를 먼저 구하라."

장군이 화승총을 말안장에 걸었다. 대마가 콧김을 푸르르 쏟더니 앞다리 두 짝을 번쩍 들었다. 삼군부 기마병이 장군의 앞에 섰다. 장군의 뒤를 복길이와 부뜰이가 호위했고 임지팽이 뒤따랐다. 앞선 기마병에게 명했다.

"한시가 급하다, 고삐를 당겨라."

뒤돌아보지 않았다. 돌아보아 그들의 환영을 눈 속에 담아가는 일은 슬프다. 이승의 살가운 존재라면 가슴에 묻는 편이 나았다. 5월의 이천 들녘은 그때 무수히 돋아난 초록 생명들로 넘쳐났다.

명예와 영광

워싱턴을 떠난 로저스 제독이 신미년 4월 말에 산둥반도 즈푸항의 아시아 함대 사령관 직무에 복귀했다. 조선 원정에 동원되는 함선과 출정병사는 늦어도 5월 10일까지는 일본의 나가사키항에 집결하라는 전문을 내려 보냈다. 조선으로 출정하는 날짜는 5월 16일로 확정됐다.

미국 의회와 그랜트 대통령이 로저스에게 원하는 것은 확실하다. 조선을 무릎 꿇려서 일본이나 중국처럼 고분고분한 미국 편으로 만드는 일이다. 중국과 일본도 신생 강대국 미국에게 군함이 주둔할 항구까지 내주고 비위를 맞추는 동아시아에서, 조선의 옹고집 대원군만이 쇄국의 빗장을 걸고 있다.

미국이 손을 봐야 하는 지경에 이른 조선이지만, 미국으로서는 이미 비슷한 경험을 했거니와 그로 말미암은 달콤한 승전의 과실도 얻은 바 있다. 18년 전 로저스가 참전하여 전공을 세웠던 페리 제독의 일본 강제 개항이 그것이었다. 조선 원정도 그렇게 술술 풀릴 것으로 로저스는 희망했다. 젊은 장교시절에 떠났던 일본 원정이 마치 어제 일처럼 또렷하게 그의 기억에서 되살아났기 때문이다.

1852년 11월 24일이었다. 3,200톤급 순양함 미시시피(USS Mississippi)가 버지니아의 노퍽 해군 부두를 출항하며 일본 원정의 막이 올랐다. 피어스(Franklin Pierce) 미합중국 대통령은 일본 원정함대를 지휘하는 페리 제독에게 "오키나와를 먼저 점령하고, 항해 도중 오가사와라 제도와 부근 바다의 임자 없는 섬에는 모조리 미국 깃발을 꽂고 미국령임을 선포하라. 일본에 도착하는 순간부터 따끔한 무력시위를 하고 통상수호조약을 맺어라"는 특명을 내렸다.

미시시피 함은 이듬해 4월 7일 홍콩에서 포함 사라토가와 플리머스, 보급함 스플라이와 합류했다. 5월 4일에는 중국 상하이에서 대기하던 3,800톤급 서스케아나(USS Susquehanna)를 기함으로 삼는 원정함대의 진용을 모두 갖췄다. 150파운드(포탄무게: 68킬로그램) 대형 함포에서 32파운드(포탄무게: 14킬로그램) 소형까지, 73문의 함포가 동시에 불을 뿜을 수 있는 화력이다. 바쿠후 사무라이들이야 하루아침 해장거리다.

페리 함대는 지구를 반 바퀴 돌아 1853년 7월 8일, 바쿠후 쇼군이 지척인 도쿄 만 우라가(浦賀) 앞바다에 닻을 내렸다. 전투 대형으로 벌린 함대가 육지 쪽으로 함포를 방열하고 다짜고짜로 벼락같은 공포탄을 쏘아댔다.

일본이 발칵 뒤집혔다. 전함 모습이 이전에 보았던 영국이나 러시아 범선과는 사뭇 달랐고 거기에 달린 함포가 무시무시했다. 왜인들이 시커멓게 칠한 미국함선을 흑선(黑船)이라 불렀다. 흑선의 뱃전에 무수히 매달린 함포는 천둥벼락 소리를 내며 시뻘건 불무더기를 뻗쳐서, 쳐다보는 것만으로도 공포 그 자체였다.

바쿠후가 오줌을 지렸다. 함포 몇 방이면 엔간한 해변마을이

형체도 없이 사라질 것임이 분명했다. 그러나 따질 건 따져야 했기에 왜 남의 나라에서 네 멋대로 함포를 쏘느냐고 거칠게 항의했다. 페리 제독이 "미국의 독립기념일 축포"라며 미소를 지었다. 독립기념일이 4일이나 지난 참이었다.

그날 이후에도 툭하면 함포를 쏘아댔다. 일본이 또 항의했다. 이번엔 "일본에 도착한 의식을 치르는 미국의 예포"라 했다. 도쿄만을 뒤덮는 천둥 함포로 말미암아 해안 마을 주민들이 순식간에 아비규환에 빠지고 피난 보따리를 쌌다. 바쿠후가 끝내 굴복하고 말았다. 페리 함대의 미군이 일본 해안에 상륙해도 좋다는 허가를 내줬다.

7월 14일, 구리하마(久里浜) 해변에 미군이 상륙하여 무장행진 퍼레이드를 펼쳤다. 고분고분 말을 듣지 않으면 벌집을 만들어주겠다는 무력시위였다. 제독이 미국 대통령의 친서를 꺼내 들고 "바쿠후의 대신이 받아 가지 않으면 무장 병력이 에도(江戶: 지금의 도쿄)로 쳐들어가 직접 전달할 것이다"며 윽박질렀다.

중병으로 누워서 지내던 쇼군 도쿠가와 이에요시(德川家慶)가 전권대신을 보내 친서를 받잡았다. 수교도 않은 서양오랑캐가 이래라저래라 해댔지만 바쿠후는 고분고분하게 미군을 안내했다. 왜국이 자랑했던 뎃포(鐵砲)나 닛폰도가 미국의 총포 앞에서는 기실 이쑤시개나 다름없음을 알았기 때문이다.

통상조약을 재촉하는 페리 제독에게 바쿠후의 중신이 매달렸다. 우선의 위기에서 빠져나가려고 "쇼군이 투병 중이니 1년만 기다려주면 그때 통상조약을 맺겠다"고 통사정했다. 페리가 "1년 후에 다시 올 테니 준비를 해놓으라" 통보하곤 7월 17일 도쿄만에서 미국 함대를 철수했다.

페리의 2차 원정 함대가 다음해 2월에 득달같이 일본 연안에 닥쳤다. 바쿠후가 변심했을지도 모른다는 생각이 들어서 이번에는 10척으로 전함 숫자를 늘여서 117문의 함포로 중무장했다. 3,700톤급 기함 포와턴(USS Pawhatan)을 선두로 순양함 서스케 아나, 미시시피와 포함 사라토가, 마케도니언, 벤델리어를 배치하고 보급함도 두 척을 따라붙였다.

페리 함대는 요코하마의 고시바(小柴) 앞바다에 닻을 내리고 도쿄만을 에워쌌다. 짐작대로 이번에는 바쿠후가 호락호락 문을 열지 않았다. 전국의 다이묘에게 총동원령을 내려 왜군 47만 명을 소집하고 시즈오카 현 이즈(伊豆)에서 치바 현 아와(安房)에 이르는 해안선을 봉쇄하는 비상경계를 폈던 것이다.

사무라이들은 페리의 함대가 빤히 볼 수 있도록 해변에다 커다란 걸개그림까지 내걸었는데 그 내용이 가관이었다. 임진왜란 당시에 조선원정을 떠났던 왜군이 거머쥐었던 화승총, 뎃포로 무장한 일본군 대열을 그려놓은 그림이었다. 제 딴에는 "일본은 세계 최강의 뎃포 부대를 보유하고 있으니, 미국 병사들은 죽기 싫으면 썩 물러가라!"고 시위를 벌였던 셈이다.

페리가 눈꼬리를 치떴다. 미국의 수염을 잡고 기어오르는 건방진 사무라이를 그냥 둘 수 없었다. 100여 발 함포를 발사하여 도쿄만 일대의 지축을 흔들어 줬다. 포탄 몇 발이 치바 현 스노사키(洲崎) 해안의 왜군 포대 앞 불과 10여 미터 거리에 떨어졌다.

왜군에게 비상이 걸렸다. 전함에 화승총으로 무장한 왜군을 새까맣게 태우고 미국 함선을 향해 돌진했다. 미군 함선이 총포를 집중하고 왜선을 두들겼다. 순식간에 왜선이 깨져서 불탔고 거기에 승선했던 화승총수 300명은 물귀신이 되고 말았다.

그 광경에 놀란 바쿠후 대신들이 페리 앞에 무릎 꿇고 손이야 발이야 싹싹 빌고 비나리쳤다. 3월 31일, 500여 명의 미군 무장 병사가 요코하마에 상륙했다. 사무라이들은 상냥한 미소를 띠고 페리의 병사를 환대했다. 거기서 12개 조항 미일화친조약이 체결됐다. 말이 좋아 화친이었지 미국의 요구를 토씨하나 바꾸지 않은 불평등조약이었다.

그로써 200년 이상 지속됐던 일본의 쇄국정책이 종지부를 찍었다. 바쿠후가 을유년(1825) 이래 일본 해안을 봉쇄했던 해방(海防)의 빗장이 하루아침에 무너졌다.

자고 일어나니 영웅이 되어 있었다. 원정함대를 끌고 귀국한 페리는 미국 대통령과 국민의 열광적인 환영을 받았다. 유럽 열강 그 누구도 얻어내지 못한 동아시아 핵심 요충지인 일본 열도를 그가 굴복시켰기 때문이다. 지구촌 유일강대국을 꿈꾸던 미국에게 썩 어울리는 승전 트로피였다.

우연의 일치일까. 일본을 강제 개방시킨 페리는 그때 쉰아홉의 나이였다. 18년 뒤 페리 제독 휘하의 젊은 장교였던 로저스가 바야흐로 조선원정 함대 사령관이 되었음에, 그의 나이 또한 쉰아홉이었다. 영웅의 씨앗이 어찌 따로 있을까. 더도 말고 덜도 말고 딱 페리 제독만큼, 로저스 자신도 미국의 영웅이 되고자 했다.

거울 앞에 선 로저스가 벗어진 이마에 돋아있는 몇 올 안 되는 머리카락을 가지런히 고르곤 주문을 외듯 중얼거렸다.

"오로지 미국의 명예와 영광을 위하여……. 조선아 너도 일본처럼 무릎을 꿇어주렴."

착한 사무라이

5월 3일, 상하이를 떠난 로 전권공사가 나가사키에 도착했다. 10명의 수행원이 그를 따라왔다. 비서로 임명한 베이징 공사관 서기 드류(Drew)는 중국어 회화와 한자 해독에 능했다. 공사관 서기 메서(Messr)와 카울스(Cowles)도 통역관으로 대동했다.

로 공사는 지난 몇 달간 중국 측의 미지근한 태도로 말미암아 머리끝까지 화가 나 있었다. 2월에만 두 차례나 총리아문을 찾아가 조선 측에 미국함대의 원정 사실을 통보해 달라고 요청했지만 중국 관리는 그때마다 우리 소관이 아니다, 청나라는 조선 내정에 간섭할 수 없다, 이런저런 핑계로 문서 수취를 거부했다.

3월 7일에 또 중국 외교부에 들렀다. 이번에는 전권공사 명의

로 작성한 서찰을 던져주며 "최후통첩이니 조선 측에 꼭 전하시오"라고 윽박지르곤 사무실 문을 박차고 나왔다. 중국 관리가 그제야 사태의 심각함을 눈치챘다. 부랴부랴 황제의 윤허를 받아 조선으로 보낼 자문 행낭에 로 전권공사의 친서를 동봉하고, 때마침 베이징에 머물고 있던 조선의 동지사 강노에게 전했다.

로 전권공사는 그 통보문이 조선에 전달됐으리라 믿고 원정 함대에 합류했다. 운이 따라 준다면 원정 함대가 출발하는 5월 16일 이전에 조선 측의 답장도 받아볼 수 있을 것이다. 그렇게만 되면 껄끄러운 함포를 쏘지 않고도 조선과 수교를 맺을 수도 있다. 외교관이란 직업은 낙관주의자의 적성에 꼭 맞았다.

그러나 고집쟁이 대원군 영감을 생각하면 눈썹에 경련이 일었다. 게다가 중국이나 조선이나 느려터지긴 매한가지인 굼벵이 같아서 그 또한 분노가 솟구친다. 가마타고 다니는 조선 동지사가 어느 세월에 조선 원정 통보문을 한양 조정에 전하고 중신 회의까지 거쳐 답장을 작성해 다시 베이징 총리아문에 보낼 수 있을까. 로는 이래저래 갑갑하고 짜증이 났다.

조선과의 대화는 한자 필담으로 이뤄진다. 조선은 고유한 한글이 있었지만 상류층 지식인이나 관공서 문건은 한문으로만 기록했다. 한문 번역을 책임지는 총판두(總辦杜) 직책에 덕수(德綏)란 사람을 고용했다. 수소문 끝에 중국 연안에 난파한 조선인 어부 다섯 명도 찾아냈다. 행여 도움이 될까 하여 그들도 데려가기로 했다.

조선인 어부는 당연히 영어 대화가 불가능했고 한문조차 까막눈이었다. 조선 사람이었음에도 조선과 트고자 하는 외교에 그들이 쓰일 마땅한 용처가 없었다. 연안 탐사 때나 미국 함선과 현지 조선인 간에 문제가 생길 경우 그들끼리 의사소통하는 역할 외에는 기대하지 못했다. 베테랑 외교관 로는 조선과 통역하는 문제만 떠올리면 골치부터 지끈거렸다.

즈푸에 머물렀던 로저스 제독은 5월 12일 나가사키에 도착했다. 그를 실은 함선이 외항에 들어섰을 때 호위 순양함 알래스카와 베니시아가 기함 콜로라도의 선도로 함대 전술 훈련에 여념이 없었다. 포함 모노캐시도 꼬마 포함 패로스와 함께 참여하고 있었다.

자그만 항구 나가사키가 갑자기 들이닥친 미군 함대와 병사들로 북적였다. 나가사키는 일찍이 네덜란드 무역선이 드나들면서 일본 바쿠후가 서양 선박의 기항지로 할양한 곳이다. 로저스는 가끔 들르는 나가사키가 빠르게 발전하는 모습이 경이로웠다. 중국의 항구들이 예나 지금이나 그렇고 그런 모습인데 비하면 나가사키는 일취월장 탈바꿈했기 때문이다. 기함 콜로라도의 쿠퍼 함장이 로저스 제독에게 보고했다.

"물심양면으로 바쿠후가 지원하지 않았더라면, 미국 함대의 조선 출정은 엄두도 내지 못했을 것입니다."

그의 일본 칭찬은 입에 발린 말이 아니었다. 미국 함대가 출항

준비를 완료하기까지 실질적으로 도운 사무라이의 공로가 절대적이었기 때문이다. 다섯 척의 전함이 비좁은 항만을 가득 채우듯 정박했고 승선을 대기하던 천오백 명에 가까운 미군들이 자그만 나가사키 항구거리 곳곳에서 북새통을 쳐댔음에도 사무라이들은 오로지 온순하게 뒷바라지를 했다. 로저스가 벙긋 웃었다.

"몽둥이 타작의 끔찍함을 경험하고 나면, 사실 누구나 고분고분해지기 마련이지……."

미국 함대가 나가사키를 마치 식민지로 조차(租借)한 항구처럼 제멋대로 쓰게 된 것은 불과 몇 년 전, 일본을 흠씬 두들겨 팬 이후였다. 1863년 7월의 시모노세키 해전이 그것이었다. 문호를 개방해 놓고도 갑자기 변심한 바쿠후가 "1863년 6월 25일까지 서양 함선은 모두 일본 해안을 떠나라"며 개항을 번복했다.

서양 선박들이 모른 척하고 지나치자 약이 오른 바쿠후가 6월 26일 오후 2시에 간몬해협 다노우라 포구에 정박해있던 200톤급 미국 상선 펨브로크(Pembroke)에 포격을 가했다. 왜국의 쇠구슬 대포에 명중당할 펨브로크호가 아니어서 상처 하나 없이 줄행랑쳤다.

자국 선박이 털끝하나 다치지 않았음에도 왜 건방지게 미국의 비무장 민간선박을 포격하느냐며 어깃장을 놓고 못된 사무라이를 응징하겠다고 선전포고를 했다. 20일 간의 보복 준비를 마친 미국 해군이 7월 16일 대낮에 1,400톤급 전함 와이오밍(USS Wyoming)을 시모노세키 항구에 진입시키곤 정박해있던 일본전함을 향해 11인치 함포를 무차별 포격했다.

영국의 중고 증기선을 사다가 대포를 매달고 "일본 해군의 최대 함선"이라 빼겼던 진주츠마루(壬戌丸)가 미군의 함포 두어 발로 제꺼덕 침몰하고 말았다. 물에 빠진 승조원을 구조하러 달려든 두 척의 일본 전선도 미군 함포가 박살냈다. 코신마루(庚申丸)가 격침되고 키가이마루(癸亥丸)가 대파됐다.

시모노세키 항 기습공격 이후에는 영국과 프랑스에 네덜란드까지 가세시켜 서양 4개국 연합군을 급조하고 일본을 더욱 신나게 두들겨 팼다. 일본의 해안포대 곳곳을 점령하여 박살내는 몽둥이찜질이 1년을 넘게 계속되자 바쿠후는 또 다시 손이야 발이야 빌고 무릎을 꿇었다. 사무라이들은 연합군의 요구를 토씨하나 바꾸지 않은 항복 각서 5개 항을 반성문처럼 썼다.

서양 선박이 일본 간몬해협을 통과하면 일본 관리가 앞장서서 상냥하게 안내한다는 희한한 조항에서부터, 서양 함선이 기항하면 석탄과 보급품 공급은 물론 시모노세키 항으로 피난하는 것도 허용한다는 내용이 포함됐다. 더욱 가관인 것은 일본군 해안포대 신축은 물론 낡은 대포도 수리하지 않는다는 해안 방어 포기 조항이었다. 또 하나, 미국 배를 포격하라고 명령한 괘씸한 쇼군에게는 300만 달러의 배상금까지 물렸다.

미국의 조선 원정 일등공신은 누가 뭐래도 나가사키의 고분고분한 사무라이들이었다. 바야흐로 로저스가, 사무라이들로 하여

금 피똥을 싸게 만든 그 함포라는 몽둥이를 들고 조선으로 떠나려 하고 있었다.

출항 전야

국무부의 훈령이 로저스 제독에게 전해졌다.

"다시 한번 강조하지만, 조선 원정에서 무력 사용은 미국이 선제공격을 당할 경우에 한한다. 응징과 보복 공격은 선제공격을 당한 지점에 국한하며, 더 이상의 확전은 불가하다."

그런 내용이라면 워싱턴에 머물 때도 비슷한 언질을 받은 바 있다. 로저스는 중언부언하고 신신당부하는 미국 정부의 모습에서 조선 원정을 바라보는 세계의 이목이 얼마나 따가운지, 미국 의회가 그것에 얼마나 촉각을 곤두세우고 있는지 절감했다.

"제기랄……."

해군병력이 속속 승선하는 장면을 기함 브리지에서 지켜보던 로저스가 국무부 훈령이 담긴 전문을 구겨서 왼손으로 든 채 투덜거렸다. 기분을 상하게 하는 일은 그 뿐만이 아니었다. 종군 취재기자 신분으로 기함에 승선한 《뉴욕 헤럴드》의 특파원과 벌인 승강이도 제독의 기분을 한껏 잡치게 했다.

아일랜드계 미국인인 그 기자를 로저스는 똑똑히 기억했다. 지난 겨울 워싱턴 D.C.에서 조선 원정을 준비하며 바쁜 나날을 보냈을 때 느닷없이 《뉴욕 헤럴드》가 "중세의 재래무기로 무장한 아시아의 작은 나라 조선을 미국이 무력으로 침공하려 한다"며 해군을 맹비난했는데, 그 기사를 작성한 기자가 이번엔 종군기자 신분으로 기함에 오른 것이다.

로저스가 즉각 하선을 요구했다. 그러나 로저스의 명령에 고분고분 따를 기자가 아니었다. 두 사람 사이에 거친 말과 쌍욕이 오갔고, 서로의 감정이 상할 대로 상한 뒤에야 헤럴드 기자는 시뻘개진 얼굴로 거친 숨을 씩씩대며 하선했다.

로저스는 그 기자 대신에 미군 원정을 사진으로 기록할 종군 사진작가 한 명을 승선시켰다. 작고 뚱뚱한, 서른아홉 살의 미국인 패리스 비토(Felice Beato)였다. 비토는 일본의 명승지를 흑백 사진으로 찍어 작품전시회를 개최하는 등 당시 일본 사교계에서 유명인사 대접을 받던 인물이었다.

비토는 세계 최초의 종군 사진작가로도 이름을 날렸다. 1855년 크림전쟁에 종군했고 중국 톈진과 베이징을 함락한 영불연합군을 따라나서 기록사진도 찍었다. 1858년 인도에서는 반군에 붙잡혀 포로생활을 하기도 했다.

출항 전야가 깊어갔다. 로저스 제독과 로 전권공사가 저녁 식사 반주로 시작했던 와인이 두어 시간을 더 잇대는 술자리로 변하고 말았다. 원정을 앞둔 두 사람의 속내가 스무 살 병사 못잖게 불안했던 탓이었다. 로저스가 달아오르는 취기를 누르고 가슴 속의 응어리 하나를 끄집어 내 전권공사에게 하소연했다.

"조선 조정이 저토록 완강하게 수호조약 체결을 거부하는데도 미국 함대의 선제공격 재량권도 변변히 부여받지 못한 채 원정군을 끌고 가자니 난감하기 그지없습니다."

로 공사가 로저스를 위로했다.

"외교 문제도 껄끄럽긴 마찬가지입니다. 중국과 조선의 관계가 참으로 애매모호해서 어떤 장단에 춤을 춰야할지 모르겠습니다. 미국 함대 출정소식을 중국을 통해서야 조선에 보냈고…… 조선이 우리의 서찰을 받았는지 확인도 못한 채 원정을 떠나자니 저 역시 착잡합니다."

로저스는 사실 정치적인 부담이 컸다. 미국 함대는 1830년대부터 대양으로 진출해 아시아의 수마트라나 중국 광저우에서 소규모 상륙작전을 벌인 경험이 있다. 그러나 그 군사작전은 함장이 가진 재량권으로 치른 임기응변의 소규모 전투여서 다른 나라가 딴지를 걸어와도 미국 국무부와 해군성이 알아서 막아주었다.

조선 원정은 달랐다. 미국 정부와 의회가 승인한 첫 해외 원정이자 미 해병대가 상륙작전을 펼칠 소지가 다분했다. 로저스의 일거수일투족을 국민과 의회가 손금 들여다보듯 예의 주시하고 있었다. 게다가 아시아의 미개국을 상대로 벌이는 전쟁이어서, 이겨야 본전이고 자칫 역공이라도 당하여 미군이 피해라도 입으면 그 책임을 오롯이 로저스가 져야했다. 로저스가 한숨을 뿜었다.

"보잘것없는 무기라곤 하나 조선군은 죽기 살기로 덤빌 것이고…… 만에 하나 미국 병사가 죽어나가서 의회가 조선 원정군을 성토하고 나서면 그 뒷감당을 어떻게 해야 할지 참으로 난감합니다."

"제독, 마음을 굳게 가지십시오. 그대의 부친은 미국의 영웅이었잖소! 제독은 틀림없이 이번 출정에서 찬란한 승리의 트로피를 미국에 안길 것이오. 염려는 꽁꽁 붙들어 매고, 무사한 조선 출정을 기원하는 건배나 다시 한 번 합시다!"

"……."

그의 말이 맞다. 로저스는 아버지가 그랬듯 그 또한 미합중국의 해군 장성이다. 그와 같은 이름인 존 로저스 제독으로 불렸던 아버지는 신생국 미국의 해군 역사를 고쳐 쓴 위대한 군인이었다. 40년간의 해군 생활을 통해 여섯 명의 대통령을 지근에서 모셨고 해군성 장관까지 지냈다.

아버지 존 로저스는 미국 땅의 주인 행세를 하던 영국이 1812년 워싱턴을 무력 점령하고 국회의사당을 불태우자, 시민군을 총지휘하여 반격에 나서 워싱턴을 탈환한 구국 영웅이기도 했다.

로 전권공사의 격려에 한결 기분이 나아진 로저스가 활짝 웃었다. 두 사람의 와인 잔이 경쾌하게 부딪혔다. 그날 밤의 5월 훈풍은 밤이 이슥해질수록 된소리를 질렀고, 파도까지 높아져서 외항에 정박했던 콜로라도 함을 건덩건덩 흔들어댔다. 두 사람의 술잔에 담긴 와인도 덩달아 출렁거렸다.

폭풍 비구름이 몰려왔다. 밤바람은 미국 함대보다 하루 먼저 소용돌이 함성을 지르며 조선으로 떠났다. 심야에는 굵은 빗줄기가 주룩주룩 쏟아졌지만 어쨌거나 나가사키는 그저 밤바다가 아름다운 항구였다.

해병 대위 틸턴

5월 16일 아침, 빗줄기를 뚫고 조선 원정 함대가 일제히 출항의 기적을 울렸다. 간밤에 내렸던 비가 새벽녘에 잠시 주춤하더니 동틀 무렵에 또 다시 굵은 빗방울을 쏟았다. 로저스 제독이 출정을 연기할까 고민했으나 참모 지휘관 다수가 곧 그칠 비라며 강행하자는 의견이어서 그에 따르기로 했다.

순양함과 포함, 모두 다섯 척의 증기선이 나가사키 항구의 좁은 수로를 다소곳하고 얌전하게 빠져나갔다. 기함의 이물이 내항 우라카미(浦上)강 하구를 벗어날 때였다. 서른다섯 살 해병대 지휘관 틸턴(McLane Tilton) 대위가 우의를 걸친 채 갑판에 우두커니 서 있었다. 멀어지는 나가사키 항구의 모습을 애써 눈에 담으려는 사람 같았다.

내륙으로 쏙 들어가 앉은 나가사키 항구는 아름다웠다. 이삼백 년 전부터 드나들던 네덜란드 선원이 일본의 파펜부르크(Papenburg)라 부르며 칭송했다. 파펜부르크는 유럽 북해에서 독일과 네덜란드의 경계를 지으며 흐르는 엠스(Ems) 강 깊숙한 곳에 자리 잡은 아름다운 항구였다.

기함이 나가사키 항 북쪽 현관인 가미노시마(神ノ島)를 지났

다. 서양의 선원들이 '크리스천의 섬'이라 부르는 곳이다. 그 섬의 앞바다에 마치 밥그릇을 엎어놓은 듯 자리잡은 자그만 섬 다카보코(高鉾)는 왜국의 초창기 기독교 전파의 성지로, 프랑스 신부를 숨겨준 여관 주인 두 명이 참수형을 당한 일본 최초의 순교자 발생지였다.

콜로라도 함의 뱃전 옆으로 그때 막 다카보코 섬이 스쳤다. 틸턴 대위가 모자를 벗고 두 손을 공손히 모아 기도했다. 그는 독실한 크리스천이었다. 지난 4월 해병대 본진 6백여 명을 인솔하고 나가사키에 도착하면서 주말 오전이면 항상 가미노시마의 예배당을 찾아가 무릎을 꿇고 기도했다.

나가사키 외항을 완전히 빠져나온 미국 함대가 북서쪽으로 방향을 틀었다. 함대는 두 겹의 화살촉 진을 갖추고 북상하기 시작했다. 기함 콜로라도가 앞서고 왼쪽 옆구리에 알래스카와 모노캐시, 그리고 오른쪽에는 베네시아와 패로스가 따랐다.

선수를 선회하여 전속으로 북상 항진하는 함선 갑판에 서있던 틸턴이 세찬 빗줄기를 피할 생각도 않고 혼잣말을 웅얼거렸다.

"5년 전 프랑스의 육전대도 조선군과 맞붙어 수십 명의 사상자를 냈다는데……. 미국이 조선군과 치열한 전투를 벌이고 피차가 생사를 장담 못하는 지경에 이르면, 내가…… 다시 나가사키 항구로 돌아올 수 있을까……."

틸턴의 불안감은 당연했다. 해병은 언제나 상륙작전의 선두에서며 늘 죽음과 가까이서 전투를 수행한다. 상륙작전이 성공하면 아군의 교두보를 확보하지만, 만약에 실패한다면 매복한 적군의 공격으로 말미암아 떼죽음을 당하기 십상이다.

게다가 야만국 조선은 서양 사람만 보면 목을 잘라 소금에 절여 피클을 담그곤 백성들에게 강제로 구경시켜서 쇄국의 빗장을 더욱 단단히 걸어 잠근다고 했다.

그럼에도 불구하고 1775년에 창설된 미국 해병대(Continental Marines)는 조국이 벌이는 전쟁이라면 언제 어디서나 앞장서는 용맹무쌍한 창끝이었다. 미국 해병대는 전투의 선봉대(advanced guard)로 가장 먼저 뭍에 오르고, 가장 늦게 철수하는(first landing, last leaving) 전투원칙을 신조로 삼는다.

100년에 가까운 미국 해병대의 전통은 바야흐로 조선 원정에서도 빛을 발할 것이며, 그 지휘관이 바로 틸턴이었다. 틸턴은 100여 명 해병대 외에도 해군 전투병 I중대의 지휘관도 겸했다. 자신뿐만 아니라 자신의 명령에 목숨을 걸어야 하는 부하가 너무 많았다.

출항 뒤 두어 시간을 줄기차게 따르던 빗줄기가 어느덧 잦아들고 파도도 잠잠해졌다. 틸턴이 그제야 갑판 계단을 내려서서 지휘관 선실로 들어갔다. 우의를 벗고 책상 앞에 앉은 그의 머릿속은 메릴랜드에 두고 온 아내 내니(Nannie)와 갓 태어난 그들의 아기의 환영으로 가득했다.

조선 원정의 불안한 심경을 편지지에 또박또박 적어나갔다. 해
군의 우편 행낭은 석 달 후에나 이 편지를 미국 본토의 아내에게
전할 것이다.

1871. 5. 16
내 사랑 내니,

우리는 정말로 조선을 향하는 원정길에 올랐소. 미리 알려
주어도 당신은 충분히 납득했겠지만, 급작스럽게 원정 사실
을 전하는 이 편지를 읽고서 모쪼록 놀라지 말기 바라오. 우
리 미군의 임무는 오로지 평화적이며 조선 정부로부터 납득
할 만한 약속을 받아내는 목적 하나뿐이라오. 조선 해안에서
조난당하는 기독교 신자 미국 선원들을 인간적으로 구조해
달라는 것이오. 우리에겐 조선이란 나라에 관한 정보가 전혀
없소. 조선 연안에 대해서는 단지 믿을 수 없는 뜬소문만 무
성할 뿐이오.

함대의 병사들은 사기가 충천해 있소. 선상에서 매일 보
병 각개전투와 소총 사격 훈련을 하고 있다오. 몇 달 전에 미
국 민간 무역선 돛배가 장사를 하러 조선 연안에 닿았는데,
조선 주민들이 다짜고짜 선원들의 목을 잘라 소금에 절이곤,

무슨 진기한 물건이라도 되는 양 높은 곳에다 매달아 전시했다고 하오!

3년 전에는 프랑스군이 자국민을 살해한 조선 조정을 응징하러 원정을 갔다오. 조선인들은 프랑스 의사를 살해하고 살가죽을 벗겨 해변 십자가에 매달았다고 하오. 이런 광경은 미리 탈출해서 살해를 면한 프랑스 친구들이 숨어서 지켜보며 똑똑히 목격했지만, 도와줄 수 있는 형편은 아니었다고 하오. 그것이 진실인지 아닌지 내가 언급할 바는 아니오. 단지 그런 무지막지한 야만인들이 1,000만 명이나 우글거리며 사는 조선에, 우리의 보잘것없는 무력과 내가 이끄는 병사들이 그들을 응징하러 상륙해야 한다면, 당신은 결단코 유쾌한 상상만은 하지 못할 거요.

May 16, 1871
My dear Nannie,

We are really on our way to Korea. I hope what you have read in the papers about the Expedition has not alarmed you as I do not think we are to have any trouble to speak of, our mission being a peaceful one, and for the purpose only of exacting a reasonable promise from the

Korean Govt. that Christian seamen wrecked on their coast may be treated humanely. We have no knowledge of the country, and only very unreliable information in regard to the coast.

We are all quite jolly, and everyday the crews of our fleet are exercised in the Infantry drill & firing with small arms. Some months ago a Schooner came up here to trade, and the natives are said to have cut them up, and pickled them, took them in the interior and set them up as curiosities!

The French came 3 years ago to avenge their priests, who had been murdered, when they skinned a french doctor, and crucified him on the beach under the eyes of the Frenchmen who had been driven off, and who were unable to help their friends. Whether this is positively true or not I can't say: but you may imagine it is with not great pleasure I anticipate landing with the small force we have, against a populous country containing 10,000,000 of savages.

9장

먹장구름

조용한 황해

나가사키를 출항한 다음날부터 시퍼런 하늘이 열렸다. 로저스 함대가 우현에 제주 화산섬을 끼고 만 하루를 더 북상하자 바다 오른쪽으로 띠처럼 이어지는 조선의 땅 그림자를 드디어 마주쳤다. 높지도 낮지도 않은 산과 구릉의 연속이었다.

조선의 산하가 눈앞에 펼쳐지자 병사들이 잠시 긴장하는 듯했지만 이내 장난기가 뚝뚝 흐르는 스무 살 철부지로 돌아갔다. 어딜 던져놔도 쾌활한 미국의 청춘이어서 기죽는 법이 없다.

녀석들은 대여섯만 모이면, 조선과 조선 사람에 관해 주워들은 손톱만 한 지식을 앞세우곤 서로 제 말이 옳다며 아글다글 싸워댔다. 그런가하면 희끄무레한 저 산과 들에는 문명국가의 휴머니즘 따위는 존재하지 않는다며 이구동성으로 성토했다. 가보지 못한 나라 조선을 규정하는 섣부른 지식들의 도토리 키재기가 함체를 흔드는 바다 너울만큼 난분분했다.

해군 캐시(Casey) 소령이 선상 훈련을 지휘했다. 병사들의 충천한 사기는 듬직했으나 급조된 병력이어서 상대해야 할 조선군이 어떤 무기로 무장했는지 강화도의 지형지세가 어떤지에 대해서는 까막눈이었다.

나가사키를 떠난 그날부터 훈련과 교육이 시작됐다. 캐시 소령은 장병을 모아놓고, 무기만 놓고 비교하자면 우리는 한 명도 죽지 않고 조선군 모두를 몰살시킬 수 있다며 자신했다.

"잘 알고 있으리라 믿지만, 조선군이 무장한 총은 여러분들이 박물관에서나 봤던 15세기 유럽제 화승총을 베낀 물건이다. 그러나 골동품이라 할지라도, 그 총탄에 맞으면 사람이 죽는다는 사실은 엄연하다. 경계를 철저히 하여 50야드(45미터) 안쪽에서만 화승총 실탄을 맞지 않으면 된다. 5년 전 프랑스군이 강화도에 상륙했다가 꽁지가 빠지게 도망친 이유도 경계를 소홀히 하여 매복공격을 당했기 때문이다."

미국 병사들은 수박 겉핥기로나마 조선과 조선 사람을 알아가기 시작했다. 엄밀히는 교육이 아니었고 전의를 불태우고 증오를 이식하는 세뇌였다. 조선 조정은 내외국인을 불문하고 기독교 신자는 무조건 목을 잘라서 장대에 매달며, 5년 전 조선의 대동강에서 선량한 미국의 무역상들이 그렇게 학살당했음을 상기시켰다.

정신훈화 교육을 받은 미군 병사들은 하나같이 주먹을 불끈 쥐었다. 젊은 가슴들은 마치 중세의 십자군처럼 기독교도의 정의로움으로 가득 찼다. 오로지 왕과 지배계층 양반만이 사람답게 살면서 백성의 생사여탈권을 쥔 나라, 천만 백성은 착취와 억압의 대상일 뿐인 배교도의 나라, 조선. 하루 속히 미국의 정의로운 병사들이 해방시켜야 마땅한 나라였다.

기함 콜로라도의 함교에서 해도를 살피던 쿠퍼 함장이 감탄사를 터뜨렸다. 콜로라도 함은 5년 전 프랑스 해군이 작성한 해도를 넘겨받아 그 위에 나침을 놓아 항해 중이었다. 해도가 얼마나 꼼꼼했던지 그 길만 따라가면 인천 앞바다까지 일사천리의 안전 항로가 열렸다. "비바(Viva) 프랑스!" 쿠퍼 대령이 껄껄거렸다.

함대는 조선 연안에 바싹 다가서서 북상했다. 미국 함선을 공격할만한 사거리의 지대함(地對艦) 화포가 조선에는 없으므로 마음 놓고 뱃전을 들이대는 꼴이었다. 들이민 목적은 물론 겁주기다. 조선 조정과 백성은 미국 함대와 함포의 위용을 자세히 살펴 지레 겁먹을 것이며 한시라도 빨리 항복하라, 그런 메시지였다. 과연 함대가 지나치는 해변 마을마다 흰옷 입은 구경꾼들로 넘쳐났다.

공짜 구경은 미군 병사도 즐겼다. 틈날 때마다 갑판난간을 붙잡고 조선의 산하와 거기에 얹혀사는 사람들을 흘끔거렸다. 조선과 미국의 인간들이 처음으로 집단 맞선을 봤으되 기실은 서로를 동물원의 원숭이 보듯 했다.

조선 사람에게 서양 오랑캐란 사람이길 포기한 짐승이었다. 삼척동자도 병인년 강화도에서 벌인 프랑스군의 만행과 패악질에 치를 떨었다. 어른도 섬길 줄 모르며 저희 목숨만 귀한 줄 알았지 조선 사람을 파리 목숨으로 여기는 불한당에다, 벌건 대낮에 부녀자를 겁탈하는 인두겁 쓴 짐승에 불과했다.

미군 병사의 눈에 비친 조선인도 사람 같지 않기는 마찬가지였다. 토굴 같은 낮고 좁은 집에 풀 지붕을 덮고 가족 모두가 좁고 냄새나는 방에 옹기종기 붙어서 잠자는, 두더지나 들쥐보다 별반 나아보이지 않는 존재였다. 게다가 조선의 백성 모두는 과학보다 무당의 푸닥거리를 더 신봉하는 원시 미개인이었다.

로저스가 혀를 찼다. 실에 꿴 감꽃처럼 일자로 줄지어 사나흘을 항해했건만, 가로막는 조선 전함은 고사하고 기함을 향해 네가 누구냐고 묻는 거룻배 한 척조차 없었다. 조선의 영해에 진입하는 순간 곧바로 고위관리가 마중 나올지 모른다는 전권공사의 실낱 기대는 나날이 처량해졌다.

미국 함대를 맞은 사람이라곤 해변에 늘어서서 멀뚱하게 구경하는 흰 옷차림의 해안마을 무지렁이들 뿐이었다. 제독과 전권공사가 브리지에서 만날 때마다 서로의 눈만 멀뚱거리며 살폈다.

5월 23일 미군 함대는 남양만 앞바다 외제니 섬(Eugénie Island)에 닿았다. 충청도 앞바다 입파도(立波島)를 프랑스가 제

멋대로 붙인 이름이다. 병인년 양요 때 산둥 반도를 출항한 프랑스 함대는 그곳에서 항로를 꺾어 북상, 강화 해협을 타고 올라 갑곶이에 상륙했다. 로저스 제독은 기함 브리지에서 "5년 전 프랑스의 로즈 제독이 이 바닷길로 조선원정을 감행했던 업적을 기리기 위해 로즈 항로(Roze Roads)라 명명한다"고 선언했다.

미군 함대는 5년 전 프랑스가 정박했던 인천 앞바다 부아제 섬 (Isle Boisée) 인근 해역에 닻을 내리기로 했다. 부아제는 숲의 섬 (Woody Island)이란 프랑스 말로 지금의 인천 작약도다. 인천 해변과 지척인데다 한양과 연결되는 강화 해협의 아래쪽이어서 전략상으로도 그만한 정박지가 없었다. 작약도에서 강화 해협 입구는 불과 이십 리, 한양도 일백 리 안쪽이다.

제독이 블레이크 중령에게 정박지를 사전 답사하고 정찰할 것을 지시했다. 블레이크는 패로스 함을 앞세우고 무장 병사를 실은 단정 네 척과 함께 작약도로 향했다. 기함이 정박할 수심이 확보되는지 측량하고 또 작약도에 조선군 요새가 있는지 정찰하는 임무다. 5년 전 프랑스 함대가 정박했던 곳이어서 지금쯤은 조선 군부가 진지를 구축하여 무장 군인을 배치했을지도 모르는 일이었다.

정찰 선대가 인천 앞바다를 지날 때 영종도 해변에 조선인 이백여 명이 몰려나와 깃발과 장창을 흔들어대며 함성을 질렀다. 단정에 탔던 병사들이 움찔하여 사격자세를 취했으나 조선인들은 단지 소리만 컸고 적대적인 공격을 않았기에 그냥 지나치기로 했다.

블레이크가 한나절 만에 정찰을 마치고 기함으로 돌아왔다. 작약도 인근 수심이 함대 정박에 충분하며 작약도에는 조선군 진지는 고사하고 사람의 그림자도 비치지 않는다는 보고를 했다. 그가 반가운 소식 하나를 덤으로 전했다.

정찰 도중에 조선 관리로 짐작되는 사람으로부터 서찰을 건네받았다며 하얀 편지봉투 하나를 디밀었다. 로 공사가 희색이 만연하여 그 사찰을 덥석 받아 쥐었다. 블레이크가 부연 설명을 했다.

"작약도가 눈앞이던 해역에서 패로스 함 쪽으로 조선 돛배 한 척이 접근해왔습니다. 그러나 파도가 거칠어 우리 측에 접선하는 것이 불가능하자 돛배를 가까운 무인도의 해변에 대더니, 다가오라며 손짓을 했습니다. 그래서 단정 하나를 해변으로 보내고, 그들로부터 이 서찰을 받았습니다."

부평도호부가 보낸 문정서였다. 언제, 어디서, 무슨 목적으로 조선의 해안까지 온 어느 나라 사람들인가, 언제까지 조선 연안에 머물 것인가, 그런 종류의 질문이 담겨있는 인천지방 관아의 공식문건이었다.

로 전권공사가 실망하고 말았다. 수도 한양의 코밑까지 치고 올라온 미국 함대이건만, 해역을 담당하는 관청이 함선의 국적도 모르고 있었기 때문이다. 어찌됐던, 아직도 조선 조정이 미국 함대의 원정 사실을 모르고 있다면, 외교적으로도 참 난감한 사안이 아닐 수 없었다.

부평도호부가 보낸 문정서 말미에는 '답신을 받으러 내일 다시 오겠다'는 내용이 있어서 그나마 다행이었다. 미국의 전권공사가 조선 관리를 직접 만나는 기회가 비로소 만들어졌기 때문이다. 공사는 비서와 중국인 통역관에게 답장을 작성하라고 지시했다.

지방 관아의 문정서 답변이지만 상급 관청을 경유하여 한양의 대원군에게도 보고될 것이 확실하여서 이래저래 신경이 쓰였다. 조선과 순조로운 통상 협정이 이뤄지려면 대원군의 비위를 건드리지 않는 일이 긴요했기 때문이다.

지난 병인년에 불쏘시개 함포를 들이대고 대원군의 턱수염을 뽑으려했던 프랑스는, 수백만 달러에 이르는 천문학적인 전쟁 비용과 자국 병사 수십 명의 목숨을 제물로 바치고도 대원군의 코털 하나 건드리지 못한 채 야반도주하듯 달아났다. 그것을 지금의 미국이라고 해서 반복하지 말라는 법은 없었다.

답장을 작성하는 중국인 필경사에게 '미국은 조선 땅을 점령하려는 마음이 조금도 없으며 조선 사람도 절대로 해치지 않을 것임'을 명기하라고 일렀다. 완성된 답장 초안은 두 번 세 번 되읽어서 최대한 공손한 문장으로 만들었다.

"이번 원정에는 5척의 미국 함선이 왔으며, 해군 제독과 전권공사는 조선 조정의 보살핌 덕분에 잘 지내고 있습니다. 지금 미국 함대는 조선에서 파견하는 전권대신과 협상을 하기 위해 한양에 가까운 인천 앞바다로 북상하고 있는 중입니다. 저희들은 조선과 통상 협상만 성사되면, 지체 없이 미국으로 돌아가겠습니다."

문정서 질문사항은 물론이고 함대의 근황까지 성실하게 적은 답서였다. 답서 말미에, 미국과의 모든 협상은 평화적이고 우호적으로 진행될 예정이니 조선도 미국처럼 왕명을 위임받은 고위 대신을 보내 달라고 요청했다.

5월 24일 오전, 조선 관리를 실은 돛배가 기함 콜로라도에 다가왔다. 통역관 세 명과 인천 도호부의 아전 김진성이었다. 전권공사는 자신의 신분과 견주어 현저히 격이 낮은 조선의 말단 관리를 접견하여 그와 통상 협정에 관한 협의를 해야 옳은 것일지, 한참을 골똘하게 생각했다.

결론은 노(NO)였다. 모름지기 나라간 외교 협상은 대등한 신분끼리 실천이 가능한 일들을 협의하는 것이다. 세계 초강대국인 미국의 대통령 전권공사가 한 주먹거리도 되지 않는 미개한 나라 조선의 말단 관리와 협상 테이블에 나란히 앉는다는 것은 로의 자존심이 허락하지 않았다.

전권공사는 원정군 참모장 니콜스(Nichols) 대령과 자신의 비서인 드류 서기관을 보내 조선 관리들을 상대하게 했다. 기함에 오른 조선 관리에게는 문정서 답신과 함께 대원군에게 전달해 달라며 미국 측이 준비한 선물을 들려서 보냈다.

인천 관아와 접촉의 물꼬가 트이면서 로 전권공사의 부드러운 외교가 불을 지피기 시작했고, 한편으론 로저스 제독의 은근한 무력시위도 병행됐다. 수시로 무장한 병사를 실은 단정을 해안으로 보내 조선군 육상 포대나 해안진지 앞을 시위 기동케 했다.

로 전권공사는 정박지인 인천 지역의 상급 관청에 해당하는 강화 유수부에도 메시지를 전달하기로 했다. 해군 장교와 공사 서기관, 중국인 통역관과 조선인 어부까지 단정에 실어 강화도 남쪽 해안에 상륙시키고 조선인을 앞세워 물어물어 글방선생을 찾아냈다. 필경사가 한문필담으로 글방선생에게 "미국 배가 조선 조정과 평화적인 협상을 위해 이곳에 왔으니 서찰을 강화 유수부에 전달해주기 바란다"면서 전권공사의 친서를 전했다. 글방 선생이 선선히 그러마고 했다. 준비해 간 양복천과 금속 단추, 유리병을 선물로 주었다.

답변이 의외로 빨리 왔다. 다음 날 오후 강화 유수 명의의 답서가 콜로라도 함에 닿았다. 조선 조정이 파견하는 관리가 곧 도착할 것이라는 내용이었다. 그러나 온다던 조선 관리는 사흘이 넘도록 감감 무소식이었다. 더는 기다릴 수 없었던 로저스는 5월 30일, 함대 정박지로 예정한 작약도로 향했다.

다음 날은 아침부터 짙은 해무가 끼어 한치 앞도 보이지 않았다. 항로를 잘못 들어서면 개펄에 좌초할 수도 있어 미군 함대는 영종도 옆의 호랑이 섬(虎島) 인근 해역에 닻을 내리고 해무가 걷힐 때까지 정박하기로 했다. 그때 이십여 명의 조선 사람들이 승선한 돛배와 거룻배가 접근해 왔다. 5월 31일 오후, 그날 기함의 현문(gangway) 당직 사관은 해군 D중대장 맥키 중위였다.

돛배를 타고 온 사람들은 사흘 전에 왔어야 할 관리들이었다. 그들은 지난 이틀간 인천 앞바다의 파도가 높아 돛배를 띄울 수 없어서 출항을 포기했다가, 물살이 잔잔해진 오늘에야 해무를 무릅쓰고 미군 함선을 찾아왔노라 했다.

돛배를 타고 온 청색 관복과 갓을 쓴 세 명은 한눈에 조선 관리임을 알 수 있었다. 짙은 색 관복의 두 사람은 3품 관리라 했고 파란 옥돌 구슬을 조롱조롱 꿴 갓끈을 맸다. 옅은 청색 복장의 5품 관리는 3품보다야 볼품없었지만 역시 옥돌 갓끈을 맸다.

노잡이들과 시종으로 여겨지는 장정은 모두 흰 옷에 초립을 썼고 특히 관리의 시종은 기름 먹인 종이우산을 들고 서 있었다. 우산 모양새마저 3품과 5품은 차이가 났다. 로 전권공사는 그들의 행색으로 미루어 하급관리임을 금방 알아차렸다. 전권공사와 격이 맞는 고위대신을 보내라고 그렇게 당부했거늘, 무례하게도 조선 조정은 그의 말을 묵살하고 말았다. 불쾌해진 로가 그들의 직접 면담을 거부하고, 기함에 승선하는 것조차 불허했다.

그 대신 갑판장 휠러(William K. Wheeler) 소령과 서기관 카울스를 현문으로 보내 조선 관리가 가져온 서찰만 접수하게 했다. 조선 관리에게는 "미국 전권공사는 조선 왕의 협상 권한을 위임받은 1품 이상의 고관만 만나겠다"며 다시 한 번 협상 원칙을 전했다. 기함에 승선하는 것마저 거부당한 조선 관리들이 즉석에서 지필묵으로 글을 써서 흔들곤 "우리는 한양의 외교 업무 관장 부서에서 왔다"며 고함을 질렀다.

미국과 조선은 서로가 서로의 입장을 전달하는 것에 미숙했다. 조선말을 구사하는 통역관이 없었던 데다 서로의 뜻을 한문으로 적어 통교하고 그 뜻은 각자가 편리할 대로 의역하여 이해했다. 조선의 상식은 미국의 몰상식이기 다반사였고 미국의 순리가 조선의 생떼로 둔갑되기 일쑤였다.

접수된 서찰이 제독과 공사에게 전해졌다. 중국인 통역관 두 명이 배석하고 드류와 메서, 카울스 서기관이 통역했는데 그 내용은 지극히 실망스러웠다.

"조선 조정은 로 전권공사가 베이징에서 보낸 조선 출정 통보문을 받았다. 그러나 조선 임금은 미리견과 우호 관계를 바라나 통상조약은 원하지 않으니, 귀국의 함대는 더 이상 불법으로 조선 연안에 정박하지 말 것이며 지금 당장 철수하여 돌아가라."

미국 사신의 생각은 들어볼 생각도 않고 무조건 "조선에서 철수하라"는 조선 왕실이 영 마뜩찮았다. 초강대국 미국을 소국 조선이 이런 식으로 홀대하면 그 후환을 어떻게 감당하려는 걸까. 로 전권공사의 미간이 잔뜩 찌푸려졌다.

로저스 제독이 나섰다. 그는 참모 장교와 전권공사 서기관을 돛배에서 대기 중인 조선 관리에게 보내고 미국 측량선의 강화 해협 진입을 통보하게 했다.

"미국과 조선의 외교 협상이 진전되는 동안, 우리 함대가 내일 아침 강화 해협 수로를 측량하겠으니 통행 허가를 해 달라."

미국의 요청을 받은 조선 관리가 가타부타 말을 않고 다만 빙그레 웃기만 했다. 그런 중대 사안을 결정할 권한이 자신에게는 없다는 의미였다. 미국 서기관은 이를 암묵적 동의라 여기고 "조선 관리가 웃으면서 동의했다"며 제독에게 보고했다.

서로의 의중은 이리저리 꼬이고 뒤틀린 채 전해지기 일쑤였고 이해와 오해는 편리할 대로 적용하고 대입됐다. 조선 연안에 머무는 시간이 길어질수록, 노랑머리에 파란 눈을 가진 외교관은 자제력을 잃어갔다. 그가 슬며시 로저스의 몽둥이에 기대려 했다.

6월 첫날의 억수

미국의 국무부가 신신당부한 선제공격 불가 방침은, 그 뜻을 뒤집으면 매우 간단했다. "패주고 싶다면 한 대를 먼저 맞아라"는 주문이었다. 문제는 어디서 어떻게 맞아주는가였고, 그게 또 생각만큼 쉽지 않았다.

로저스 제독은 일본 원정 때처럼 인천 앞바다에 벼락같은 공포탄을 쏠까 생각도 해봤다. 그러나 일본과 조선은 환경이 달랐다. 인천 앞바다에서 한양은 일백 리나 된다. 공포의 함포소리가 한양 구중궁궐까지 전달되지 못할 것이 빤했다.

또 하나, 도쿄 만 해안은 민가가 빼곡하게 들어차 있어서 미국 함포의 천둥 벼락은 즉각 해안마을 주민들을 공포에 몰아넣어 피난민이 속출했으며 그 소문은 곧장 에도 바쿠후의 귀에 들어가서 효과만점이었다. 그에 비하면 조선의 서해안은 심심산골 같아서 대포소리 효과는 기대난망이었다. 고기 잡는 몇몇 촌놈에게 미국 함포의 위력을 보여준들 그게 대세에 무슨 영향을 미칠까.

6월 1일 아침, 로저스 제독이 블레이크 중령을 불러 지시했다.

"포함 모노캐시와 패로스를 앞세우고, 무장 병사를 실은 증기선 단정 두 척과 함께 강화 해협에 진입해 한강 하구까지 수심을 측량하시오. 해협을 진입한 뒤에는 양안의 해안 포대와 요새의 무장 상태를 정찰하시오."

블레이크 중령이 즉각 이의를 제기했다.

"제독 각하, 조선의 강화 해협은 외국 함선이 출입할 수 없는 해역입니다. 불법 진입한다면 10분도 안 돼 포격을 받을 것이 확실합니다. 해협에 촘촘히 들어찬 조선 해안 포대는 포신을 해협 쪽에 고정시켜놓고 있습니다. 대포 성능이 보잘 것 없다고 하지만, 좁은 수로를 통과하던 우리 함선이 불시에 집중 포격을 당하면 피해가 만만치 않을 겁니다."

로저스의 표정이 굳어지며 입 꼬리가 쳐졌다.

"어제 우리 함대를 방문한 조선 관리에게 수로 측량을 이미 통보했고, 그들이 암묵적으로 동의했다지 않소. 귀관은 아무 염려

말고 나의 명령을 따르시오."

"그렇지만, 조선 군부의 정식 통항 허가를 받기 전에는……."

로저스의 눈꼬리가 올라갔고 언성도 그만큼 높아졌다.

"상황 판단은 나에게 맡기고, 귀관은 주어진 명령을 수행하기 바라오!"

더 이상 대꾸하지 못했다.

블레이크 중령이 획득한 정보는 정확했다. 염하는 조선 선박도 통행 허가증을 소지해야 진입이 가능했고 외국 배는 원천적으로 출입금지였다. 하물며 무장한 외국 함선이야 두말할 나위가 없었다. 병인양요 이후 조선 군부는 무단 침범하는 선박은 무조건 집중 포격할 것이라고 선언했다.

강화도와 김포반도를 갈라놓은 강화 해협 수로는 소금물이 흐르는 강, 염하(鹽河)라 부른다. 병인양요 때 프랑스 함대가 사리 (Salée)라 이름 지었는데 그 뜻도 '소금 강'이다. 미군도 이 해협을 사리라 불렀다.

염하의 남북 길이는 20킬로미터가 넘고 상류에는 한강과 예성 강 하구가 나팔관처럼 육지 쪽으로 뻗었다. 하루 두 차례 밀물과 썰물이 교대할 때마다 짠물과 민물이 번갈아 강 하구를 넘나든 다. 해협의 폭이 넓은 곳은 1킬로미터 안팎이며 좁은 곳은 오륙 백 미터에 불과하다.

6월 1일 정오경이었다. 밀물 만조 때를 맞춰 포함 모노캐시에 승선한 블레이크 중령이 강화 해협으로 향했다. 만에 하나 조선군의 공격을 받는다면 즉시 응사할 준비도 단단히 갖췄다. 함포마다 포탄을 넉넉하게 비축하고 단정에 승선하는 40여 명의 병사에게도 백여 발씩의 소총 실탄을 휴대케 했다.

블레이크 중령의 측량선단이 강화 해협 초입을 진입하자 곧바로 섬 왼쪽에 초지진이 보였다. 강화 해협의 남쪽 관문을 지키는 요새였다. 해안 언덕에 축조된 나지막한 석벽 위로 조선군의 모습이 어른거리는 듯했으나 공격의 낌새는 보이지 않았다.

"조선군이 우리 함선의 출입을 묵인하고 있구나."

블레이크가 지레짐작하고 안도했다. 병사들에게 수심 측량을 지시했다. 초지진 위쪽으로 1마일을 더 북상하자 섬 언덕바지에 반듯하게 짜 올린 덕진진 성곽이 나타났다. 그곳에서도 몇 명의 조선군 경계병이 보였지만 역시 미군을 공격하려는 낌새는 아니었다.

강화 해협 수로는 덕진진을 지나면서 오른쪽으로 급히 꺾인다. 강폭이 절반으로 줄고 해류가 급해지는 손돌목 물굽이(孫石項)다. 그 물길은 미군이 팔꿈치 요새(Elbow Fort)라 이름 붙인 광성보 진지를 감고 돌아간다. 블레이크 중령은 그때까지 조선의 거룻배를 한 척도 만나지 못해 오히려 불안했다. 어디론가 유인 당하는 찜찜한 기분이 들었다. 해협 양안의 조선군 포대와 진지는 사전에 각본이라도 짠 것처럼, 쥐죽은 듯 조용했다.

미국 함선이 손돌목 물길 중간쯤에 다다랐을 때였다. 블레이크의 불길한 예감은 기어이 들어맞고 말았다. 광성 포대에 거치된 홍이포 5문이 일제히 포문을 열었고 기다렸다는 듯 광성보 아래 덕진진 남장 포대와 해협 건너편의 김포 덕포진 포대가 미국함선을 향해 화염을 뿜었다. 손돌목 돈대에서는 불랑기와 대조총까지 일제사격을 해댔다.

그때까지의 평화로운 항해는 단지 폭풍의 똬리구름 한 가운데 정적에 불과했고, 손돌목 수로의 중간에서 세찬 폭풍우를 만난 셈이었다. 블레이크가 "덫에 걸렸구나!" 깨달았지만 그때는 이미 늦었다. 손돌목 물길이 거칠고 빨라서 뱃머리를 돌리기가 여간 까다롭지 않았다. 손돌목 수로는 광성-덕포-덕진진을 삼각형 꼭지 점으로 잇는 한가운데 자리였다.

블레이크가 즉각 응사를 명령했다. 미국 함선이 조선군 포대 세 곳을 대응해야 했으므로 병사들이 한동안 정신을 못 차렸다. 10여 분간 양측의 대포와 소총 굉음이 손돌목 물길 위를 너울거렸다. 쏘아댄 조선 화포는 어림잡아 60~70문에 달했고, 포함 모노캐시가 60파운드와 8인치 함포로 응사했으며 패로스 함의 24파운드 곡사포 6문이 포탄을 날렸다. 단정과 포함에 승선한 미군 병사들도 해협 양안의 조선군 진지를 조준하여 라이플의 방아쇠를 당겼다.

블레이크가 진저리를 쳤다. 미국의 남북전쟁이 벌어졌던 5년 동안 초급 장교로 참전하여 숱한 야전을 치렀던 그였지만, 이처럼 좁은 수로에서 그토록 많은 포탄과 탄환이 한꺼번에 빗발친 전투는 일찍이 경험하지 못했다. 그러나 시간이 흐르면서 블레이크 중령도 차츰 냉정을 찾아갔다.

조선군 화포 공격은 소리만 요란할 뿐 파괴력과 타격 정밀도는 대포라 믿기엔 힘든 엉터리였다. 홍이포는 도화선으로 약실의 화약에 불을 댕기는 15세기 유럽 화포의 유물이다. 쇠구슬 포탄은 오륙백 미터밖에 날지 못했는데 그마저도 석축포좌에 포신을 고정시켜놓아서 정해진 방향으로 정해진 거리만큼만 날아갔다.

조선군의 쇠구슬 포탄들은 미국 함선의 뱃전에도 다다르지 못했다. 마치 강변에서 돌팔매질한 조약돌이 떨어지듯 풍당풍당 물에 잠겼다. 홍이포 포탄이 운 좋게 미국 함선 뱃전을 정통으로 때렸다 한들, 미국 전함은 그걸 맞고 부서질 수수깡 배가 아니었다. 홍이포뿐만 아니라 화승총 실탄도 미국 함선에는 닿지 못했다. 다만 미군이 징겔(Jingal: 대형 화승총 혹은 총통)이라 불렀던 대조총의 탄환이 겨우 닿았다.

모노캐시 함이 용두 진지 아래를 지날 때였다. 배 바닥이 무엇엔가 걸려 선체가 요동을 쳤다. 수심이 넉넉함에도 선체바닥이 무엇인가에 걸려서 긁히는 느낌이 들었다. 블레이크가 당황했다. 광성보 포대 가까이서 좌초했다간 조선군 화포 사정거리에 들 수 있었고 비록 하찮은 조선 대포라지만 집중포격을 당하면 물귀신이 될 수도 있었다.

일단은 빠져나가야 했다. 무조건 퇴각하라는 깃발 신호를 올렸다. 10여 분간 용두 돈대 아래 해협에서 허우적거리던 모노캐시가 겨우 뱃머리를 돌리자 패로스 함과 단정들이 뒤를 이어서 꽁지가 빠지도록 남쪽으로 퇴각했다.

미군 병사 두 명이 다쳤다. 한 명은 손가락 두 개를 잃었고 또 한 명은 어깨에 탄환이 스쳤다. 대조총 탄환이었다. 작약도에 정박한 기함에 머물렀던 로저스 제독도 쌍방의 포격전을 알아챘다. 해협에서 들려오는 먼 대포 소리에 참모들을 비상소집 시키고 즉각 전투태세에 돌입했다. 단정에 정찰병을 실어 급히 강화 해협 쪽으로 보냈으나 그때는 이미 퇴각한 모노캐시가 귀환 중이었다.

오후 늦게 정찰선대를 끌고 작약도 정박지로 돌아온 블레이크 중령은 조선 포대의 명확한 선제공격이었음과 선전 포고도 없는 비열한 공격 행위였음을 보고했다. 로저스의 눈썹꼬리가 위로 치켜졌다.

"야만국 조선은 성조기를 게양한 미국 선박을 사전 예고도 없이 포격했다. 미국을 모독하고 세계의 평화질서를 깔아뭉개는 명백한 불법행위다. 적법한 미국 함선의 항행에 무력으로 도발한 조선을 결코 좌시하지 않을 것이다."

준비되고 예정된 분노였다. 이로써 조선 해안 포대와 군사진지를 박살낼 수 있는 정당방위권이 로저스에게 주어졌다. 기다렸던 순간에 호박이 넝쿨째 굴러들어온 셈이었다. 로저스가 더욱 분기탱천했다.

"동양의 야만국은 상대가 예의를 갖추어 겸손하면 오히려 깔본다. 우리가 예의를 갖출수록 그들은 더욱 기고만장해지며, 호

전적으로 돌변한다. 그들의 오만에 우리가 인내하기만 한다면 그것은 잘못된 행동이다. 미국이 가진 정의로운 힘을 조선에 보여줘야 한다."

로 전권공사와 조선 응징의 방법론을 협의했다. 참모도 불러 공격시점을 논의했다. 전권공사는 물론 참모들이 의외로 신중한 태도를 보였다. 당장의 공격보다 열흘 정도는 기다리자는 의견이 대세였다. 이유는 세 가지였다.

첫째 조선 측에 공식 항의하고 사과와 배상을 요구하여 조정이 답변할 시간을 주어야 대외적 응징 명분이 확실해진다는 것이다.

둘째는 이유는 물때였다. 강화 해협 수위가 때마침 늦봄 간조기여서 포함 진입이 여의치 않았다. 열흘 뒤 6월 10일이 마침 간만차이가 가장 적은 조금(小潮)이어서 장시간 항해수심 확보가 용이하다는 것이다.

셋째는 상륙작전을 준비할 시간이 필요하다고 했다.

열흘간의 말미를 조선에 주기로 했다. 집무실로 돌아간 로저스가 책상에 앉아 두 팔을 깍지 끼고 턱을 괴었다. 양 볼에 깊은 주름이 패도록 미소가 지어졌다. 마음만 먹으면 언제든지 몽둥이를 꺼내들 수 있었다.

로 전권공사가 동분서주했다. 미국의 분노가 조선 조정에 오롯하게 전해져서 하루라도 빨리 그들을 협상테이블에 불러 앉히는 것이 상책이다. 그러나 이런 메시지를 한양 대궐에 전할 마땅한 방법이 없었다. 서찰이나 의사교환을 할 수 있는 공식 창구를 아직 만들어놓지 못한 탓이다.

궁여지책을 냈다. 강화 해협 수로의 길목인 인천 북쪽 연안에는 톡 튀어나오듯 나앉은 자그만 밤섬(栗島)이 있었다. 그 섬의 백사장에는 유난히 큰 소나무 한 그루가 서 있어서 조선 측이나 미국 함선 측 모두가 잘 보였다. 로 전권공사가 거기에 서찰을 매달았다.

"조선은 선전포고도 없이 미국 국기를 단 함선을 선제 포격했다. 불법행위를 사과하고 배상하라. 열흘간의 시간을 주겠다. 우리의 요구에 응해서 조정 대신이 협상에 나서지 않으면, 정당방어 권리에 입각하여 우리의 무력을 총동원해 조선을 응징할 것이다."

로의 예상대로, 나뭇가지 서찰은 얼마 지나지 않아 조선 관리가 떼 갔다. 로는 또 한 번 자신의 인내심을 시험하며 기다리기로 했다.

6월 초하루, 강화도에는 굵은 소낙비가 내렸다.

대궐의 초여름

대궐은 멀었다. 백 리 바깥 강화도 소식은 빨리 걷고 말 달려도 하루나 이틀이 걸렸다. 불꽃이나 연기로 전하는 봉화는 그보다 먼저 목멱산에 닿았지만 침략자가 누군지 얼마만한 규모인지는 전달하지 못했다. 시시각각 짙어가는 먹장구름은 강화 하늘에만 머물렀고 강화 해협에만 소낙비를 퍼부었다.

　강화도가 폭우에 떠내려가도 대궐의 하늘은 청명하기만 했다. 강화 유수부의 장계가 구중궁궐에 전해지고 중신과 대원군의 어전회의를 거쳐 성상의 하교가 내려지고, 그것이 다시 강화도에 닿으려면 빨라야 너댓새다.

　영종 방어사의 애당초 미국 함대 동향 첩보는 이랬다.

　"이양선 5척이 영종진 본영 경계를 지나가서 자세히 살펴보니, 맨 앞의 돛대 2개짜리 이범선(二帆船) 1척은 길이가 40파(72미터)에 가까웠고, 그다음 이범선은 전날에 다니던 그 배였으며, 세 번째 삼범선은 길이가 50파(90미터)에 가까웠습니다. 다섯 번째 삼범선이 가장 컸는데 배 위에 사람들이 늘어서 있어 눈치가 보여 그 길이를 자세히 살필 수 없었습니다. 돛대 사이에는 층층으로 깃발과 북을 매달아 바람에 흔들렸습니다. 다섯 번째 배가 닻을 내릴 때 대포 소리가 한 방 났습니다."

　대궐에 전해지는 미국 배 관련 첩정은 소경 여러 명이 작대기를 들고 코끼리를 여기저기 두들기고 찔러서 어림하는 듯했다. 정작 중요한 내용은 그들이 싣고 온 함포와 총, 병력 규모와 도발 가능성이었지만 누구도 그런 것에는 관심이 없었다. 사실인즉슨 아무도 알고 싶어 하지 않았다고 해야 옳았다. 대궐은 그 배가 서양 군선이며 오랑캐를 실었다는 내용만 주구장창 보고받았다.

6월 1일 광성보 포대가 미국 함선을 선제 포격한 사건은 다음 날 오후 늦게 경기 감사 박영보의 장계로 조정에 닿았다.

"좀 작은 이양선 2척과 4척의 종선이 어제 미시(오후 1시~3시)경 손돌목 쪽으로 진입하기에 광성보에서 먼저 대포를 쏘았습니다. 통진 부사는 미리 약속한 대로 크고 작은 모든 대포로 협공했지만, 이양선도 함포로 응사하면서 거침없이 손돌목을 지나갔습니다. 기각지세 형상은 손돌목 만한 데가 없고 방어 대책도 미리 세웠지만, 분하게도 초기에 격침시키지 못하고 놓쳐버렸습니다. 작전상 벌어져서는 안 될 일이었습니다. 이양선은 차츰 내려가더니 전과 다름없이 인천 호랑이 섬 앞바다에 닻을 내렸습니다."

강화 진무사 정기원이 보낸 6월 1일의 광성보 포격전 전황은 6월 3일에야 한양 궁궐에 도착했다.

"미리견 함선이 불법 침입했으므로 부득이 일제 발포 명령을 내렸습니다. 총포탄이 소낙비처럼 쏟아졌는데, 적 함선에 명중한 탄환이 얼만지는 알 수 없으나 배의 판자가 서너 조각 파손된 것으로 여겨집니다. 나포하려 했는데 이양선은 대포를 쏘면서 곧 퇴각했습니다. 아마도 겁이 나서 그런 것 같습니다. 이양선이 곧바로 인천 쪽으로 퇴각했고 영종도와 용유도 사이 매섬(鷹島) 앞바다에 정박했습니다."

사실, 6월 첫날 조선군 해안포대가 선제포격하고 거둔 전과는

껍데기에만 조청을 바른 속 빈 강정이었다. 미군은 가벼운 부상자 두 명에 불과했지만 조선군은 덕포진의 포군 오삼락이 전사했고 부상자도 여럿 발생했다. 미군의 공격을 받은 포대 세 군데도 상당부분 파손됐다. 그러나 전투의 외형만 보아서는 조선의 해안 포대 공격에 밀린 미군 함선이 허겁지겁 퇴진한 꼴이었다.

조정과 군부는 승리의 만세를 불렀다. 그때 손돌목 돈대의 장군 지휘소에는 강화 진무영의 중군 이봉억 장군이 올라가 있었다. 덕포진은 통진 부사 홍재신이 지휘했고 덕포 첨사 박정환이 포대 공격을 이끌었다. 주상과 대원군은 미국 전함을 쫓아낸 쾌거에 매우 흡족해했다.

통진 부사는 특별 승품시켰고 포군이 사망할 때까지 분전한 덕포진 첨사도 후하게 포상했다. 대궐의 논공행상이 시작되자 여기저기서 "내가 미리견 배를 부쉈다", "내가 미리견 놈을 여럿 사살했다"는 장계가 빗발처럼 대궐로 들이쳤다.

조선 군부의 주장만으로 미군의 피해를 합산하면, 최소한 일백 명이 전사해야 마땅했고 미국 함선은 반파된 채 퇴각했어야 옳았다. 미군은 고맙게도 흔적을 남기지 않고 자진 퇴각해주었다. 미국 전함이 부서지고 미군이 죽어나간 모습은 아무도 보지 못했기에, 6월 1일의 찬란한 승리는 어쨌건 조선의 몫이었다.

이기조와 장대(竹竿) 편지

미국 함대가 정박한 인천 앞바다는 부평도호부에 속했고 강화 진무영이 관할했다. 인천고을을 다스리는 부평 부사 이기조는 자신의 관할지 작약도 앞바다에 닻을 내린 미국 함선이, 마치 자신의 눈을 찌르는 탱자나무 가시 같아서 나날이 좌불안석이었다. 미군 함선이 모쪼록 못된 짓을 하지 말 것이며 하루라도 빨리 인천을 떠나게 해주십사, 천지신명께 빌고 또 빌었다.

이기조는 병인년 양요 때 순무영의 별군관으로 광성보 유격장으로 참전, 공충도 병마절도사 어재연이 이끈 화승총 지원부대를 휘하에 두기도 했다. 어재연의 부대가 광성보에 잠입하였을 때 이기조는 휘하 화포병들을 김포의 덕포진 갈대숲에 매복시켰다. 그는 해협을 거슬러 올라가는 4척의 프랑스 함선을 발견하곤 즉각 환도를 빼 들고 나서서 "화승총을 일제 사격하라!" 명령했다. 프랑스 함선은 귀찮다는 듯, 함포 몇 발을 응사하고는 내뺐다.

이기조의 용감한 공격은 조정에 보고됐고, 프랑스군이 퇴각하자마자 평안도 삼화(三和: 진남포) 부사로 영전됐다. 삼화 부사는 청천강 하구의 서해안을 경비하는 수군방어사도 겸했다. 그때부터 이기조는 미국 함선과의 얄궂은 운명에 꼬여들었다.

1868년 4월 7일, 이기조는 대동강 하구의 초도에서 미국이 파견한 제너럴셔먼호 사건의 진상조사 및 2차 문책사를 싣고 온 셰넌도어(USS Shenandoah)함과 마주쳤다. 이기조는 평안 감사 박규수의 지휘를 받아 문책사 페비거 해군 중위가 승선한 셰넌도어 함에 부하를 몰래 접근시키고 정탐하여 조정에 치보(馳報: 긴급 보고)했다.

이기조는 직접 함선을 방문하여 시시콜콜 따지고 싶었으나 미군 함선은 조선의 돛배가 접근하면 예외 없이 함포나 라이플을 사격해댔다. 꾀를 짜낸 이기조가 4월 15일, 기다란 대나무 끝에 문정서를 매달아 미국 전함이 잘 보이는 해변의 언덕받이에 꽂았다. 이른바 현서(懸書)였다. 그 장대편지를 처음 고안한 사람은 청나라의 지방 관리였으며 서양 함선을 상대로 질문지를 주고받았다. 이기조는 청나라의 현서를 본딴 셈이다.

어쨌거나 이기조의 장대 끝 편지는 미국전함 셰넌도어가 즉시 수거했고 문책사 페비거는 고맙게도 답장까지 매달아주었다. 중국 필경사가 작성한 서신은 공손한 문투로 미국 전함이 조선 연안에 머무는 사정을 조목조목 설명하고 "조선과 미국이 서로 돕고 잘 살기를 희망 합니다"라고 적혀있었다.

그 내용이 의정부에 보고되어 대원군이 친히 답장을 작성하기에 이르렀고, 그 서신은 이기조가 장대에 꽂아 미군 측에 보냈다. 문책사 페비거는 미국의 입장을 조선 조정에 중계하고 대원군의 답장까지 받아 준 삼화부사 이기조가 무척 고마웠다. 그를 전함에 초청하여 접견하고 대원군에게 보낼 답서도 정중하게 건넸다.

페비거 일행은 평안 관찰사와 제너럴셔먼호의 처리를 협상한 뒤 아무런 말썽도 부리지 않고 조선을 떠났다. 평안 관찰사 박규

수는 이기조의 장대 외교가 성공적이었음에도 불구하고 "아무리 급하기로서니, 말단 지방관리가 나라의 외교 문서까지 제멋대로 작성하고 장대에 꽂아 보냈다"며 힐난하고 따끔하게 경고했다.

참으로 공교롭게도, 삼화 부사 임기를 마친 이기조가 신미년 정초에 인천(부평도호부) 부사로 부임하고 반년이 채 지나지 않아 로저스의 조선원정 함대가 인천 앞바다로 몰려왔다. 이번에는 셰넌도어 함보다 월등히 큰 기함에다 순양함과 포함, 거기에 무수히 많은 단정까지 끌고 온 대규모 침략군 행색이 역력했다. 억장이 막힌 이기조는 "내 전생에 미리견 살이라도 끼었는지, 그놈의 미리견 전함은 왜 이리 질깃질깃하게 마주치는고……." 신세를 한탄했다.

삼 년 전 셰넌도어 함은 이기조와 장대편지를 주고받으며 양순하게 물러났지만, 인천에서 마주친 미군 함대는 강화 해협까지 침범하여 포격전을 벌이고도 사과는 커녕 한양 조정에 배상까지 요구하는 낯짝 두꺼운 것들이었다.

작약도 해역에 머무는 로저스 함대를 쳐다볼 때마다 불안하고 초조했다. 저놈들이 오판하여 인천 해변에 함포라도 갈기면, 자신이 보살피는 고을 백성이 무수히 죽고 다칠 것이 틀림없다. 부사의 마음이 다급해졌다. 직접 나서서 미국 함대에 엄중하게 항의하고 타이르기로 마음먹었다.

정성들여 로저스 함대에 보낼 서찰을 적었다. 편지는 대나무 장대 끝에 매달아 신미년 6월 3일, 미국 함대가 빤히 바라보이는 영종도 앞 호랑이 섬의 해변 모래밭에 꽂아놓았다. 이번에도 통했다. 미군 콜로라도 함에서 보낸 종선이 막대기 편지를 수거해 갔다. 이기조가 보낸 서찰의 골자는 이랬다.

"귀국 함선은 무진년의 셰년도어 함과는 달리 강화 해협에 무단 침입하고 함포까지 쏘았다. 조선에 몰려온 목적이 영토 점령이든 조약 체결이든 그 어느 것도 조선은 원치 않는다. 몇 년 전 제너럴셔먼호가 평양에서 불탄 것이나 엊그제 귀국 함선이 손돌목에서 파손된 것도 따지고 보면 불법으로 조선에 침입해서 발생한 불상사이니 이 모두가 귀국이 자초한 일이다. 조선은 아무런 잘못이 없다. 하루빨리 인천 앞바다에서 떠나라."

장대 편지를 받아 본 로 전권공사가 벌컥 화를 냈다. 하급 지방 관리가 미국 정부를 대표하는 전권공사를 대하는 꼴이 여간 무례하지 않았다. 곰곰 생각해보니 지금까지 전권공사에게 얼굴을 디밀었던 조선의 관리는 처음부터 끝까지 죄다 말단 관리에 불과했다. 로의 부아가 더욱 치밀었다.

그러나 꾹 참았다. 속이 썩어 문드러져도 겉으로는 웃어야하는 게 외교관이다. 똥이 무서워서 피하랴, 미국의 전권공사 이름으로는 답서를 보내지 않기로 했다. 서기관 드류에게 "당신 이름으로 답신을 작성하여 이기조에게 보내라" 지시했다. 6월 5일, 호랑이 섬 해변 대나무 끝에는 인천 부사에게 보내는 드류 서기관의 답장이 걸렸다.

"로 전권공사와 로저스 제독의 명에 의해 이 글을 적는다. 지난 6월 첫날, 국제 해사법(海事法) 규정에 따라 미국국기를 달고 강화 해협의 수심을 측량하는 미국 선박에게 어찌하여 조선은 사전 경고도 없이 대포를 쏘아댔나. 미국은 결코 조선의 영토를 침탈하지 않았고 앞으로도 그러할 것이다. 그러니 선제공격 행위를 정중하게 사과하고 통상 협상에 임하라. 그렇지 않으면 우리의 화력을 모두 동원해 응징할 것이다. 중국과 일본에는 함포를 더 많이 장착한 미국 함선이 널려 있는데, 이삼 일이면 강화도로 달려올 수 있다. 그러나 미국은 무력행사를 원하지 않는다. 지금이라도 늦지 않았으니 왕명을 받은 대신이 통상 협정에 나서라. 중국도 그렇게 미국과 외교를 해왔다. 평화와 전쟁 가운데 하나를 선택하라. 닷새 내로 조선 조정의 생각을 밝혀라."

그리고 서신의 말미에 "외교문서는 더 이상 장대에 매달지 말고, 격식을 갖추어 콜로라도 함에 와서 직접 전하라. 해치지 않음을 보장한다"라고 덧붙였다.

이기조가 직속상관인 정기원 강화 진무사에게 미국 측의 답서를 보고했다. 정기원이 진노하며 왜 상관의 허락도 없이 중대한 나랏일에 네 멋대로 나서느냐는 호통과 질책을 번갈아 쏟았다. 진무사가 대노한 이유가 있었다. 그때 정기원은 대원군의 지시로 미국 측에 보낼 공식 답변을 작성하던 중이었다.

정기원은 지휘 계통을 무시하고 장대 편지를 주고받은 이기조를 직권 파면시켰다. 그 소식을 보고받은 대원군이 떨떠름하고 난감한 표정을 지었다. 삼화 부사 시절에 장대편지로 미군과 소통했던 그를 잘 알고 있었기 때문이다. 대원군이 정기원 유수에게 오히려 사정조로 "이기조가 얼마나 답답했으면 그랬겠느냐, 생각이 짧아 그렇지 모두가 나라를 위해 나선 일인데……. 직권 파면 만은 재고해 주시게"라고 애원했다.

진무사 정기원의 공식 외교 문건인 조회(照會: 통지문)는 대원위 이하응 대감의 친서와 함께 6월 7일 미국 함대에 전달됐다. 대원군의 친서는 굳이 협상은 왜 하려고 하는가라고 꾸짖고 훈계하는 내용이었다. 6월 1일 강화 해협의 포격전에 대해서는 조선 군부의 보고를 곧이곧대로 믿은 대원군이 "귀국의 전함이 부숴지고 미군병사 상당수가 죽고 다쳤기에 우선 위로하는 바이다"며 사과했다. 대원군 서찰의 골자는 이랬다.

"우리 조선은 이미 수차례 미리견과 수호조약을 맺지 않겠다는 뜻을 밝혔소. 귀국은 본래 예의를 숭상하는 풍속이 뛰어난 나라라고 들었는데, 그렇다면 전권공사도 사리에 밝아 경솔한 행동은 말아야 하거늘 어찌하여 먼 바다 건너 조선까지 침입했소이까. 귀국 함선이 우리 강화 해협을 거슬러 올라와 서로가 대포를 쏘는 일이 벌어졌소. 조선의 중요한 요새지에 귀국 함선이 무단 침범했으니 무력으로 제지한 조선의 행위는 매우 정당한 것이었소. 이런 규범은 모든 나라가 마찬가지니 입장을 바꿔도 같을 거요. 귀국은 서로 호의로 대하자 해놓고 한바탕 이런 사달을 만들었으니 매우 개탄스럽소. 나는 미리견 함선이 조선에 온 후에 경기도 연해의 관리들과 무관에게 물의를 일으켜서 양국 사이가 나빠지게 하지 말라고 타일렀소. 그렇지만 귀국 함선은 조선의 법규는 아랑곳 않고 강화 해협 요해지까지 깊숙이 들어왔으니, 변경 방비가 임무인 신하들이 어찌 가만히 손 놓고만 있겠소. 강화도 조선군의 선제 포격을 괴이쩍게 생각 말기 바라오. 미리견 사신이 협상하려고 하는 문제도 그렇소이다. 애당초 협상꺼리가 안 되는 사안을 뭣 때문에 높은 관리가 만나야 하고, 귀국 함대가 인천 앞바다에서 기다린단 말이오. 넓은 세상천지에는 모든 생명들이 자기 나름대로 생활하며 살아가오. 동양이나 서양의 모든 나라는 각기 자기 나라의 정치를 잘하고 백성을 안정시켜 화목하게 살면 그만이오. 서로 침략하고 약탈하지 않는 것이 하늘과 땅의 본래 이치요. 이런 하늘의 뜻을 거스른다면 상서롭지 못할 것이오. 귀국 전권공사는 어찌 이런 이치도 모른단 말이오. 이유야 어쨌건, 만 리 풍파를 헤치고 조선까지 오느라 고생이 많았으니 변변찮지만 음식물을 좀 보내오. 조선의 주인 된 예의로 하사하는 것이니, 거절 말고 받아주시오."

대원군의 대응은 철부지나 다름없는 미국의 행동을 사리와 조리에 빗대어 조곤조곤 타이르고 사탕 한 알을 물려준 셈이었다.

불깐 황소

대원군의 답장에 제독과 전권공사의 속이 부글부글 끓었다. 선제 포격을 당한 미국 함선의 피해 배상까지는 바라지 않았다. 다만 사과할 뜻을 조금이라도 비친다면 그것을 빌미로 조미 통상협정에 연결시키려 했다. 그러나 도무지 씨알이 먹히지 않는 조선이었다. 대원군 친서와 동봉된 강화 진무사의 조회도 기고만장하기는 매한가지였다.

"광성보 조선군의 선제 포격은 해협을 불법 침입한 미리견 함선에 대한 정당한 조처이니 귀국 함대에 사과하거나 배상하는 문제는 전혀 고려치 않고 있다. 미리견 함선은 잔소리 말고 즉각 철수하라."

더욱 기가 막히는 글귀는 조회 말미에 첨부돼 있었다. 대원군이 하사하는 식료품 물목을 적어놓은 것이었다.

"거세한 황소 3마리와 닭 50수, 계란 1만 개를 주노라."

안 그래도 불편하던 로저스의 심기에 기름이 끼얹어졌다. 거세한 황소 때문이었다. 어찌 보면 웃지 못 할 한 편의 희극이었다. 대원군은 왜 하필이면 불알을 잘라낸 수소를 로저스에게 하사하는 것일까. 불깐 황소가 상징하는 의미에 군인인 로저스가 민감하게 반응하는 것도 결코 무리는 아니었다.

로저스가 씩씩거렸다. 대원군이란 작자는 조선 포대의 공격을 받고 달아난 미군을 불알 깐 소로 희화화하고 능멸했다. 거세하여 색시처럼 얌전해진 황소 곁에서 음흉한 미소를 띤 대원군의 모습이 로저스의 머릿속에 현기증처럼 피어올랐다. 로저스의 자제력이 한꺼번에 소진되고 말았다.

당시의 조선 농가에는 불깐 황소가 흔했다. 어린 수소는 씨받을 놈만 남기고 대부분 거세하여 길렀다. 거세하고 난 뒤에는 공격 성향이 줄고 암소와 교미하려 헛된 힘을 낭비하지도 않거니와 고분고분 쟁기질도 잘했다. 더 긴요했던 이유는 고기 맛 때문이었다. 불깐 황소는 질긴 근육이 퇴화되고 암소처럼 부드러운 지방질이 발달했다.

대원군의 불깐 황소는 머나먼 원정길에 까칠해진 미군 입맛을 돋우려는 진심 어린 선물일지도 모른다. 혹은 로저스의 추측처럼 조롱이었을지도 모른다. 조선과 미국은 너무나 멀리 떨어진 딴 세상을 너무나 오랫동안 각각 살아왔던 탓에, 서로가 오해하고 증오할 꼬투리는 지천으로 널려 있었다.

로저스의 분기탱천을 곁눈질로 훑던 로 전권공사가 서기관을 불러 대원군 친서의 답장을 작성하라고 지시했다. 보내준 식료품은 전부 반환한다고 분명히 명기하라고 몇 번이나 강조했다. 답장은 미국인 서기관이 작성했고 중국인 통역관 덕수가 한문으로 번역했다.

"조선 조정은 미국 대통령이 파견한 관리와 협상하지 않겠다고 했는데 이는 전권공사가 매우 안타까워하는 부분입니다. 아무런 이유도 없이 미국 선박을 공격한 잘못도 인정하지 않고 오히려 조선군의 당연한 직무라고 비호하고 있습니다. 미국 전권공사는 조선군이 대포를 쏜 행위를 조선 조정이 백성과 함께 획책한 망동으로 생각합니다. 귀국 조정이 이런 책임에서 벗어나려면 하루빨리 고위 관리를 파견, 우리와 협상하는 것이 좋겠습니다. 미국은 서두르지 않고 기다리겠습니다. 만일 조선 조정이 사나흘 안으로 협상에 응하지 않고 시간을 허비한다면 뒷일은 전적으로 우리 미국 함대가 나서서 처리할 것입니다. 날짜가 촉박합니다. 그리고 보내주신 많은 진귀한 물건으로 귀국의 은혜와 사랑을 충분히 알 수 있었으며 무어라 감사드려야 할지 모르겠습니다. 그러나 우리가 받기에는 부담스러우므로, 보내온 선물은 모두 돌려보냅니다."

로저스가 날이면 날마다 불같이 화를 냈다. 보복이 예정된 6월 10일이 여삼추였다. 시간이 지날수록 머릿속에 그려지는 몽둥이 찜질 수위가 널을 뛰었다. 면도를 하지 않아 까칠해진 턱수염을 만지는 순간에도, 그의 머릿속에는 불깐 황소가 뛰어다녔다.

찰주소(札駐所)

이천의 사저를 떠난 어재연 장군이 유월 둘째 날 오전에 김포 통진의 양릉교에 닿았다. 그곳에는 한양 오군영과 경기 군영에서 차출된 위경군 620명이 강화해협 도강을 기다리고 있었다. 통진 군수 홍재신이 내준 군선에 호위병 복길이와 부뜰이를 대동한 어재연이 올라탔다.

손돌목 수로를 건너는 동안 오만가지 기억이 어재연의 머릿속을 어지럽혔다. 지금 그가 건너는 물길은 오 년 전 10월의 심야, 화승총수 이백여 명을 이끌고 도강하던 그때와 마찬가지로 가파른 물살을 짓고 있었다.

군선이 수로 가운데를 넘어서자 광성보 언덕 끝의 용두 돈대 성곽이 더욱 선명하게 다가왔다. 어재연이 두 눈을 감고 병인년의 아팠던 기억들을 반추했다. 그의 망막에 누렇고 벌건 돌개바람이 세찬 회오리로 빙글거렸다.

손돌목은 예나 지금이나 급하고 강파른 물살로 소용돌이친다. 군선의 격군이 소용돌이에 말리지 않으려고 강바닥에 상앗대를 찌르곤 팔뚝이 바들거리도록 버텼다. 어재연은 병인년의 쓰라렸던 기억에 더 이상 휘둘리지 않게, 자신의 가슴팍 깊숙한 심지(心地)에 굵디굵은 상앗대 하나를 찔러 넣었다.

장군 일행이 광성보 아래 해변에 닿자 광성 별장 박치성이 대기하고 있었다. 그가 곧장 언덕길에 앞장섰다. 언덕바지 한가운데 우뚝 선 손돌목 돈대로 향하는 길이다.

손돌목 돈대는 처음 덕진진에 속했다. 그러나 전략적으로 광성보에 편입되는 것이 유리하다는 판단에 따라 관할을 바꾸었으나 한동안 전투용 진지라기보다 군수물자를 보관하는 창고로 쓰였다. 손돌목 돈대가 강화도 방어의 핵심 진지로 떠오른 것은 병인년 양요를 겪은 뒤 진무영이 그곳에다 진무중군 지휘소를 설치하면서였다.

손돌목 돈대는 외곽 지름이 열대여섯 장(약 45미터)에 불과한 원형 성곽이다. 육면체 다듬돌로 쌓은 바깥쪽 성벽은 높이가 열 척이 넘었고 그 위로 사람 가슴높이의 벽돌 성가퀴가 둘러쳐져 있었다. 성채 안쪽은 성가퀴에서 돈대바닥까지 경사지게 흙으로 덮어 병졸들이 오르내리기 좋게 만들었다. 돈대 안쪽에서 바깥을 살피면 성가퀴만 보이는 셈이다.

돈대 내부의 평탄 면적은 지름 예닐곱 장 정도에 불과했다. 그러나 작으나마 고추같이 매운 돈대였다. 성가퀴 뒤에 몸을 숨기고서도 성채 바깥의 적을 한 눈에 잡을 수 있는데다 적의 입장에서 보자면 언덕 위에 우뚝 선 성채는 높이가 4~5미터나 돼 선뜻 공략하기가 녹록치 않았기 때문이다.

어재연 일행이 가파른 언덕길을 올라 손돌목 돈대의 석문에 닿자 방금 건너왔던 강화 해협의 물줄기가 눈 아래 깔렸고, 햇빛에 반사된 수로의 물비늘이 보석처럼 반짝거렸다. 석문을 들어서자 장군 깃발이 펄럭이는 찰주소가 성큼 눈앞에 다가섰다.

찰주소는 찰주처소(札住處所)를 줄인 말이다. 적군이 쳐들어와서 돈대의 병력이 제 위치에 투입되었을 때 비로소 붉은 갑옷을 입은 장군이 올라서는 지휘 장대다.

성곽 보수공사를 지휘하던 진무영의 중군 이봉억 장군이 흰 수염을 날리며 어재연에게 다가왔다. 50대 중반인 이봉억 장군의 양 볼이 열 살짜리 소년처럼 발갛게 상기돼 있었다. 이봉억 장군은 숭어가 펄떡이듯 생기로운 웃음을 지으며 후임인 어재연 진무중군의 손목을 잡았다.

"이제, 광성보의 뒷일은 어재연 장군에게 맡기겠습니다. 전투 중인 전장에서 지휘봉을 넘긴다는 사실이 좀 께름칙했습니다만, 그러나 뒤를 이을 분이 어 장군이란 소식에 적이 안심했습니다. 탁월한 영솔로 경향 무반에 소문난 어 장군이니만큼, 소장은 이제 안심하고 집으로 돌아가 두 다리 쭉 뻗고 밀린 잠이나 자야겠습니다. 허허허……."

이봉억 장군을 대동했던 진무영 천총 김현경과 별무사 도령장(都領將: 대대장급) 유예준이 신임 진무중군에게 고개를 숙여 인사했다. 신구 진무중군과 중군을 보좌하는 이들의 첫 만남이 강화의 신록만큼이나 싱그러웠다. 이봉억 장군이 어재연의 소매를 끌었다.

"어 장군, 찰주소로 가시지요. 진무중군께서 가장 먼저 살펴야 할 곳입니다."

그가 뚜벅 걸음으로 앞장섰다. 찰주소는 돈대 오른편 모퉁이에 위치해 있었다. 성가퀴 높이만큼 흙을 다져 쌓은 둔덕이다. 진무중군이 그 위에 서면 돈대내부 병졸은 물론 광성보 진지 모두를 한눈에 내려다 볼 수 있었다. 광성보에 산재한 여러 진지에서도 찰주소에 우뚝 선 장군의 모습을 올려다 볼 수 있다.

평시의 진무중군은 홍전립(紅氈笠: 공작 깃털을 단 갓모양의 전투모)을 쓴다. 그러나 전투가 벌어지고 그가 찰주소를 올라 장졸을 지휘할 땐 붉은 갑옷 두정갑과 붉은 술을 매단 검은 쇠 투구를 쓴다. 장군의 복식이 붉은 이유는 오로지 하나다. 멀리서도 휘하 장졸이 장군의 일거수일투족을 식별할 수 있게 하기 위함이다. 어재연이 전임 중군 이봉억 장군의 노고에 다시 한 번 고개를 숙여 예를 표했다.

"나라가 어려운 시기에 장군이야말로 대단한 전공을 세우셨습니다. 광성보로 건너오기 전 덕포진 첨사로부터 광성보가 미리견 함선과 벌인 포격전 소식을 전해 들었습니다. 지독한 화포전이었다고 해서 걱정을 많이 했는데…… 막상 돈대에 와보니 다행스럽게도 피해 흔적이 거의 없는 것 같습니다."

"하하하…… 그 소식을 들으셨단 말씀인가요."

이봉억 장군이 한껏 들뜬 표정으로 활짝 웃었다.

"놈들의 전함이 이곳까지 밀고 올라왔지만 종국에는 우리 포대의 불길을 못 견디고 혼비백산 퇴각하고 만 꼴이었지요. 싸우기 전에는 미리견 함선과 함포를 그리도 겁냈는데, 막상 붙어보니 기우였음을 알게 됐소이다. 우리 광성 포대가 그놈들에게 초탄을 날렸지요! 여기 있는 김 천총과 유 도령장이 화포군을 다잡아서 포탄이 소진될 때까지 날렸습니다. 하하하."

자세히 살펴보면 돈대 곳곳에 미군 함포의 피격 흔적이 있었다. 포탄 화약을 찍어 바르고 허물어진 성곽이 두 군데였고, 병기고가 반파됐으며 성채 바깥에도 포탄 구덩이가 대여섯 군데는 생겼다고 했다. 그러나 장졸들이 달라붙어 긴급 보수를 한 탓에 겉으로 보아서는 말끔했다. 다행히 전사자는 없다고 했다. 포군 셋과 화승총수 둘이 포탄에 무너진 돌무더기 파편에 경상을 입은 정도라 했다.

광성보 병졸의 사기가 드높았다. 성곽 보수작업 중인 병사들의 몸놀림이 여간 가뿐해 보이지 않았다. 집채만 한 함포를 쏘아대는 미국 전함을 물리친 전과에 그들은 한껏 기세가 높아져 있었다. 그때 병사 하나가 돈대로 달음질 쳐 올라오더니 이봉억 장군에게 "진무영 큰 어른이 오셨습니다"라고 아뢰었다. 이 장군이 빙긋 웃으며 어재연의 소매를 다시 끌었다.

"이제 그만 광성보 진사(鎭舍)로 내려가시지요. 읍내 진무영의 진무사께서 어 장군 부임에 맞춰 시오리 흙길을 말달려 지금 막 광성보에 당도하셨답니다."

정기원 진무사는 무관출신 정2품 동반으로 종2품인 어재연의 직속상관이다. 진무사가 강화 섬 사람 전부의 수장이라면, 진무중군은 전투를 총괄하는 군 사령관이다. 평시에는 진무사 아래의 진무중군이지만, 전시에는 진무중군의 지위가 커져서 서로가 동등한 입장에서 전략을 협의한다.

정기원은 62세의 노장이다. 갑오년(1834)의 식년 무과를 거쳐 왕명출납 선전관 초직을 받은 이후 무장의 자질을 인정받아 남도의 수군절도사와 각 도 병마사 자리를 두루 거쳤다. 어재연의 전임 공충도 병마절도사이기도 했다. 정기원은 중앙 군영의 노른자위 관직인 어영대장과 훈련대장으로 재직하다 경오년(1870) 7월 초에 강화유수로 부임했다.

그만한 경륜이라면 어재연을 유수부 청사로 불러 깍듯한 부임 신고를 받을 수도 있었다. 그럼에도 불구하고 그가 먼저 광성보로 달려와 부임하는 어재연 진무중군을 예방했다. 진무중군이 한시라도 광성보를 비울 수 없는 처지를 감안했다지만, 그보다는 나라의 위기에 맞서는 조선군 총사령관인 진무중군의 위엄에 그가 먼저 예를 갖추려는 겸허함이 앞섰다.

광성보 문루 앞 공터에서 말을 매고 기다리던 진무사가 팔을 번쩍 들어 어재연을 맞았다. 일행이 진사로 들어가 수인사를 마쳤다. 정기원이 차분한 어조로 진무영 관할지역의 병력 배치상황을 어재연에게 설명했고, 수행했던 이창회 판관이 진무영 장졸 병부와 병장기의 인계 물목이 적힌 서류뭉치를 건넸다. 뒤이어 정기원이 서찰 하나를 꺼내들었다.

"삼군부 김병국 대감께서 어재연 장군의 부임에 맞춰 아낌없이 지원하라며 진무영으로 사신까지 보내 신신당부하셨습니다. 성상의 하교가 계셔서, 삼군부가 품의한 한양 군영의 차출병력도 어제 오후에 출발하여 선발 향도대가 속속 진무영에 도착하고 있습니다. 광성보에 증강 추진되는 병장기와 병참 물목은 빠짐없이 인계 문서에 명기했습니다만, 그것 말고도 중군께서 요청하는 품목이 있으시다면 말씀만 해주십시오. 힘자라는 데까지 수배하고 빠른 시간 내 추진토록 하겠습니다."

광성보에 증파된 훈련도감과 금위영, 어영청, 총융청 차출병력이 1,000명에 가까웠다. 보병만 4초, 500명에 가까웠고 호위병 1초에 별파진(別破陣: 화포병과 무관잡직)이 320명이나 됐다. 더덜나루에서 군선으로 이동하여 진무영에 도착한 양관 범 포수 3초까지 합하면, 진무중군 휘하에 증강 배치된 장졸만 1,300명을 넘겼다. 어재연이 손사래를 쳤다.

"광성보 수성이 막중하다지만, 그 많은 증강 병력을 배치하기에는 광성보의 폭과 너비가 모자랍니다. 일부 병력만 제외하고 진무사께서 거두시어 진무영 관할의 강화 외곽방어에 쓰셨으면 합니다."

"중군의 뜻이 그러하시다면……. 훈련도감 차출 병력 1초를 따로 떼어 내 판관 이창회가 통솔케 하여 광성보 배후에 배치하겠습니다. 별파진과 호위 무사도 일부 정예병만 추려 광성보에 투입하고 나머지는 다른 진보와 포대에 골고루 투입하겠습니다. 광성보에는 양관 별포군을 포함하여, 800여 명을 배치토록 하겠습니다."

병력의 머릿수는 그리 중요하지 않았다. 살수에서 몰살한 수나라의 일백만 장졸보다 백제의 황산벌 오천 결사대가 더 긴요했다. 진무사가 근심어린 눈으로 어재연의 표정을 살피더니 어렵사리 운을 뗐다.

"전투 상황에 따라 진무영은 언제라도 광성보를 지원하는 체제를 유지하겠습니다. 자원하여 보부(褓負: 봇짐과 등짐)군으로 나선 장정 백여 명이 진무영에 대기 중이니, 광성보의 군량미나 병참지원은 두어 시간이면 너끈합니다. 아무리 치열한 전투가 벌어진다 해도, 진무영과 광성보를 연결하는 병참선은 필히 유지하겠습니다."

어재연이 진무영의 병참물목 인계서류를 수결(手決)하였고 진무사가 주재한 간단한 임무교대 의례 뒤에는 향기로운 덖음차(釜炒茶) 한 잔씩을 놓고 두어 시간 환담을 나누었다. 자리를 파하면서 진무사가 간절히 기구했다.

"강화도 섬 전체의 방어 책략은 진무영이 짰습니다. 광성보를 제외한 거점 진지마다 진무영의 장졸들로 배치를 완료했습니다. 외곽 진보들도 수성장과 별장, 파견 병력들이 이미 전투태세에 돌입했으며 비어있던 소규모 진지에도 향토군과 위경군 일부를 투입했습니다. 이제는 저 극악무도한 놈들과 한판 붙을 일만 남겨놓았습니다. 모쪼록 진무중군의 무운을 빌겠습니다."

세 사람은 서로의 무운을 빌어주었으되 그 무게의 대부분은 광성보에 남겨질 어재연의 어깨에 얹어졌다. 이봉억 장군이 진무사 일행을 따라 강화 읍내의 진무영 청사로 돌아갔다. 그들이 꼬리처럼 남긴 말발굽 먼지가 보이지 않을 때까지, 어재연은 광성 진사의 처마 밑에 서서 우두커니 바라다보았다. 떠난 이를 마냥 한 가롭게 쳐다볼 여유가 없었다. 그도 서둘러 길을 떠나야 했기 때문이다.

미국 오랑캐와 조우하는 길이었다. 그 길은 방금 떠났던 이들이 말달린 길처럼 평평한 흙길이 아닌, 진창과 형극으로 도배된 길이었다. 달그락 달그락, 어재연이 고삐를 잡은 전마 한 필이 망막 저 뒤쪽으로 내달렸다. 주어진 시간이 촉박했다. 채찍을 들어 말 엉덩이를 두들겼다. 따가닥 따가닥……. 말발굽소리가 강팔라졌다. 어재연이 고개를 돌려 손돌목 돈대 찰주소를 올려다보았다. 그가 가야할 앞길이 확연했다.

수자기(帥字旗)

6월 셋째 날, 부임 이틀째의 진무중군이 이른 아침부터 진지 내외를 순시했다. 300여 명 기간 장졸이 지키는 광성보에 500여 추가 병력을 수용할 채비를 갖춰야 했기 때문이다. 3초의 백두산 범 포수와 한양과 인근 군영에서 차출한 병력들은 이미 20여 리 밖 진무영에 당도해 있었다.

늘어난 장졸의 먹고 자는 문제 해결이 급선무였다. 박치성 별장에게 숙영막사 설치를 맡겼다. 진무영에서 추진한 천막을 광성보 문루 아래 성곽으로 둘러 쳐진 공간에 가지런히 설치하게 했다. 시절은 다행히 여름이었으므로 단지 소낙비를 피할 천막 정도면 진중 막사로는 충분했다. 문제는 취사였다.

광성보에는 야전 취사장이 두 군데 있었다. 보루 아래의 움푹 패진 곳과 용두 돈대에서 손돌목 돈대 사이 후미진 곳에 설치된 한데 부엌이 그것이었다. 부대원이 기간 장졸의 두세 곱으로 늘어나면 두 군데 취사장으로는 감당할 수가 없었다.

손돌목 돈대의 언덕 아래 계곡에 위장 차양막을 친 뒤 가마솥 열 개를 건 취사장을 새로 만들었다. 세 군데의 야전 취사장에는 진무영이 추가로 파견한 70여 명의 화병(火兵: 취사군)을 포함하여 모두 120여 명을 배치했다. 어재연이 화병들을 즉시 손돌목 돈대의 찰주소 아래에 모아놓고 엄하게 명령했다.

"이 시간부로 광성보 부대는 진무중군에서부터 잡역 노역꾼에 이르기까지, 모두가 똑같은 밥과 반찬으로 식사를 하게 될 것이다. 광성보에 들어와 전투를 준비하는 사람은 지위와 직책을 막론하고 모두가 똑같은 처지이거늘, 어찌 일상의 먹을거리로 서로를 차별하겠는가. 장수라고 후대하고 말단 병사라 음식을 홀대하다가 발각되면 즉시 태형에 처할 것이다."

밥을 지은 뒤에는 화병들이 지게나 수레에 실어 병사들이 배치된 진지로 직접 추진케 했다. 나발을 불어 식사시간을 알리고, 그래서 전 장졸이 하던 일을 멈추고 차려진 밥을 먹는 번거로움과 시간낭비를 없애기 위한 조치였다. 매 끼니마다 밥을 나르는 화병들의 노고가 더해지겠지만 그로 말미암아 광성보의 전투태세는 한 뼘 더 튼실해질 것이었다.

정오 무렵에 한양 대궐의 금군(禁軍: 왕실 친위대) 행차가 득달같이 광성보 문루에 닿았다. 기별도 없이 급작스레 닥친 대마 20여 필의 행렬이었다. 행렬 선두에는 누런 비단에 붉고 푸른 용틀임 자수 그림이 선명한 교룡기(交龍旗)가 우뚝했다. 어명을 집행하는 중차대한 일임을 알리는 서슬 푸른 깃발이다. 금군 행렬을 인솔했던 정기원 진무사가 말에서 내려 황급히 어재연 장군을 찾았다.

"연세 어린 성상께오서도 작금의 조선 형편이 풍전등화와 같음을 통촉하시옵고, 대원위 대감과 긴히 논의하시곤 이 난국을 수습할 광성보의 진무중군에게 친히 수자기(帥字旗)를 하사하셨습니다. 워낙 급작스런 성은의 집행이어서, 소신도 강화 진무영에 금군 행렬이 밀어닥치고야 비로소 알게 되었습니다. 진무중군께서는 서둘러 어명을 받으시지요."

어재연이 홍전립을 쓰고 금군 행렬의 앞자리에 깔린 대자리에 올라 교룡기를 향해 네 번 큰절을 올렸다. 금군 장교가 어재연에게 성상의 교지 두루마리를 공손히 건넸다.

"조선의 명운을 걸고 미리견 부대와 일전을 치르는 진무중군에게 조선군 최고 장수의 위엄이 서린 수자기를 하사하노니, 찰주소의 높은 깃대에 걸어 그 위용을 만방에 떨치라."

금군 서넛이 커다란 가죽 함을 들고 와 어재연 앞에 놓더니, 뚜껑을 열어서 그 속에 고이 접어져 있던 수자기를 꺼냈다. 깃발이 차근차근 펼쳐졌고, 드디어 제 모습을 드러냈을 땐 대여섯 명의 금군 기병이 더 달라붙어 깃발의 사방을 붙잡아야 했다.

수자기는 삼베 천을 촘촘히 기워서 잇댄 네모 진 깃발이었다. 너비 열여섯 자(4.15미터)에 길이가 열일곱 자(4.35미터)에 달했고 깃발 한 가운데 까만 무명천으로 박음질한 帥(수)자 글씨가 선명했다. 박치성 별장이 즉각 수자기를 인수하여 손돌목 돈대로 올라갔다.

두어 시간 만에 3장(9미터)이 넘는 나무 깃대를 수직으로 세우고 그 끝에 가로 활대를 붙여 수자기를 끼웠다. 광성보에서 가장 높은 찰주소의 하늘에 수자기가 바람을 껴안고 휘날리기 시작하자 수백 명 장졸들이 한꺼번에 "와!" 함성을 터뜨렸다.

진무사와 진무중군도 금군 기병들과 함께 수자기를 올려다봤다. 중군의 옆을 지키던 정기원 진무사가 "아……." 신음 소리를 흘렸다. 그가 진무중군의 손목을 움켜잡곤 나지막한 목소리를 탄식처럼 뱉었다.

"오백 년 사직을 이은 조선이, 지금 막 두 번째의 수자기를 하늘 높이 띄우고 있소……. 지금껏 조선은 수도 없는 내우외환을 겪었지만, 나라에서 내린 저 찬연한 수자기를 받잡고, 전투 현장에 저 수자기를 드리운 장수는 오로지 두 분 밖에 없었소. 준동하는 왜적을 바다에서 잠 재운 충무공께오서 좌선(座船) 돛대에 매단 원수(元帥)기 이래, 그로부터 삼백 성상이 가까운 오늘 저 찰주소 위에 수자기가 펄럭이고 있습니다……."

그 깃발은 광성보의 10리 밖에서도 선명했다. 아군은 물론이고 쳐들어 올 오랑캐에게도 조선군 총사령관의 위치를 드러냈다. 목숨을 걸고 싸우는 적들에게, 더군다나 월등한 무기를 쥔 그들에게 최고 장수의 존재를 밝히는 이유를 어찌 짐작이나 할까. 그것이 조선 무골의 핏속에 흐르는 오기와 위엄임을, 서양의 오랑캐 따위가 어찌 알아차릴까.

달빛 장승

이른 저녁밥을 들었다. 어재연은 광성포대 포병들과 홍이포 포좌를 살피던 중이었고, 화병이 지게로 추진한 소쿠리 주먹밥을 받아 들고는 장졸들과 함께 먹었다.

해거름에는 복길이와 부뜰이를 불러 좌우에 세우곤 잰 걸음으로 손돌목 돈대로 향했다. 돈대 외벽의 마름돌 짜임새와 그 위에 축조된 벽돌 성가퀴에 부실한 곳은 없는지 점검하기 위해서였다.

원형 돈대 성곽을 한 바퀴 돌고난 뒤에는 잠시 강화해협을 굽어보았다가 이내 돈대 안으로 발길을 돌렸다. 때마침 해협 쪽의 솟을 바람을 껴안은 수자기가 돛배의 황포 돛폭인 양 너울거렸다. 어재연이 오랫동안 자신의 분신, 수자기를 올려다봤다.

슬금슬금 땅거미가 몰려왔다. 기폭 가운데 박힌 까만 수(帥)자

글씨가 땅거미와 뒤섞이며 깃발의 흔적마저 지웠다. 밤이란 놈은 어느 사이에 어재연과 복길이, 부뜰이의 자취까지 지웠고 성곽 그림자까지 거두어갔다. 해협 물살에도 검은 이부자리가 깔렸다. 반짝이던 물비늘이 사라지며 해협 바닥을 휩쓰는 '좌르르, 좌르르' 자갈 소리만 밤하늘에 띄웠다.

어제가 사월 보름이었다. 아직도 동그란 달이 슬며시 떠올라 낚시 바늘에 아가미를 꿰인 은어처럼 제 몸통을 돈대 성가퀴에 걸어놓았다. 달빛을 뒤집어 쓴 세 사람이 마치 돈대 바닥에 발목을 파묻은 장승같았다.

전쟁 난리통이 아니었다면 거기에 함께 서 있을 이유가 없는 사람들이었다. 교교한 달빛이 어재연의 심사 몇 가닥을 뒤적거려놓은 것 같았다. 뒤를 돌아보더니 복길이를 멀겋게 바라봤다.

"아직 실감이 나지 않는구나……. 저 해협의 물길이 곧장 코앞에 닿는 인천 앞바다에서, 그 흉악한 미리견 오랑캐 함선의 총포 아가리가 몽땅 이쪽을 향하고 있다는 것이……."

얼굴은 보이지 않았으되 진무중군의 상기된 목소리가 전하는 바는 너끈히 읽혔다. 당대 조선의 최고 장수였지만, 조선군이 백번 불리할 수밖에 없는 서양 오랑캐와의 결전에 임하는 고뇌의 한 자락이 거기에 담겨 있었다. 복길이가 위로차 말을 이었다.

"장군님……. 저들이라고 어찌 제 목숨 귀한 줄 모르겠습니까. 지난 병인년에 쳐들어온 불랑국 장졸들을 혼비백산케 한 백두산 범 포수가 이번에도 눈을 시퍼렇게 뜨고 광성보를 지킨다는 사실을 알게 되면, 저 미리견 놈들도 쉬이 쳐들어오진 못할 것입니다."

어재연이 허허 소리를 내며 달빛처럼 은은하게 웃었다. 장군이 복길이를 고즈넉하게 바라보더니 생뚱한 질문 하나를 던졌다.

"복길아, 너를 낳아 준 아비의 얼굴을 기억하고 있느냐. 네가 콧물 흘릴 때 만주 마적에게 무참하게 척살된 생부 아니더냐……."

"…… 예."

얼떨결에 대답했지만 사실은 그러하지 못했다. 애비 얼굴도 모르는 호래자식이랄까 바른 말을 감췄다. 사실, 근자의 복길이는 생부의 얼굴을 떠올리려 무던히도 애를 썼다. 행군길에 나서면서, 낯선 산골의 숙영 천막에서 쉬 잠을 이루지 못할 때면 더욱 생부의 모습이 그리웠기 때문이다. 살아생전 아버지의 윤곽은 복길이가 떠올리려 애를 쓰면 쓸수록 더욱 멀어져만 갔다. 장군이 복길이에게 다가왔다.

"미리견은 이제 곧 우리 앞에 닥칠 것이야. 우린 이미 광성보에 발을 들여놓았고, 전쟁은 이미 시작된 것이나 다름없어. 지금부터 복길이의 새 아비는 조선이야. 마음을 단단히 먹어서 또 다시 아비를 잃는 슬픔은 면하자꾸나……. 네 생부를 앗아간 만주 마적떼는 미리견의 그 끔찍한 화포질에 비하면 강아지가 용쓰는 꼴에 불과해……."

"……."

달빛을 뒤집어 쓴 복길이가 대답을 않고 고개를 숙였다. 또 다시 마음에 없는 거짓말을 하기 싫어서였다. 천애고아가 된 이후 그의 가슴 속에 비워놓았던 아비의 빈자리에 조선이 들어앉을 수는 없었다. 조선의 헌헌장부라면 나라를 제 아비 모시듯 충성해야 마땅하겠으되 복길이에게만은 그렇지 않았다.

복길이에게는 세 분 어른이 아버지의 가슴자리를 차지하고 있었다. 글을 깨우치게 하고 염초 공방의 비방까지 전수해 준 허 초시가 그 첫 자리였다. 허 초시는 당신의 하나 뿐인 딸을 내주어 가시아비(丈人)임을 자처하셨다.

나머지 두 분, 강계 어른과 어재연 장군은 복길이와 함께 광성보에 있었다. 복길이의 마른 가슴골 바닥에 빗방울이 스미듯 굵직한 아버지의 사랑을 담아주신 어른들이다. 두 어른의 인도가 아니었으면 강화도 땅을 밟고 있을 복길이가 아니었다. 복길이가 이곳에 선 까닭은 조선도 아니요 대의도 아닌, 살아있는 두 분 아버지를 따르고 지키기 위함이었다. 장군의 물음에 대답도 않고 멀거니 서있는 복길이를 대신하여 부뜰이가 거들고 나섰다.

"장군님, 저에게는 다행히 양친이 살아계시옵고 회령에서 두 눈 시퍼렇게 뜨고 기다리십니다. 그러나 지금부터는 조선을 아비 삼아서, 감히 미리견 오랑캐가 조선 땅에서 제 멋대로 설쳐대는 꼴은 용납하지 않겠습니다."

진무중군이 껄껄 웃으며 "암, 그래야지, 그렇고말고!" 맞장구를 쳤다. 그제야 복길이가 고개를 들었다. 입꼬리가 솟으며 복길이가 말갛게 웃었다.

미국과 조선이 저마다의 체통을 걸고 한 판 전쟁을 벌이려 했다. 겉보기에는 꽤나 거창한 명분을 내걸었지만 속 내막을 한 겹만 들쳐보면 한없이 나약해서 죽음이 두려운 하얗고 누런 인간들끼리 서로가 서로를 죽여야 하는 동병상련의 고뇌에 절어 있었다.

해오라기란 놈이 강화도 논두렁에 사는 모양이었다. 아아악, 밤하늘을 자지러지게 들깨웠다. 해오라기 울음에 답하듯 가까이 메숲진 곳에서 쫑쫑쫑, 날카로운 새소리가 들렸다. 먼 산사의 범종소리가 가늘게 잇대었다. 찰주소의 밤이 인경(人定: 밤 10시)을 넘어서고 있었다.

달무리 횃불

돈대 언덕 아래가 갑자기 시끄러웠다. 복길이가 성가퀴에 올라 문루 쪽을 살피자 그곳 공터엔 수백 명의 장졸이 집결해 있었고 주위는 온통 횃불로 번들거렸다. 진무영에서 대기했던 광성보 증원 병력이 양관 범 포수와 함께 닿은 낌새였다. 말울음과 인솔군관의 고함이 돈대 언덕을 타고 올라 왔고 그 뒤로 군관의 명령에 일일이 복창하는 장정대오의 우렁우렁한 목소리가 따라 왔다.

세 사람이 돈대 석문을 빠져나와 종종걸음으로 언덕을 내려갔다. 그때 달무리 진 광성보의 밤하늘은 너른 공터를 휘감은 횃불을 껴안고 빙빙 돌며 너울춤을 추어 댔다. 전쟁의 전야제를 치르는 한 바탕 군무(群舞) 같았다. 입을 다물고 성큼 걸음을 떼는 어재연의 어깨가 빳빳하게 섰다.

진무영의 인솔군관이 진무중군에게 500여 명에 이르는 장졸의 명부를 건넸다. 양관 백두산 범 포수와 한양 오군영, 경기 각지의 감영에서 차출된 병력들이었다. 박치성 별장이 명부를 대조하고 미리 지어놓은 야영 막사로 병력을 인솔해 갔다.

귀에 익은 풍산개 짖는 소리가 들려왔다. 회령 고을에서 강화도까지 별포군과 생사고락을 함께 한 호태였다. 놈은 광성보에 새로 설치된 낯선 막사를 이리저리 뛰어다니며 짖다가, 복길이와 부뜰이를 발견하고는 한 걸음에 달려와 경중경중 뛰었다. 호태가 어재연 장군도 단번에 알아보았다. 이내 장군의 바지자락에 얼굴을 비벼대며 끙끙거렸다. 장군이 호태의 앞발을 두 손으로 잡고 번쩍 들어 올리고는 "고놈 참, 기특한지고!" 껄껄 웃으며 얼굴을 부벼댔다.

병사들이 취침한 뒤에는 군관과 지휘 장수를 광성 진사에 따로 집결시켰다. 광성보 부대의 새로운 위계질서를 짜고 전력을 끌어올리는 일이 시급했기 때문이다. 굵은 밀초로 불을 밝힌 광성 진사의 너른 방에서 광성보 부대의 간부들이 처음으로 얼굴을 맞댔다.

어재연이 상석에 자리를 틀자 아랫자리에 줄지은 군관 대여섯과 장수 여덟이 큰절로 진무중군에 대한 예를 갖췄다. 어재연은 광성보 부대의 편성 배경을 간략히 설명한 뒤 초면인 사람들에게는 상견례를 시켰다.

진무영 천총 김현경과 별무사 도령장 유예준, 광성보 별장 박치성이 먼저 통성명했고 진무영에서 파견된 대솔군관(帶率軍官: 중대장급 장교) 이현학, 어영청의 병력 1초를 인솔한 초관 유풍로와 회령 별포군 초관 이강억, 강계 별포군을 인솔한 초관 2명이 순서대로 인사를 나눴다. 진무중군이 차분하나 힘이 실린 목소리로 휘하 간부들을 다잡았다.

"지금의 장졸들은 땅바닥에 흩뿌린 구슬 서 말에 불과하오. 제대로 조련시켜 한 줄로 꿰지 못한다면, 미리견 군사 앞의 오합지졸에 불과할 것이오. 내일 이른 아침부터 합동 전투훈련과 진지별, 개인별 조련을 시작하여 우리가 가진 모든 화력을 한시라도 빨리 극대화시켜나갈 것이오. 이전에 소속했던 군영의 관행에 집착하지 말 것이며, 광성보 부대의 전체 전력을 위해 자신이 먼저 희생하는 자세를 보여주시오."

엄한 조련과 군율로 부대원을 장악하여 병사를 담금질하라고 주문했다. 휘하 장수들에게는 새로운 직책을 부여했다.

"김현경 천총은 유사시 중군 직무를 대신하고, 이현학 군관은 나를 보좌하는 비장(裨將)으로 찰주소의 지시를 신속히 부대원에게 전달하시오. 도령장 유예준은 강화 진무영과 병력 증원에 관한 문제를 전담할 것이며 진무영과 광성보 사이의 병참물자 운송을 담당하는 보부 지원군 두목을 장악하여 차질 없는 전투태세를 유지하시오. 박치성 별장은 광성보 부대원 숙영 막사를 관리하고 지원군 화병과 노역자원 토병을 감독하여 광성보 전투병의 의식주가 원활하도록 각별히 힘쓰시오. 마지막으로, 어영청 초관 유풍로와 양관의 별포군 초관은 진무중군이 직접 작전지시를 내릴 것이오. 수하 병력을 장악하고 있다가 언제든지 명령에 따를 준비를 갖추시오.”

휘하 장수와 군관들이 한 목소리로 “목숨을 걸고 보필 하겠습니다”라고 우렁차게 외치며 또다시 방바닥에 이마가 닿는 큰절로 충성을 다짐했다.

광성보 부대가 할 일은 산더미였고 주어진 시간은 촉급했다. 진사의 진무중군 집무실이 밤새 촛불을 밝혔다. 그날은 기함 콜로라도의 로저스 제독 집무실도 자정이 훨씬 넘도록 환한 등유 램프가 밤을 밝혔다. 로저스가 궁리에 궁리를 더했다.

이미 주사위를 던진 강화도 상륙작전, 조선 조정이 상상도 못했던 총포의 벼락불을 선사하여야 마땅했다. 총포의 탄환을 어떻게 퍼부어야 조선군이 더욱 겁을 집어먹을까. 즐거운 궁리가 로저스의 머릿속에서 밤새 널을 뛰었다. 그날 밤 작약도에 정박한

조선 원정 미군 함선들은 밤보다 더 검은 먹장구름을 피워서 광
성보로 날려 보냈다.

10장
전야(前夜)

쇠뇌와 대조총

유월 넷째 날의 이른 아침이다. 진무중군이 전 부대원을 모은 첫 진중조례를 마치고 곧바로 참모 군관들을 광성 진사에 집합시켰다. 광성보 부대는 서양 오랑캐를 대적하기 위해 한시적으로 꾸린 특단의 조직이다. 병장기 확보와 병력의 무장편제는 최고사령관 진무중군의 뜻에 따라 결정된다.

소집된 간부들에게 진무중군은 "오로지 부대의 전력을 극대화하는데 초점을 맞춰, 광성보 부대가 갖춰야 할 병장기와 효율적인 부대 편성에 대하여 허심탄회하게 논의하라"고 지시하고 모아진 의견은 필히 반영할 것임을 약속했다.

많은 의견이 오갔다. 심지어 육군만 광성보를 수성할 것이 아니라 진무영 관할인 통어영의 수군 판옥선과 거북선을 광성보 앞바다에 배치하여 미리견 함선에 맞서자는 제안까지 나왔다. 서양 함선을 구경해보지 못한 강계 별포군 초관의 제안이었다. 나머지 참모가 극구 반대하고 나섰다.

조선의 나무 돛배는 서양 오랑캐 전함에 맞서는 즉시 불쏘시개가 될 것이며 수군도 순식간에 몰살할 것이라는 중론에 따라 수군 참전은 물론 우리 병선이 강화 해협에 뜨는 것조차 금지시키기로 가닥을 잡았다. 참모회의는 점심나절에 결론에 이를 수 있었다.

격론이 오갔던 부분은 개인 휴대무기였다. 800여 명 부대원 가운데 화승총수는 범 포수 3초를 포함해 450명 내외였다. 나머지 350명 가운데 화포병을 제외하면, 200여 명 병졸이 칼이나 활, 창과 같은 재래무기로 무장했다. 적군이 최신의 라이플로 무장하고 있으니 근접 백병전이 아닌 바에야 재래무기는 사실상 무용지물이었다.

살수와 궁수에게는 쇠뇌와 대조총(大鳥銃)으로 무장시키자는 제안이 많았다. 쇠뇌는 쇠로 된 발사 장치를 부착한 기계식 활로 서양 석궁과 발사원리가 같다. 활 틀을 두 발로 밟아 두 손으로 시위를 당겨서 걸개에 걸어놓고, 화살을 시위와 활대 사이 직선 홈에 고정하면 사격준비가 끝난다. 방아쇠만 당기면 시위를 당겨놓은 팽팽한 힘이 화살을 날린다.

화승총의 대체재로는 쇠뇌가 유일했다. 잘 만든 쇠뇌가 격발한 화살은 탄환보다는 느리나 보통의 화살보다는 훨씬 빠른 속도로 50장(150미터) 이상을 날아갔다. 쇠뇌의 또 다른 장점은 활을 쏴본 병사라면 따로 조련을 받지 않아도 충분히 사수노릇을 한다는 것이었다.

광성보 부대의 주력인 화승총수는, 굵은 빗방울이라도 내리는 날이면 무용지물에 불과하다. 심지 불이나 화약접시가 외부에 노출되어 있어 툭 터진 야외에서는 사격자체가 불가능하기 때문이다. 많은 군관이 "비오는 날을 감안하여 화승총수에게 지급할 쇠뇌 1장(張)과 화살 50지(枝)를 비축하자"고 주장했다. 꽤나 설득력 있는 제안이었다.

그러나 진무영과 광성보의 군기고가 확보하고 있는 쇠뇌를 모두 합쳐야 200여 정에 불과해, 광성보 부대의 화승총수 절반에도 미치지 못했다. 진무중군이 "진무사에게 긴급 요청하여 한양과 가까운 경기도 군영에서 비축하고 있는 쇠뇌와 화살을 모두 추진토록 하겠다"고 약속했다.

대조총의 배치 논의도 활발했다. 대조총은 화승총 사거리의 두 배가 넘는 기다란 활강총신이 부착된 총통이다. 장(長)총통이라고도 불렸으며 조선 후기에 자체 개발한 천보총(千步銃)도 대조총의 한 종류였다. 대조총의 원형은 19세기의 중국과 인도 등이 만들었던 징겔(Jingal 또는 gingall)이다. 총신의 길이와 총구지름을 키워 화약의 폭발반동이 컸기 때문에 두 명이 달라붙어 개머리와 총신을 붙잡아야 했다.

조선은 청나라의 징겔을 소량 수입하기도 했지만 대부분 지방 군영에서 자체 제작하여 보급했다. 정교한 발사장치가 부착된 화승식 대조총이 아닌, 총통 총신만 늘여 총목만 부착한 형식이 대부분이었다.

대조총의 총구 지름은 화승총보다 반절이상 굵은 한 치 내외(2~3센티미터)였고 총신 길이는 다섯 자(150센티미터)를 넘나들었다. 유효 사거리는 70장(210미터)을 넘었고 화약을 많이 쟁일 경우 160장(500미터 가량)까지 날았다는 기록도 있다. 그러나 화약과 연환을 장전하는 과정이 번거로웠고 조수가 일일이 거들어야 하는데다 긴 총신으로 말미암아 휴대와 이동이 불편했다.

그럼에도 불구하고 대조총을 돈대에 추진하기로 결정한 것은, 손돌목과 용두 돈대의 성벽 곳곳에 대조총 발사를 위한 총안이 이미 뚫려있어 사격수를 보호하는데다가, 개인화기 가운데 서양 소총의 사정거리를 절반이나마 따라갔기 때문이다.

대조총은 진무영 병기고에 100여 정이 있었으며 한양 군영도 삼군부의 최촉으로 신형 대조총 서른 정을 급히 긁어모아 광성보에 보내왔다. 참모 군관들은 손돌목과 용두 돈대의 총안 20여 군데에 대조총을 거치하고 궁수와 살수병 가운데서 화약총을 시방해 본 경험이 있는 자에게 우선 무장시키기로 했다.

대포류 화포의 배치에는 별다른 이견이 없었다. 이견이 없다기보다 대안이 없었다. 화포의 주력은 홍이포(紅夷砲)였다. 17세기 초 네덜란드와 전쟁을 벌였던 중국이 저들의 대포를 흉내내 만든 전장식(前裝式) 대포였다. 임진왜란 당시 명나라 원군이 끌고 와 왜군이 점령한 평양성을 공격할 때 성벽을 허무는 용도로 쓰면서 처음 선보였다. 조선 중기 이후에는 홍이포를 자체 제작하여 팔도의 포대에 고루 공급했다.

홍이포는 쇳물을 부어 포신을 주조할 때마다 그 크기가 들쑥날쑥하여 약실과 포구 지름이 조금씩 틀렸다. 강화도 해안의 여덟개 포대가 거치한 홍이포 규격은 포신 내부 구경이 약 두 치 다섯 푼(7.8센티미터)에다 포신 길이 여섯 자 두 치(187센티미터), 무게는 여든 관(300킬로그램)에 달했다. 장전한 쇠구슬 포탄은 2~300장을 날아갔으며 대포를 이동할 때에는 바퀴가 달린 나무 당차에 실어 황소가 끌었다.

전장식 홍이포는 약실에 화약을 쟁이고 그 앞을 나무나 흙으로 빈틈이 없게 막아서 폭발 압력을 최대치로 끌어올린다. 격목(檄木: 나무마개)과 토격(土隔: 흙 마개)이 그것이다. 그 앞에 포탄이랄 수 있는 추진체, 즉 쇠구슬이나 뾰족한 쇳조각, 심지어는 돌멩이까지 겹겹으로 쟁였다.

홍이포는 장전하는 과정이 꽤나 까다로운데다, 발사해봐야 폭발하는 포탄이 아니어서 새총만도 못하다는 비아냥을 들었지만, 그러나 조선군 처지에서는 매우 듬직한 물건이었다. 서양 오랑캐에 비하면 형편없는 화력이지만 조선에서는 그나마 가장 우렁찬 포성을 질러대고 커다란 화염을 뿜었기 때문이다.

광성보의 홍이포는 강화해협을 향한 석축 포좌에 작은 구멍을 내고 그곳에 포구를 밀어 넣고 고정시켰으므로, 포탄은 언제나 같은 방향으로 일정한 거리만 비월했다. 광성보 진지에 거치한 홍이포는 14문에 달했다. 독립포대 두 군데에 축조된 여덟 개의 석축 포좌와 손돌목, 용두 돈대 내부에 마련된 포좌에 6문이 거치됐다.

대구경 홍이포의 화력을 보완하는 소형 대포로 구리 포신의 불랑기가 있었다. 중국이 15세기 포르투갈에서 만들었던 후장식(後裝式) 대포를 모방한 것이었다. 불랑기 역시 임진왜란 때 명나라 원군이 가져와 조선에 알려지게 됐다.

불랑기는 화약과 포탄을 미리 장전해놓은 자포(子砲)를 여럿 준비했다가, 발포할 때마다 포신(母砲) 뒤쪽에 자포를 끼워 심지불만 댕기면 됐다. 꽤나 시대를 앞선 후장식 대포였지만, 쇠구슬을 날리는 활강포신이란 점에서는 홍이포와 매한가지였으므로 화력은 거기서 거기였다.

강화 진무영이 보유한 불랑기는 대부분 조선에서 제작한 소형이었다. 포신 길이가 세 자(90센티미터)에 불과하여 나무 버팀목만 튼튼하게 괴어도 폭발반동을 충분히 흡수했다. 포탄을 장전한 자포만 준비하면 병사 혼자서 얼마든지 발사가 가능했기 때문에, 손돌목 돈대를 비롯한 광성보 각 포대와 진지에 충분한 물량의 불랑기를 비축해 놓기로 했다.

김현경 천총의 제안으로 찰주소에도 불랑기 1문을 배치하고 유사시에 어재연 장군도 발사할 수 있도록 했다.

참모 군관들이 약속이나 한 듯 입에 올리지 않은 화두가 있었다. 미국 병장기의 성능에 관한 것이었다. 조선의 무기가 그들에 비하면 참으로 허접하다는 사실은 굳이 말하지 않아도 안다. 저들의 가공할 화약무기 성능을 백 번 천 번 되뇐들, 광성보 부대의 사기와 화력 증강에는 하등의 보탬이 되지 않았다.

화승총을 움켜쥔 범 포수의 다물린 입과 형형한 눈매를 믿었으며, 심지 불만 붙이면 벼락소리를 펑펑 질러주는 홍이포와 불랑기를 믿기로 했다. 참모 군관들은 하나같이 "저들이 가진 총포에 비할 바는 못 되나, 우리 또한 총과 포를 가졌노라" 가슴을 폈다.

별동대와 예비대

취사군 화병이 나른 소쿠리 주먹밥으로 점심을 때운 참모 군관들이 오후에도 머리를 맞댔다. 오전 회의에서 확정된 병장기를 새로 배치하고 각 진지마다 병력을 안배하는 일을 숙의했다. 병과와 특기, 연령과 조련 수준으로 병력을 분류하고 소속을 확정했다.

찰주소가 위치한 손돌목 돈대에는 범 포수 2초를 주축으로 결사대를 꾸리기로 했다. 해안 절벽 위에 축성된 용두 돈대에는 범 포수 일부와 한양과 경기 감영에서 차출한 살수병 1초로 배수진을 쳤다.

진무영과 위경군 소속의 별파진 300여 명 가운데 100여 명은 찰주소의 직접지휘를 받는 돈대 내부의 포좌와 광성 포대 화포병으로 배치하고, 나머지 병졸은 2인 1조로 대조총과 불랑기 사격 임무를 맡겨 광성보의 예하 진지 곳곳에 안배했다. 그 외의 병력은 김현경 천총의 통솔로 광성보 외곽과 돈대 및 포대 주변에 매복조로 배치하거나 진지의 결원을 보충하는 대기병 대열로 편성했다.

진무중군의 명으로 별동대(別動隊)와 예비대(豫備隊)가 조직됐다. 장군의 직접지휘를 받는 기습전담 부대로, 광성 진사 인근에 대기했다가 찰주소의 명령이 떨어지면 즉각 출동임무를 수행하게 했다.

별동대는 50명으로 조직됐다. 범 포수 40명과 검술이 뛰어난 무사 열 명으로 편성했다. 적의 이동로를 추적하고 매복과 불시 공격을 감행하는 기동타격부대다. 별동대장에는 복길이가 임명됐다.

예비대는 70명 정원으로 화승총수 50명과 진무영 및 어영청소속 무사 20명으로 편성했다. 그들은 덕진진과 광성보 사이의 대모산(大母山, 84.2미터) 봉수대 고지를 선점하여 매복하고, 광성보로 침입하는 적군을 기습하거나 손돌목 돈대와 협격하는 기각지세를 이루게 했다. 열 명 단위의 일곱 개 분대를 구성하고 선봉 분대장에 부뜰이가 임명됐다.

늦은 오후에 병력 배치표가 완성되자 800여 명 장졸의 이동이 시작됐다. 원래의 소속을 막론하고 이리저리 나뉘고 쪼개진 병사들은 새로운 지휘 군관의 인솔로 각자의 진지에 투입되었다. 진지 집결을 마친 병사들은 새 지휘 군관의 확인 점고를 받은 뒤 새롭게 자신의 전투 임무를 부여받고 우렁차게 복명했다.

손돌목 돈대는 찰주소가 자리하는 광성보 부대의 핵심이다. 결사대 300여 명이 배치돼 이현학 비장이 병졸을 지휘했다. 범 포수 2초는 돈대를 빙 두르는 성가퀴의 벽돌 흉장(胸墻: 성가퀴의 높은 부분) 뒤에 3인 1조씩, 종대로 줄을 지었다. 3교대 사격 포진이었다. 대기병대 50명은 장창과 군도를 휴대하고 돈대 가운데에서 대오를 갖췄다가, 화승총수의 유고시에 즉각 성가퀴로 뛰어올라 임무를 대신하게 했다.

진무중군을 지킬 아병(牙兵: 호위병)은 30명으로 편성됐다. 찰주소를 에워싸고 진무중군을 목숨으로 보위할 장졸들이다. 화승총은 물론 칼과 창 쓰기에 능한 병사 20여 명에다 강계 포수를 비롯한 참모 군관 다섯 명, 장군 사저에서 데려온 겸종 임지팽, 광성보의 청지기 김덕원(金德源)이 거기에 배속됐다.

유월의 넷째 날이 저물어갔다. 저녁식사를 마친 진무중군이 강계 포수와 박치성 별장, 이현학 비장을 대동하고 찰주소에 올랐다. 그날, 장군이 비로소 찰주소 거치대에 화승총을 걸어 놓았다. 어재연이 비장에게 지시했다.

"휘하 장졸들은 돌멩이가 등짝에 박히는 야영막사에서 잠드는데, 진무중군이 기와집 방구들에서 편한 잠을 잔다면 누가 따르겠소. 이슬을 피하고 차가운 바닷바람만 막으면 족하니 여기 찰주소 아래에 천막 하나만 쳐주시오."

세 사람이 한 목소리로 말렸지만, 중군의 고집을 꺾지 못했다. 강계 포수가 쇠스랑으로 찰주소 아래 땅바닥을 편편하게 고르고 돌멩이를 파냈다. 이현학 비장이 병졸 몇을 대동하여 관고를 뒤져 야영천막과 나무 지지대를, 별장 박치성은 이부자리를 들고 왔다.

거적때기 천막이 얼기설기 세워졌고 요때기 두 장이 바닥에 깔리고 그 위에 길이불이 놓였다. 이현학 비장이 아병조에 연락하여 그날부터 무장병사 둘을 돈대 석문에 배치하고 경계를 세웠다.

날라리와 자바라(啫哱囉)

6월 5일 신새벽의 거무죽죽한 기운을 헤집고, 나발수들이 숙영막사로 들이닥쳐 귀청을 찢는 날라리 소리를 질렀다. 어젯밤 김현경 천총이 취타수들에게 명한 기상 나발이었다. 광성보의 하루가 그렇게 열렸다.

부대원들은 두레박 찬물로 입을 헹구고 고양이 세수를 마친 뒤 곧바로 진지에 투입됐다. 화병들이 주먹밥과 된장 나물국 뚝배기를 소쿠리에 담은 아침밥을 진지로 날랐다. 진지마다 지휘 군관들이 돌며 "식사를 마치는 즉시 전투태세에 돌입한다"며 고함을 질렀다.

광성보 부대원들이 막 돋아난 아침 햇살을 어깨에 얹어서 자신의 전투 위치에 포진했다. 그들은 오전 내내 군관의 지시에 따라 은폐와 엄폐, 공격과 후퇴를 반복하는 훈련을 받느라 비지땀을 흘렸다.

그때 찰주소에서는 붉은 갑옷에 화승총을 거머쥔 진무중군이 휘하 참모들을 모아놓고 일성을 터뜨렸다.

"지금 이 시간 부로 광성보는 전시 체제에 돌입함을 선언하오. 전투 훈련은 실전과 한 치의 오차도 없이 진행될 것이니 군관은 갑옷과 홍전립을, 병졸은 배갑(背甲)과 전립(氈笠: 검은 전투모)을 착용하시오. 날씨가 덥다고 갑주를 벗거나 장수의 지시에 굼뜬 행동을 보이는 병졸은 전시 군율로 엄히 다스릴 것이오. 여기 모인 간부 장수들은 오늘부터 전 장졸이 한몸뚱아리처럼 움직이고, 강한 군사로 조련될 수 있게 엄하게 독려하고 다그치시오."

배갑은 무명천을 열세 겹 겹쳐서 박음질한 병사용 방탄조끼 면제배갑(綿製背甲)을 일컫는다. 병인년 프랑스군의 침입 때 조선군 전사자 대부분이 라이플 탄환에 상반신이 관통당한 것으로 밝혀지면서 대원군의 지시로 찰방 김기두(金箕斗)가 제작한 조끼였다.

　화승총수 전원에게 피대(皮袋: 탄띠) 두 개와 큼직한 선약통이 지급됐다. 피대는 자그만 대나무 약관(藥管)통 30개를 일렬로 묶은 가죽띠로, 약관통 하나에는 화승총 1회 발사 분량의 검댕화약과 납 탄환이 수납됐다. 화승총수는 피대 하나를 허리에, 나머지는 어깨에 어슷하게 감았다. 이로써 광성보의 화승총수는 육십 발의 실탄사격이 가능했다.

　손돌목 돈대의 범 포수 2초에게는 특별히 염초장 허 초시가 제조한 과립(顆粒) 화약을 지급했다. 과립 화약은 고운 화약가루를 쌀뜨물로 개어 타박타박한 떡쌀처럼 이긴 다음, 체 거름망에 엎고 손가락으로 눌러 쌀알 크기로 뭉친 화약이다. 그늘에서 물기를 완전히 말리면 딱딱하게 굳어서 쉽게 부스러지지 않았다.

　실전에서 총구에 화약가루를 장전할 땐 약한 바람 한줄기에도 화약가루가 흩날릴 때가 많았다. 게다가 강화도는 사방이 바다여서 왼종일 변덕이 심한 바닷바람에 시달리는 곳이다. 진무중군이 미리 과립 화약을 장전하고 시방해 본 결과, 웬만한 바람에도 화약이 날리지 않았고 가루 화약에 비해 폭발 뒷심도 강했다.

　오후부터 전체 부대원을 하나로 묶는 통합 조련이 시작됐다. 찰주소의 지휘 신호에 따라 일사불란하게 화력을 모으고 방어력을 배가하는 훈련이다. 전투명령의 하달은 휘각철고, 즉 깃발(麾)과 나발(角), 꽹과리(鐵)와 북(鼓)을 이용했다.

찰주소가 휘둘러서 작전을 지시하는 영하기(令下旗)는 특별히 휘라 불렀다. 네모 깃발에 불꽃모양의 술이 달린 영하기의 점기(點旗: 깃발의 오르내림)를 예하부대 지휘 장수에게 전하는데, 점기 하명을 받는 장수는 즉시 자신의 깃발을 흔들어 복명했음을 알려야 한다.

영하기를 앞쪽으로 누이면 전진하여 총 공격하고, 병력이 엎디어 있을 때 깃발을 들면 일시에 일어나 공격대형을 지으며, 영하기를 휘두르면 각자의 무기를 들고 총 돌진하여 적군과 각개 전투를 벌인다.

고각(鼓角: 북과 나발)은 또 다른 전투 명령 체계다. 깃발 신호와 함께 쓰이기도 하나, 깜깜한 밤이거나 지형 상 깃발을 볼 수 없는 장졸을 지휘할 때 고각의 소리는 매우 유용하다. 고각 신호의 대표적인 예로, 가파른 날라리 소리를 길게 뻗치는 소위 천아성(天鵝聲)은 적의 침투나 위급상황이 닥칠 때 전 부대원을 소집하는 신호로 쓰인다. 그밖에 나발(喇叭: 쇠붙이로 만든 긴 대롱 악기)소리는 군관들을 중군 아래로 집결시키는 신호가 된다.

어재연 장군은 찰주소의 지휘 신호로 영하기의 점기와 함께 날라리와 자바라의 소리만 쓰기로 했다. 광성보 부대는 서양의 화포 부대와 정면 대결을 펼칠 것인즉 조선군의 기존 소리신호는 대부분 쓸모가 없었다. 저들의 함포와 대포, 소총의 폭발음은 땅이 울리고 고막을 찢는 굉음이어서 뿔나팔 따위를 목울대 터지게 불어봐야 금방 파묻히고 만다.

날라리는 센 소리를 뻗치고 휴대가 간편하므로 성채 이곳저곳 필요한 곳을 찾아가서 소리를 지를 수 있었다. 자바라는 불교의 식에 쓰였던 놋쇠 타악기로, 손바닥보다 조금 큰 둥글넓적하고 배가 불룩하여 마치 심벌즈를 줄여놓은 것 같다. 가죽 끈을 꿴 자바라를 양 손에 쥐고 그것을 마주치면 금속성의 날카롭고 높은 소리가 울려서 병사들의 경각심을 깨우는데도 적격이다.

800여 장졸이 영하기의 오르내림과 고각 소리에 대응하는 전투행동을 하나하나 익혀나갔다. 우왕좌왕하던 병사들도 훈련에 차츰 적응해 나가면서 각개전술과 합동 전투대형의 차이를 깨달아갔다.

해거름까지 훈련이 계속되었고 마침내 광성보 부대원 전체가 한 목소리를 내는 장엄함이 연출됐다. 장졸들은 구름과 바람처럼 뭉쳤다간 흩뿌려지고, 흩어졌다간 다시 뭉쳤다. 공격 신호가 내려지면 우레 고함의 벽력이 성벽을 타넘으며 온 광성보에 울려 퍼졌다.

황해 먼 바다가 빨간 노을에 뒤덮이며 훈련의 막이 내렸다. 진중 저녁밥이 꿀맛이었다. 염장무 한입에 두어 숟갈씩 밥을 떠 넣는 바람에 질그릇 고봉밥도 순식간에 비었다. 광성보 부대원을 왼종일 뛰고 구르고 고함지르게 만든 놈의 정체는 밥심이었다.

그날 밤부터 경계 병력을 갑절로 늘이고 진지마다 보초를 세웠다. 부대원 대부분이 짚신을 신은 채 막사에서 널브러져 코를 골았다. 길어야 서너 시간 토막잠인데, 벗고 닦는 시간에 코를 한 번 더 골아주는 쪽이 나았기 때문이다.

꽂히는 별

6월 6일은 새벽부터 실 사격 훈련에 돌입했다. 진지의 장졸들이 전투 위치에 투입됐다가 찰주소 영하기가 지시하는 방향으로 총포의 불길을 모으는 훈련이었다. 해협을 겨누는 홍이포와 돈대를 사수하는 화승총 간의 화포 합동 사격도 이루어졌다.

아침부터 삼복더위 찜 쪄 먹을 햇살이 퍼부었다. 갑옷과 면 투구 차림으로 광성보의 높고 낮은 구릉을 뛰어다니던 병사들이 금세 녹초가 됐다. 취사군이 찬 우물물을 항아리에 담고 표주박을 띄워 수시로 진지에 날랐지만, 갖다 놓기 무섭게 동났다.

연일 혹독한 훈련이 이어지던 중, 광성보에서는 전혀 예상치 못한 일이 벌어지고 있었다. 이른 아침에 소집한 지휘군관 조례에서 "일부 병졸이 두려움에 떨거나 훈련 참여를 거부하고 있어서 전체 부대원의 사기까지 갉아먹고 있다"는 조심스런 보고가 잇대었다.

진무중군이 김현경 천총에게 찰주소 지휘봉을 맡긴 뒤 비장과 함께 광성보 부대원들의 훈련 상태를 직접 점검하기로 했다. 포대와 돈대, 보루와 성곽은 물론 광성보 인근의 메숲진 곳에 매복한 병사의 모습을 은밀하고 꼼꼼하게 살폈다.

일부 장졸의 불성실한 태도가 확연하게 드러났다. 원래 소속이 광성보였던 기간 장졸들이 마지못해 훈련에 임하는 경우가 많았으며 찰주소와 멀리 떨어진 진지일수록 군기가 무너져있었다. 심지어 지휘 군관의 면전에서 훈련을 거부하는 병졸까지 있었다.

찰주소에서 내려다 볼 땐 일사불란하던 광성보의 그림이, 붓놀림의 획을 하나씩 따로 떼어 살피자 곪아터진 부분이 의외로 많았다. 환부를 미리 도려내지 않으면 치명상으로 발전할 소지가 다분했다.

그날 저녁, 훈련을 마친 병사들이 야영막사에 들자 진무중군은 비장에게 별장위사(別將衛舍: 별장 집무실)에 자그만 주안상을 차리고 참모 장수만 따로 모으라고 지시했다. 조련을 중간 평가하고 휘하 장수의 노고를 위로하는 술자리라고만 일렀다.

푸성귀 안주의 조촐한 주안상이 차려졌다. 줄지어 앉은 군관들의 표정은 하나같이 굳어있었다. 맑은 독주가 두어 순배 돌자 비로소 분위기가 살아났고, 그 틈에 진무중군이 입을 열었다.

"오늘 오전에 부대원들의 임전 태세를 은밀하게 점검하면서 느끼는 바가 많았소이다. 그동안의 훈련성과와 병졸들의 전투의

지가 어느 정도인지, 진솔하게 이야기해 주길 바라오."

선뜻 말을 꺼내는 이가 없었다. 독주가 두어 순배 더 돌 때까지 서로의 눈길을 피하는 어색한 침묵이 이어졌다. 그때 도령장 유예준이 머뭇거리면서 입을 뗐다.

"800여 명이 급작스레 모이다보니……. 한 몸처럼 일사불란하게 움직이진 않고 있습니다. 그간 이 진지 저 진지를 다니며 병사들의 훈련 모습을 유심히 살폈습니다만, 열에 여덟은 이를 악물고 감내하였으나 나머지 둘은 훈련을 기피하고 벌벌 떨고만 있습니다……."

참모들이 눈을 지긋하게 감아서 유예준의 이야기에 공감을 표했다. 이번엔 비장 이현학이 나서서 유예준의 이야기를 거들었다.

"그 자들은 마음의 준비가 덜 되어 있어서 팍팍한 훈련에 일찌감치 지쳐있던 자들입니다. 또 훈련이 강도를 더할수록 오랑캐에 대한 공포가 더욱 심해져서, 어제부터는 훈련을 기피하는 자들이 눈에 띄게 늘었습니다. 급하게 차출하여 꿰맞춘 병력도 많아 그들의 자질을 나무랄 수만은 없는 노릇입니다."

염려했던 바가 구체적으로 드러났다. 결사항전의 의지를 꺾는 것은 적군의 월등한 무기가 아니었다. 강하게 조련되는 대부분의 장졸 틈에서, 미리 무릎을 꿇는 몇몇으로 말미암아 광성보 부대원 전체의 사기가 무너질 수도 있었다. 진무중군이 선을 그었다.

"그 누구의 잘못도 아니오. 잘잘못을 따질 문제는 더욱 아니오. 단지 줄을 잘못 섰던 탓에 여기까지 흘러온 병사들이오…….

광성보 부대를 정예군으로 다듬기 위해서라도, 내가 곧 조치를

취하리다."

곪아가던 상처의 치료를 진무중군이 약속하자 주찬 자리가 생

기를 되찾았다. 몇 순배의 술이 더 돌아 분위기가 무르익자 호탕

한 웃음에 버무려진 왁자한 이야기가 여기저기서 터져 나왔다.

참모 군관 여덟 명의 평균 연령은 50대였다. 한두 명을 제외하

면 모두가 진무중군보다 연상이었으며 환갑자리 노장도 두 명이

나 됐다. 김현경 천총은 그해 환갑잔치를 했다. 또 초관 유풍로는

내년이 환갑이었다. 그들 노익장은 젊은 장정들도 힘겨워하는 훈

련을 고스란히 받아내고 있어 진무중군이 안쓰러울 때가 많았다.

그들 노장에게는 병졸이 범접하지 못하는 위엄이 서려있었다.

평생을 요해지 진관의 성곽에서 향토 군졸과 생사고락을 함께한

경륜이 하찮은 행동과 한마디 말에도 고스란히 묻어났기 때문

이다.

김현경은 강화 섬 토박이였다. 병인년에 프랑스군이 침공했을

때는 섬 주민으로 민병대를 조직하고 강화의 야산을 전전하며 공

격할 기회만 노렸다. 프랑스군이 패주할 때는 강화해협을 남하

하던 포함과 단정에 화승총 연환을 퍼부었다. 김현경의 무용담은

조정까지 전해져 정묘년(1867)에는 강화 유수부의 영장(營將)으

로 특별히 천거됐다.

취기가 무르익으며 좌중에서 걸걸한 웃음이 터져 나왔다. 상석에서 어재연과 대작하던 김현경 천총이 갑자기 정색을 하며 "중군, 너무 걱정 마십시오. 오랑캐 전함이 설사 쳐들어온다 한들 광성보 앞바다를 지나 한강 쪽으로는 절대로 거슬러 오르지 못할 것입니다"라고 했다.

비책이라도 있느냐는 중군의 물음에 천총은 환한 웃음을 지었다.

"지난 유월 초하룻날, 놈들의 전함이 손돌목 물굽이에서 회항할 때 그토록 허둥지둥했던 이유가 있었습니다. 수로 바닥에 깔아났던 쇠 그물에 걸렸기 때문이었지요."

손돌목 수로 바닥의 철쇄(鐵鎖: 쇠사슬)는 4년 전 강화 진무영이 설치했다고 한다. 병인년의 불랑국 침공을 교훈삼아, 다음해 봄 진무사의 지시로 길이 250장(750미터)의 쇠사슬을 깔았으며 당시 작업을 감독한 사람이 김현경 천총이었다고 했다.

"시간이 많이 흘러 바닷물에 담가 놓은 쇠사슬이라 녹 쓸고 삭아버렸거니 짐작해서 까맣게 잊고 지냈지요. 하기야 염하 물길이 오죽 가파릅니까. 세찬 물굽이가 하루 네 차례나 오르내리니, 엔간한 쇠붙이는 금방 자갈돌에 쓸려 끊어지고 말지요."

어재연이 놀라워했다.

"임진년 왜란 때 충무공께서 왜선을 엎어버리려고 명량 물길 바닥에 쇠사슬을 깔았다는 이야기는 들었지만, 강화 해협 수로에도 그런 철쇄를 깔았다니, 참으로 놀랍습니다!"

두 사람의 대화를 귀동냥하던 군관들이 김현경 천총에게 시선을 고정하고 귀를 쫑긋 세웠다.

"혹시나 해서, 지난달 하순에 은밀히 해협 바닥을 살폈는데 놀랍게도 쇠사슬이 말짱하게 남아있었습니다. 하하하……. 쇠줄이 자갈돌 아래에 깔려 겉으론 아무 것도 보이지 않았지요. 그날 한밤중에 은밀히 병력을 동원하여 바닥 위로 사슬을 돋웠고, 요행히 지난 유월 첫날에 미리견 배가 걸려서 기우뚱거렸습니다. 우리 포대가 그때 집중 포격을 가했지요."

어재연 장군이 "그것 참!"하며 감탄사를 연발했고 듣고 있던 군관들은 환성을 지르고 박수를 쳤다. 진무중군이 천총에게 당부했다.

"내일 날이 밝는 대로 교동 방어영의 군선 두 척을 지원받아, 거기에 군사 1초를 분승시켜 철쇄를 다시 한 번 점검하시고, 사슬은 더욱 탱탱하게 당겨 바다 위로 돋우십시오."

두어 시간 만에 주찬이 끝났다. 휘하 장수를 보내고 별장위사에 홀로 남은 어재연은 무척이나 심란했다. 전투를 치르기도 전에 두려워 떠는 병졸이 의외로 많음에, 그들이 마치 인후에 걸린 탱자나무 가시처럼 쓰라리고 따가웠다. 사실, 서양 오랑캐의 총포 아가리가 진정 무서운 자는 어재연일지도 몰랐다. 그 공포는 다만 가슴 깊숙한 곳에 꽁꽁 묻어뒀을 따름이었다. 속내에 감춘 그 공포는 가끔 봉인을 뜯고 위로 피어올라 어재연의 머릿속까지

스멀스멀 기어오르곤 했다.

남은 술두루미 둘을 쥐고 찰주소 천막거소로 향했다. 달빛이 한없이 차분하고 교교했으나 쿵쾅거리는 그의 심장고동은 잠재우지 못했다. 참모 군관들의 나약해진 마음은 중군인 그가 달랜다지만, 그가 껴안은 두려움은 아무도 다독이지 못했다.

찰주소 아래 바닥에 술병을 놓고 앉았다. 두어 모금 들이켜서 갈증 나는 목을 축였다. 멀리서 인기척이 나고 발자국 소리가 들렸다. 돈대 석문을 지키는 아병과 몇 마디 이야기를 나눴던 그림자 셋이 장군에게 다가오고 있었다. 강계 포수가 앞서고 복길이와 부뜰이가 뒤따랐다. 그들이 장군 앞에서 조용히 무릎을 꿇었다. 강계 포수가 아뢰었다.

"밤이슬 맞으며 야심토록 홀로 계신다는 말을 듣고 찾아왔습니다."

언제 올라왔는지 풍산개 호태가 꼬리를 흔들며 장군 앞에 다가갔다. 어재연이 한 팔로 호태의 어깨를 감싸 안았다.

"허허……. 그토록 처량하게 보였소이까, 이유야 어쨌건 잘 왔소. 떨어져 있지 말고 가까이 오시오, 편히 앉아서 안주 없는 병술이나마 한 모금씩 나눠 마십시다. 허허……."

다가앉아 장군을 두른 그들이 달빛만 뒤집어쓰고 있었다. 장군이 강계 포수에게 술병을 건넸다. 두어 모금 마신 강계 포수가 복길이와 부뜰이게 술병을 넘겼다. 어재연이 강계 포수를 쳐다보며 몇 차례나 걱정 마시라며 웃었다.

서먹하던 기운이 어느 사이에 느슨하게 풀렸다. 그들은 그들이 두고 왔던 회령 벌판과 그곳에 사는 염초장 허 초시와 사람 좋은 박 첨지며 복길이의 네 살배기 방울이 이야기를 두런거렸다. 강화 섬의 6월 심야는 두만 강변 회령을 떠올리기에 꽤나 적절했다.

두만강을 닮은 염하 물줄기가 그들 곁에서 흘렀고 게다가 자갈 구르는 물소리까지 주절거려서 더욱 정겨웠다. 진무중군이 회령 벌판과 오봉산 자락을 차분히 회억했다. 장군의 심란했던 마음 가닥들이 하나씩 풀어져갔다.

범 포수들이 숙영막사로 내려간 뒤에도 어재연은 쉽사리 잠들 지 못했다. 술병의 남은 독주를 마저 비우자 온몸이 활활 불붙는 듯하여, 가쁜 숨을 몰아쉬고는 벌떡 일어났다. 그의 몸뚱이를 축 으로 밤하늘이 빙그르 돌았고 돈대 성벽도 따라서 돌았다.

먼동이 트려했다. 강화 해협이 피워 올린 새벽 물안개가 고양 이처럼 찰주소로 기어올랐다. 비틀 걸음으로 천막 처소에 들어서 려던 어재연은, 차라리 흙바닥에 드러눕고 말았다. 올려다보는 강화 하늘이 빙글빙글 돌았다. 아직도 지지 못한 별무리가 새벽 하늘에 듬성듬성 박혀있었다.

별들은 이윽고 회오리처럼 똬리를 틀더니, 빙그르르 돌기 시작 했다. 그리곤 갑자기 오랑캐 소총의 콩 볶는 소리를 내며 돈대 바 닥으로 와르르 쏟아졌다. 어재연이 비명을 지르며 눈을 감았다.

하늘이 밝아오며 별들이 한순간에 사라졌다. 사라진 것이 아니라 어재연의 가슴팍에 하나 남김없이 꽂혔다.

거자필반(去者必返)

이른 아침부터 야산 매복조의 공격대형 짓기와 일제사격, 포대와 돈대 총포의 합동 발포 훈련이 이어졌다. 총포병이 투입된 진지와 매복지마다 화약구름이 몽글거리며 피어올라 들꽃송이처럼 흐드러졌다. 6월 7일, 훈련에 돌입한지 나흘째 되는 날이었다.

아침부터 뙤약볕이 이글거리며 광성보를 달구기 시작했다. 찰주소에 오른 진무중군이 투구를 벗고 양손으로 맨머리를 감싸 손가락을 질끈질끈 눌렀다. 지난밤의 숙취로 말미암아 머리가 묵직했으나, 실은 그보다 더 무거운 쇳덩이 하나가 그의 심중에 들어앉아 있었다.

훈련에 적응하지 못하고 겉도는 병사들, 어재연이 지난밤 내내 껴안고 뒹굴었던 앙금이었다. 별장 박치성을 불러 "오늘 저녁까지 먹과 벼루 그리고 세필 열 자루와 부챗살에 백지만 붙인 커다란 합죽선 두 개를 준비하라"고 일렀다.

비장 이현학에게는 각 진지 지휘 군교를 찰주소에 집합시키라 명했다. 북을 치고 날라리를 길게 불자 광성보의 진지훈련이 일시에 중단되며 지휘하던 군교 10여 명이 찰주소로 모여들었다. 어재연이 단호하게 지시했다.

"더 이상 훈련시키기 힘들다고 생각되거나 떨고 있는 병사의 명단을 작성하여 점심 배식이 시작되기 전까지 비장에게 제출하시오. 오늘 광성보 부대를 최정예군으로 다시 가다듬는 계기를 만들 것이오."

그날 오전의 훈련은 예정대로 진행됐다. 별동대와 예비대가 매복 목표지점으로 이동하여 거점을 확보하고 기습과 탈출, 새로 정한 목표지점에 은폐하여 전열을 재정비하는 조련이 실시됐다.

지휘 군교가 작성한 귀향 병사의 명단이 이현학 비장에게 제출됐다. 모두 157명이었다. 훈련도중 다친 병사가 30여 명이었고 탈진으로 훈련이 불가능한 병사가 40여 명에 이르렀다. 나머지는 독자이거나 늙은 부모를 모시고 딸린 식솔이 많은 가장, 그리고 스스로 훈련포기 의사를 밝힌 병사들이었다.

양관 범 포수 가운데는 화승총 발포훈련 도중 성가퀴에서 떨어져 발목에 부목을 댄 병사 하나와 탈진으로 쓰러진 두 명이 명단에 포함됐다. 진무중군이 비장을 불러 "점심식사를 마치는 즉시 157명을 광성보 보루 옆 둔덕에 따로 모으라"고 지시했다.

오후 훈련에 투입된 병사들을 진지에 대기시켜 놓고 157명을 호명하여 광성보 문루 앞 공터에 집합시켰다. 군관들이 그들 앞에 도열하자 이윽고 진무중군이 훈시를 했다.

"지난 나흘간, 여러분은 누구 못잖게 열심히 훈련했지만 늙은 부모를 모시거나 식솔을 건사해야 하고, 또 싸우고 싶어도 몸이 성치 못하다. 남은 장졸이 여러분 대신 용맹하게 싸워 광성보를 지킬 것이다. 지금 곧 야영막사로 돌아가 봇짐을 챙기고, 도령장을 따라 읍성 진무영으로 이동하라. 그곳에서 소집해제 점고를 받고 고향집으로 돌아가기 바란다."

병사들이 고개를 떨어뜨린 채 숙연했다. 범 포수와 몇몇 부상자가 "끝까지 싸우겠습니다, 돌아가지 않겠습니다!"라고 고함을 질렀다. 어재연은 그들의 목소리가 잠잠해질 때를 기다렸다가 다시 말을 이었다.

"나와 함께 광성보에 왔던 800여 장졸은, 언젠가는 다시 만나게 되오. 지금의 헤어짐은 아주 짧은 이별에 불과하오. 회자는 정리하나 또 다른 만남을 정해놓는 것이 세상사의 이치요. 우리는 다시 만나게 되오. 그때 우리는…… 다 함께 광성보를 지키는 혼령이 됩시다."

귀향병사들이 아무런 말도 하지 못했다. 진지에서 대기하던 600여 명의 잔여 부대원들은 총칼을 쥐고 혹은 대포를 끌어안고, 침울한 표정으로 하늘을 쳐다보고 있었다. 그들은 그러나 앙 다물린 입 매무새로, 지금 일어나고 일들이 엄연한 현실임을 직시했다. 비로소 최후의 결사대로 남은 그들은 자신이 해야 할 일이 무엇인지 각성하고 있었다.

남은 부대원들이 오후 훈련을 재개했다. 그날은 야간 총포 사격까지 더해지며 한밤중에야 훈련을 마쳤다. 진무중군이 광성보 보루 아래의 넓은 공터에 횃불을 걸게 하고 부대원을 도열시켰다. 화승총 약실에는 화약을 담아오라고 미리 일렀다.

횃불 아래 도열한 장졸들은 조용했다. 듬성듬성 이가 빠진 귀향 동료들의 자리가 휑하였지만 아무도 내색을 않았다. 참모 군관을 뒤에 두른 어재연이 우렁찬 고함으로 남은 부대원들을 다잡았다.

"우리는 죽음을 각오해야 마땅한 전투를 눈앞에 두고 있다. 죽음이 두려운 자는 지금이라도 귀향을 자원하라. 옆 동료의 눈치를 볼 것 없다. 지금 이시간이 지나면, 더 이상의 기회는 없을 것이다. 귀향을 자원하는 자는 앞으로 나서라."

부대원 모두가 나무 말뚝인 양 짚신발을 땅바닥에 파묻고 있었다. 어재연이 600여 명 결사대원들에게 상기된 목소리를 쏟았다.

"고맙고도 고맙다……. 우리는 각각 따로 태어났지만, 죽는 날만은 함께하기를 천지신명께 빌겠다. 이승의 이별은 결코 우리를 갈라놓지 못한다. 우리는 저 세상에서 다시 만나게 될 것이다."

박치성 별장이 군졸 몇과 함께 커다란 탁자를 대열 앞으로 옮겨 놓았다. 그 위에는 벼루와 먹, 세필과 함께 백지가 발려 있는 대형 합죽선 두 개가 넓게 펴져 있었다. 양관 범 포수 350여 명과 나머지 장졸 280명이 두 줄로 나눠 서서 세필에다 먹물을 찍었다. 그들은 합죽선 백지 위에 자신의 이름을 잔글씨로 적어나갔다. 한자를 깨친 이는 한자로 한글이 익숙한 이는 한글로, 그도 저도 못 쓰는 병사는 자신만이 아는 표식을 적었다.

결사대원의 이름이 빼곡하게 들어찬 합죽선 둘이 완성됐다. 다시금 횃불 아래 대오를 지은 부대원 앞에 선 진무중군이 합죽선 둘을 양손에 잡고 번쩍 들어 올렸다.

"들고 있는 이 부채는 내가 살아있는 동안 언제나 곁에 둘 것이오. 나와 함께 광성보를 지키는 여러분들은 내가 죽는다 해도 꼭 내 가슴 깊숙한 곳에 묻어두겠소!"

진무중군의 표정이 결연했고 침묵하는 부대원의 눈빛도 그러했다. 김현경 천총이 진무중군에게 목례한 뒤 대열 앞으로 다가섰다. 그가 옆구리에 찬 지휘 환도를 뽑아서 높이 들었다. 환갑 노장이라고는 믿기지 않는 분기탱천의 목소리가 뿜어져 나왔다.

"미리견 오랑캐를 증오하라. 뼈를 갈아 마시도록 분개하여 놈들이 우리 앞에 닥칠 때면 사정없이 짓뭉개라. 총을 들어라! 저 염하 물길 아래에서 우리를 노리는 놈들을 향해 방아쇠를 감아라. 저들의 추악한 혼을 찢어발겨라!"

남쪽으로 향한 400정의 노여운 화승총이 벽력의 불기둥을 뿜었다. 광성보 결사대의 분노가 깜깜한 공기를 뚫고 불꽃처럼 피어올랐다.

아우 재순

6월 8일 오전에 강화 진무영이 보낸 기발이 진무중군에게 닿았다. 진무사가 보낸 서신은 "오랑캐가 곧 광성보를 침공할 것 같다"고 했다. 6월 첫날, 광성보의 선제 포격을 꼬투리 잡은 미군이 열흘 뒤에 보복 공격하겠다는 통첩을 해왔으며, 그 약속이 지켜진다면 미군의 총공세는 불과 이틀 밖에 남지 않았다고 했다.

어재연이 찰주소에 올랐다. 돈대 아래 해협을 굽어 인천 쪽을 주시했다. 피바람은 아직도 보이지 않는 곳에서 숨을 고르는 것일까. 바다 풍경은 어제나 오늘이나 말쑥하기 그지없었다.

미국 함대 정탐은 강화 선두보(船頭堡)에 딸린 동검 북돈대의 경계병이 맡았다. 동검도는 강화도 최남단 개펄과 이어져 밀물 땐 걸어서 갈수도 있는 자그만 섬이다. 동검(東檢)이란 동쪽검문소를 줄인 말로 인천 쪽에서 강화해협을 진입하는 선박검문소가 있는 섬이다. 그 검문소에 조선 군부가 발행한 통항 허가서를 보여야만 해협 진입이 허락된다.

동검 북돈대의 꼭대기에는 돌 성곽으로 짠 자그만 정찰용 성곽 하나가 수풀 속에 가려져 있다. 그곳에 서면 남쪽으로 불과 10여 리 떨어진 작약도의 미국 함대 정박지가 육안으로도 보인다. 미국 전함은 조선 군선의 수십 배 덩치인데다 색깔까지 시꺼매서 정찰병이 조금만 주의를 기울이면 손금 들여다보듯 살필 수 있었다.

어재연의 광성보 부임 이후에는 매일 한 차례씩 북돈대 정찰병이 말을 달려와 미국 함대의 상황을 보고했다. 6월 8일 오전에 광성보에 닿은 전령은 "미리견 함선이 미동도 하지 않고 제자리를 지키고 있다"고 보고했다.

점심나절에는 김현경 천총이 손돌목 수로 바닥의 쇠사슬 점검 결과를 진무중군에게 보고했다.

"어제 아침부터 통어영 전선에 병졸들을 태우고 쇠사슬 점검을 시작하여 하루 반나절 만에 모든 작업을 완료했습니다. 해변 양쪽에서 사슬을 바싹 당겨놓았으니, 만수위라도 놈들의 큰 배는 통과하지 못할 것입니다."

진무중군이 천총의 손을 잡고 "걱정꺼리 하나는 덜었습니다"라며 활짝 웃었다.

오후에도 강도 높은 훈련이 이어졌다. 광성보 부대원들의 전투의지가 전에 없이 활활 타올랐다. 강한 조련과 곧은 군기가 600여 명 장졸을 하나로 붙들어 맸기 때문이다.

그럼에도 불구하고 광성보 인근의 민가들이 술렁이기 시작했다. 5년 전 병인년에 그 악귀 같던 프랑스군의 만행을 경험한 섬사람들이었다. 미국 함선이 오늘 내일 쳐들어온다는 소문이 파다해지면서, 급기야 뭍으로 피난을 떠나는 백성까지 생겨났다.

깜깜한 야밤에 훈련을 마쳤다. 귀향한 동료병사의 빈자리가 늘었지만 야간경계는 두 배로 강화됐고, 서너 시간마다 진지투입을 다그치는 나발소리가 울렸다. 장졸들은 야영막사를 들락날락 거리느니 차라리 갑옷과 투구를 쓴 채, 진지 성곽에 기대 등걸잠을 자는 쪽을 택했다. 더부룩한 쑥대머리가 병사의 얼굴을 가려 하나같이 초췌한 모습이었으나 그들의 눈총은 전에 없이 날카로 웠다.

6월 9일 오전 동검도에서 온 기발전령은 "미국함대는 미동도 않는다"며 어제와 마찬가지의 첩정을 찰주소에 보고했다. 그럼 에도, 부대원들은 전쟁의 그림자가 광성보의 하늘을 서서히 덮고 있음을 직감했다. 바야흐로 화약통 바깥을 칭칭 감은 도화선이 불꽃을 튀기며 타들어가고 있음을 그들은 느꼈다.

훈련이 강도를 더했다. 찰주소의 지휘에 따라 영하기가 쉴 새 없이 출렁이고, 북과 날라리와 자바라가 소리 지를 때마다 600여 장졸의 함성도 하늘 높이 솟구쳤다. 일주일이 채 안 되는 조련이 었지만 그들은 한 몸통에 붙은 팔다리처럼 움직였다.

구름이 피어올라 흩어지듯, 흩어졌던 새 떼가 다시 화살촉 진 으로 대오 짓듯, 때로는 냇물을 주름잡고 들을 누비는 형상이었 다가 순간으로 종횡 포진하여 한군데로 소통했다.

구름 한 점 없는 맑은 하늘이 불침 같은 햇살을 퍼부었다. 취 사군 화병이 소쿠리에 담아온 짠지 주먹밥 두 덩이로 점심 끼니 를 때울 즈음에 식욕을 잃은 병졸 예닐곱이 열사병 증세로 쓰러 졌다. 찰주소의 장군이 참모들을 긴급 소집해 "훈련을 중단하고, 전 장졸에게 두 시간의 오침을 허용하라"고 지시했다.

총포 소리에 절었던 광성보가 갑자기 생경한 적막에 빠졌다.

그때 김현경 천총과 강계 포수가 곡괭이를 손에 든 군관 예닐곱과 함께 찰주소의 장군 앞에 나타났다. 김 천총이 단호한 어조로 아뢨다.

"중군, 찰주소가 완전히 노출되어 있습니다. 미리견 군사가 돈대까지 닥칠 경우를 대비하여 장군께서 은신할 해자(垓字: 도랑)가 필요합니다. 병사들은 오침 중이니, 군관들이 나서서 참호를 파겠습니다. 허락해 주십시오."

장군이 그럴 필요까지는 없다며 손사래를 쳤지만 천총의 고집은 꺾지 못했다. 군관들은 장군이 기거하는 천막거소 옆에 깊이와 너비가 각각 넉자(120센티미터)에 길이가 여섯 자 되는 구덩이를 파기 시작했다. 취사군 열댓 명이 곡괭이를 들고 와서 거들었다. 퍼낸 흙은 해자바깥 네 변을 도톰하게 쌓고 물을 부어가며 다졌다. 서른 댓 명이 달라붙어 한 시간을 넘게 매달린 끝에, 장군 한 몸은 충분히 피신할 해자가 지어졌다.

그때 숙영막사의 초병 하나가 허둥거리며 중군 앞에 달려왔다.

"친동생이라는 분이 찾아와 막무가내로 장군님을 뵙겠다고 합니다."

어재연이 깜짝 놀랐다. 고향 집을 떠나올 때 강화도로 간다는 사실은 편지글로 적어 서재에 놓아두어서 아내만 읽어보게 했는데, 아우 재연이 어떻게 알고 광성보까지 달려왔을까. 적이 당황스러웠고 한편으론 착잡했다.

허겁지겁 뛰어간 야영 막사에는 과연 아우 재순이, 헤진 옷자락을 여미며 다소곳이 앉아있었다. 너덜거리는 갓도래와 남루한 괴나리봇짐으로 미루어 지난 이삼 일간은 끼니도 잇지 못하고 내처 강화도로 달려온 행색이었다. 미투리 바닥과 발등을 들메끈으로 질끈 동여 멘 아우 재순을 진무중군이 부릅뜬 눈으로 쏘아봤다.

"네가 어인 일로 민간인 출입을 통제하는 강화도까지 찾아왔느냐!"

재순이 땅바닥에 털썩 무릎을 꿇고 중군의 시선을 맞췄다. 충혈된 그의 눈자위가 그렁그렁 눈물을 매달았고, 허옇게 말라 터진 입술은 간절한 말을 쏟아냈다.

"형님을 사지에 보내놓고 아우만 고향집에 남아 편안히 지낼수는 없었습니다. 형님이 떠난 다음날 형수님을 재촉하여 편지를 보았고, 비로소 강화도로 가셨다는 사실을 알게 됐습니다. 만사를 제치고 달려왔습니다. 형님 곁에서 함께 싸우다가 죽게 해주십시오!"

"재순이 이놈아, 나는 왕명을 받들고 싸우는 형편이다. 내가 여기서 죽는다 해도 다 그만한 명분이 따르거늘 한낱 시골 샌님에 불과한 네가 전쟁터에서 죽어야 할 이유나 명분은 아무 것도 없다. 지금이라도 당장 걸음을 되돌려 이천으로 가거라."

"형님, 나라를 지키는 일에 어찌 신분이 중요합니까. 군과 신, 백성이 모두가 하나 아닙니까. 이 한 몸 죽는 건 진실로, 하나도 두렵지 않습니다."

망연자실하고 말았다. 무릎 꿇은 아우가 형보다 더 지독한 고집을 부렸다. 세 살 터울 재순도 이미 마흔다섯 중늙은이여서 반백의 수염자리다. 어재연이 한숨을 내쉬며 신세를 한탄했다.

"이 일을 어쩌면 좋으냐. 네가 살아서 나대신 고향집을 건사해야 하거늘……. 이 일을 어찌해야 좋단 말이냐……."

꾸지람 몇 마디에 걸음을 돌릴 아우였다면 애시당초 강화도까지 오지도 않았을 게다. 그걸 아는 형의 마음이 더욱 아렸다. 먼산을 쳐다보는 어재연 앞에서, 아우 재순이 꿇어앉아 펑펑 울었다. 못 본 체 아우를 남겨두고 장군이 홀로 찰주소로 향했다. 그의 등 뒤에서 아우가 애끓는 소리로 "형님, 형님!"을 연호했다.

군관들이 재순에게 다가가 일으켜 세우려 했으나 그가 꿇은 무릎을 풀지 않았다. 시장할 듯하여 밥과 반찬을 소반에 차려 주었으되 거들떠보지도 않았고 대접의 물조차 마시지 않았다.

해가 져서야 어재연이 막사의 아우를 찰주소 천막 처소로 불러 올렸다. 아우가 또 무릎을 꿇고 "형님, 함께 싸우게 해주십시오!" 애원했다. 어재연의 목소리가 한풀 꺾였다.

"네가 이미 마음을 굳힌 것 같으니……. 그래, 나와 함께 광성보를 지키자꾸나. 내일 아침부터 찰주소를 호위하는 아병조에 들어가거라. 여러 끼니를 굶은 것 같으니, 지금 당장 막사로 내려가 요기부터 하거라."

이현학 비장이 흐느끼는 재순을 일으켜 세워 돈대 석문을 빠져나갔다. 숙영 막사에 도착한 재순은 저녁밥을 허겁지겁 먹고 나서 혼절한 사람마냥 깊은 잠에 빠졌다. 정강이는 긁히고 찍힌 상처로 가득했고 발등과 발바닥도 성한 살갗보다 물집이 잡히거나 핏물 밴 자국이 더 많았다.

아우로 말미암아 심란해진 마음의 갈피를 겨우 잡아갈 즈음이었다. 광성보로 삼군부의 긴급 기발이 닥쳤다. 돈대의 천막 거소까지 뛰어올라온 전령이 "김병국 판부사 대감이 보낸 서찰입니다"라며 백지 봉투를 디밀었다. 봉함을 뜯자 김 대감의 달필 행서체가 마치 일렁이는 강물처럼 백지 위를 흘렀다.

"정황으로 미루어 미리견의 강화도 침공이 눈앞에 닥쳤습니다. 죽을 자리인 줄 알면서도 중군을 강화에 보낸 이 죄인은 연일 뜬눈으로 밤을 밝힙니다. 눈만 감으면 가선대부의 꼿꼿하신 모습이 떠오릅니다. 부디 몸 성히 이 난국을 헤쳐나가시도록 하늘을 우러르며 기원하겠습니다. 살벌한 날들이 지나고 조선 땅에 또 평화가 찾아오면, 그때는 맑은 술을 큰 항아리에 담아 밤새 나눠마시며 대취하고자 합니다. 중군의 무운을 빕니다."

미국 함대에서 피워대는 시커먼 포연이 시나브로 광성보 찰주소를 향해 단말마를 지르며 몰려오고 있었다.

주말전쟁

사냥이라 해야 옳았다. 전쟁이란 건 자신과 얼추 걸맞은 상대와 싸우는 일이다. 미국은 전투 능력을 갖췄으되 조선은 그렇지 못했다. 무장 함대가 한양의 코앞인 인천 앞바다를 불법 점거하여도 조선은 총 한방 제대로 맞추지 못했다. 미군과 조선군은 피아군(彼我軍)이 아니었다. 사냥꾼과 사냥감의 관계였다.

보복과 응징은 오로지 사냥꾼이 결정할 몫이었다. 조선이야 사냥을 당하는 처지였으므로 오로지 숨죽여 기다렸다. 조선군은 자신이 죽어나갈 순간을 기다렸음에도, 자신이 죽을 시간마저 사냥꾼의 눈치를 살폈다. 총자루는 언제나 미군이 쥐고 있었다.

로저스 제독이 "6월 10일은 조선 조정에 극한의 공포를 안겨주리라!" 별렀다. 대원군은 감히 미국 해군 제독의 버르장머리를 고치려 들었다. 게다가 불깐 황소를 앞세워 조롱까지 해댔다. 그 영감탱이의 콧대를 주저앉히리라, 로저스가 이를 갈았다.

6월 5일부터 날마다 휘하 참모를 불러 작전회의를 열었다. 미군의 모든 화력을 투사하여 조선군을 초전 박살내고픈 것이 로저스의 속마음이었다. 그러나 휘하 지휘관의 생각은 로저스의 그것과 상당부분 어긋났다.

다수의 참모가 5년 전 프랑스가 감행했던 강화도 상륙작전을 실패로 규정하고 미국이 그 전철을 밟아서는 안 된다고 주장했다. 일본의 문호개방 전례에 따라 우선은 함포를 동원하여 조선군 해안 포대 몇 군데를 점령하자고 했다. 그래도 조선 조정이 협상에 응하지 않으면, 돈대 몇 군데를 해병대가 점령하여 조선 조정을 궁지에 몰아넣자고 했다.

의외로 로 전권공사의 보복의지가 강경했다. 강화도 광성보를 함포로 짓이기고 상륙군이 진주하여 조선 땅의 일부를 황무지로 만들어 버려야 비로소 조선 조정이 고분고분 말을 들어먹을 것이라 했다. 조선은 무모하고 야만스러워서 잔 주먹 응징은 아니함만 못하다는 말을 누차 강조했다.

6월 7일 오전에 참모 회의를 소집한 로저스는 지난 며칠 간 설왕설래했던 의견들을 쾌도난마로 정리하곤 강화도에 상륙작전을 펼쳐 광성보를 초토화하리라는 결론에 도달했다. 그가 딱딱하게 굳은 표정에다 야릇한 미소를 버무렸다.

"동원 가능한 전투병을 모두 강화도에 상륙시키고, 싣고 간 함포 포탄을 모조리 광성보에 쏟아 부어 잿더미를 만든 뒤, 거기에 자랑스러운 우리의 성조기를 꽂을 것이오!"

로저스의 초강수에 참모진이 화들짝 놀랐으나 주사위는 이미 던져지고 말았다. 참모의 역할이란 주어진 회의에서 자신의 의견을 개진할 수는 있어도, 선택과 결정은 어디까지나 제독의 몫이다. 로저스가 종내는 질척한 미소를 흘렸다.

"블레이크 중령이 작전을 총괄할 것이며 킴벌리 중령은 상륙부대를 지휘하시오. 포대장 캐슬(Cassel) 소령은 야포 7문과 포병대원을 모두 강화도에 상륙시켜 보병의 진격을 최대한 화력 지원하시오. 시간과 날짜별 세부 작전 계획은 내일 오전까지 작성하고 보고하시오."

블레이크 중령이 경직된 얼굴로 벌떡 일어나 "명령을 받들고 자세한 상륙작전 계획을 내일까지 보고하겠습니다"라고 복명했다.

6월 7일 늦은 오후에 호랑이 섬 백사장의 대나무 장대 끝에는 조선 측에서 보낸 백지 봉투 하나가 대롱거렸다. 전권공사 비서가 단정을 타고 나가 서신을 회수했다. 보낸 사람은 인천 부사 이기조였고 서간문은 정자체 한문으로 또박또박 적혀있었다.

"지난번 드루 서기관이 보내준 답신은 직속상관인 강화 진무사에게 보고했습니다. 그리고 진무사께서 보낸 조회가 귀국 측에 전달됐다는 소식도 방금 전해 들었습니다. 이쯤에서 알려드릴 말씀이 있습니다. 나는 지방의 말단 관리에 불과해서 더 이상 귀국과 서찰 교환을 할 수 없습니다. 앞으로는 강화 진무사께서 제가 하던 장대 서신을 대신 맡을 것입니다. 소생에게 서찰을 보내고 싶더라도, 정중히 사양하겠으니 이 점을 명심하기 바랍니다. 그리고 마지막으로 경고합니다. 미리견 함대는 지금이라도 늦지 않았으니 당장 그대들의 조국으로 돌아가십시오."

통역관이 한 문장씩 번역할 때마다, 로저스와 로의 억장이 무너졌다. 조선이란 나라는 얼마나 막돼먹은 나라인가. 조정의 실권자인 대원군도 그렇지만, 이제는 이기조라는 새까만 지방 관리까지 나서서 미국의 제독과 전권공사를 이리도 능멸해대다니…… 열불이 치밀어 두 사람의 속은 새까맣게 탔다.

로저스가 바닷바람이라도 쐬어 기분을 전환하려 콜로라도 함의 갑판으로 내려서다가, 갑자기 뜨악한 표정으로 걸음을 멈췄다. 서쪽 수평선의 빨간 저녁 노을이 황홀한 해넘이를 시작했기 때문이다. 로저스가 신음처럼 "이리도 아름다울 수가……"라며 감탄해 마지않았다.

수평선에 가까워진 태양은 세상의 끝을 활활 불태우고 있었다. 미국 함포의 불기둥 세례로 곧 불바다가 될 아비규환의 강화도를 저 빨간 노을에 덧씌웠다. 그가 아주 모처럼만에 입을 헤 벌리고 웃었다.

6월 8일 오전, 블레이크 중령은 지난밤을 꼴딱 새워 완성한 상륙작전 계획을 로저스 제독에게 브리핑했다. 상륙군 지휘는 캐시 해군 소령이, 부지휘관은 휠러 소령이 맡았다. 상륙군 편성은 9개 해군 전투중대와 100여 명의 해병대 그리고 포병대를 포함한 650여 명으로 확정했다. 상륙지점까지의 병력 이동은 포함에 매단 보트와 증기 단정이었다.

로저스의 당초 계획에서 변경된 부분이 하나 있었다. 바로 상륙 지점이었다. 블레이크 중령은 6월 1일 한낮 조선군 포대와 미군 포함간 포격전이 발발했을 때, 손돌목 수로를 지나던 모노캐시 함이 갑자기 좌초 위기에 몰린 사실을 로저스 제독에게 상기시켰다.

"해협 수위가 만조 상태여서 항행수심이 충분했음에도 불구하고 광성보 아래의 해협을 지나던 모노캐시 함 바닥이 무엇엔가 걸려 한동안 꼼짝을 못했습니다. 확인하지는 못했지만, 아마도 조선군이 바닥에다 장애물을 설치한 것 같습니다. 예컨대 미국이 독립 전쟁을 벌였을 때 영국함대가 허드슨 강을 거슬러 뉴욕을 침공하려 하자 민병대가 나서서 웨스트포인트(West Point) 요새 아래 강바닥에다 쇠사슬 체인을 설치했던 것처럼 말입니다."

"그럴지도 모르지. 불과 5년 전에 프랑스 함대가 치고 올라갔 던 해협이니까……. 조선군 수뇌부가 바보가 아닌 다음에야 강화 해협 강바닥에 장애물을 설치하고도 남겠지."

제독이 당초 상륙지점으로 구상했던 광성보를 초지진으로 변경했다. 초지진은 강화 해협의 남쪽 입구로, 바다 폭이 넓은데다 수심이 깊어서 조선군의 쇠사슬을 염려하지 않아도 됐다. 다만 상륙지점이 바뀌면서 최종 함락 목표인 광성보까지의 20여 리는 보병과 포병이 육상 진격해야 하는 부담을 안게 됐다.

그날 오후부터 미군 정박지의 전 장졸은 전투 대기상태에 돌입 했다. 보트를 저어 작약도 해변 자갈밭에 나갔던 장병들도 다시 함선에 불러 들였다. 로저스 제독은 9일 저녁, 기함에 전 장교를 집합시키고 확정된 작전 계획을 하달했다. 특히 상륙군 지휘관에 게는 각별한 훈시를 했다.

"조선군에게 지옥의 맛을 보여줘라. 상륙지점을 포함하여 조 선군의 육상요새 세 곳을 철저하게 박살낼 것이며, 마지막 요새 인 광성보를 점령한 뒤에는 24시간 이내에 즉각 철수하라. 우리 미국 군대는 5년 전의 프랑스처럼 조선 땅을 점령하는 것이 목적이 아님을 명심하라."

로저스는 김치 국물도 한 사발을 마셨다. "조선군이 보유한 병장기와 집기, 관청 물품들은 골동품으로도 가치가 높으니 점령한 진지의 각종 노획품은 꼼꼼히 분류하고 포장하여서 운송 도중에 파손되지 않도록 각별히 주의하라"며 신신 당부했다. 덧붙여서, 숫자가 너무 많아서 가져오지 못하는 병장기는 조선군이 다시는 쓸 수 없게 철저히 파괴하거나 불태우라고 일렀다.

D-Day 6월 10일은 토요일이다. 미군 병사들이 "주말전쟁"이라 불렀다. 서로가 총포를 쏘아대니 전쟁인 것만은 분명했다. 그러나 조선군이란 적군이 쥔 무기가 워낙 한심하여 전쟁이란 낱말을 갖다 붙이기가 어째 낯간지러웠다.

라이플로 무장한 미군 앞에 조선군의 그 어떤 무기도 수수깡 칼보다 나을게 하나 없었다. 조선군의 재래무기에 죽어나갈 미군 병사는 없을 것이었으므로, 조선과 치르는 전쟁은 단지 소풍일 확률이 컸다. 상륙작전을 앞둔 미군 병사들이 조선의 낯선 섬 강화도로 나들이를 떠나는 설렘으로 한껏 들떴다.

전쟁 전야가 깊어갔다. 이윽고 이 배 저 배에서 애잔한 취침나팔이 울렸다. 병사들이 쇠줄로 얽은 2층 침대가 닭장처럼 잇댄 선실로 들어갔다. 그들은 두근거리는 가슴을 두 손으로 꼬옥 누르고 억지 잠을 청했다.

인천 앞바다 잔물결이 미국의 전함을 요람처럼 가만가만 흔들었다. 밤하늘에는 하현달 쪽배가 떴다. 뱃전을 부딪는 바다 물결 위에도 쪽배가 내려앉아 살랑살랑 떠다녔다. 돛대도 없는 바다 쪽배가 주말 나들이 꿈에 부푼 병사들을 태워 꿈나라로 데려 갔다.

흔들리는 맥키

늦은 밤에 젊은 장교 하나가 기함의 군종 목사실 문을 두들겼 다. 해군 D중대장 맥키 중위였다. 매튜(John R. Matthews) 목사 는 그 밤이 전쟁 전야였으므로, 혹시라도 정신적으로 방황하는 병사가 찾아올까 군종 목사실의 불을 환하게 켜놓고 기다리던 중 이었다.

매튜 목사가 경직된 표정의 맥키 중위를 환하게 웃으며 맞이했 다. 전투를 앞두고 갈등하는 병사를 군종 목사는 따뜻하게 가슴 을 열고 다독여야 한다. 중위가 앉을 소파자리를 손바닥으로 가 리키며 어쭙잖은 조크를 던졌다.

"왜 그러시나, 콧수염이 멋진 중위님"

맥키는 굳은 표정을 풀지 않았다. 흰머리의 노 목사는 쌀쌀맞 은 젊은 중위의 면전에 더욱 환한 미소를 보내며 맞은편 자리에 앉았다. 맥키가 대뜸 상의 안쪽 호주머니에 넣어왔던 편지 두 통 을 탁자 위에 디밀고, 만약에 자신의 신상에 변고가 생긴다면 대 신 발송해 주십사 정중하게 부탁했다. 켄터키 주 렉싱턴의 어머니(Mrs. William McKee)와 그에게 파혼을 선언한 약혼녀에게 보내는 편지였다. 맥키는 아직도 그녀를 잊지 못했다. 군종 목사가 천천히 맥키를 올려다봤다.

"귀관의 부탁을 들어줄 수도 있네만, 이 편지를 굳이 내가 부쳐야 할 이유가 뭔가."

"…… 살아서 귀국하지 못할 것이라는 생각이 들어서입니다."

중위의 영혼이 흔들리고 있음을 직감했다. 사병도 아닌 그가, 미국 젊은이 최고의 엘리트 코스인 해군사관학교를 졸업한 장교가, 전투를 앞두고 이렇듯 심약한 모습을 드러내는 게 도무지 믿기지 않았다. 목사가 편지를 맥키 쪽으로 되밀었다.

"나는 귀관이 내일 상륙작전에서 명예로운 미국 해군 장교의 역할을 다할 것으로 믿어 의심치 않네. 우리가 상대할 조선군은 미국이 지금까지 싸워본 상대 중에서 가장 형편없는 오합지졸이라는 사실을 자네도 알지 않나. 그들은 중세 유럽군보다 못한 무기를 들고 있네. 귀관의 손으로 편지를 부치지 못할 이유는 하나도 없다고 생각하네."

맥키가 다시 한 번 "목사님이 꼭 발송해주십시오"라고 간곡하게 부탁했다.

그의 표정이 워낙 완강해서 매튜는 일단 알겠다고 건성으로 대답하고 편지를 받아 챙겼다.

"왜 돌아가지 못하리라 생각하는지 나한테 말해줄 수 있겠나?"

목사가 따뜻한 시선을 그에게 맞추며 물었다. 이런 경우를 수도 없이 맞닥뜨린 군종 목사여서, 종교적인 냄새가 물씬한 훈계조의 충고는 오히려 독이 될 수도 있다는 사실을 잘 알았다. 매튜 목사가 답변을 채근하지 않고 그가 스스로 말할 때까지 끈기 있게 기다렸다.

답답한 시간이 10여 분을 넘기자 침묵하던 맥키가 몇 번의 심호흡으로 숨을 고르더니 담담하게 이야기를 풀어나갔다. 다른 남자의 품에서 살아갈 약혼녀를 상상하는 일이 죽기보다 괴롭다는 것과, 완벽한 군인의 삶을 추구했던 아버지 맥키 대령이 자신에게 거는 기대감과, 그런 아버지의 단호한 인생관이 자신에게 강요될 때마다 슬픈 표정을 짓던 고향의 어머니, 해군사관학교를 당당히 졸업하고 장교 임관한 맥키에게 기대하는 주위의 부담스러운 시선 등을 두서없이 쏟아냈다. 마치 임종을 앞둔 사람의 고해성사 같았다.

매튜 목사는 한 젊은 영혼이 꿰맬 수 없는 상처에 아파하는 비명을 자정이 넘도록 들어주었다. 열병의 뿌리는 결국 열매 맺지 못한 사랑이었다. 안타깝게도 목사가 해줄 수 있는 조언이 없었다. 이야기 도중 때때로 고개를 끄덕여서 그에게 동조하는 모습을 보여주는 것이 전부였다. 그로 말미암아 그의 가슴에 담긴 응어리가 조금이라도 풀렸으면 했다. 중위의 목소리가 떨릴 때는, 매튜 목사가 한없이 따뜻한 눈빛을 그에게 보내고 함께 아파했다.

맥키는 이야기의 막바지로 치달으면서 얼굴 표정이 한결 밝아졌다. 마음에 가둬놨던 고통의 짐짝이 부려진 탓이었다. 그가 그만 가보겠다며 자리를 털고 일어났다. 매튜 목사가 그의 눈을 쳐다보며 간구했다.

"목사가 아닌, 자네보다 세상을 더 많이 살아본 인생 선배 입장에서 한마디 하겠네. 미국 병사들 모두는 지금 자신의 인생에 있어 중대한 고비 하나를 넘기고 있는 중이라네. 전쟁의 암울함은 곧 막을 내릴 걸세. 순간의 분위기에 젖어 나중에 후회할 판단은 절대로 하지 말기 바라네."

맥키가 뚜벅뚜벅 군종 목사실을 빠져 나갔다. 멀어져가는 그를 향해 목사가 짧은 한마디를 더했다. 맥키가 들으라는 소리가 아니었다.

"이 전쟁은 우리가 죽어야 할 하등의 이유가 없는 그런 싸움이라네……."

그날 밤 잠을 이루지 못한 쪽은 매튜 목사였다.

11장
조우(遭遇)

개흙 악다구니

6월 10일 새벽 4시, 미군의 새벽 기상나팔이 강화도 조미전쟁의 막을 올렸다. 작약도 정박지의 미군 함대마다 지휘관의 명령을 복창하는 장병들의 목소리로 소란했다. 상륙 중대는 미리 꾸려놓은 군장을 갑판에 나란히 정렬시켜 놓았고 중대장이 일일이 점검했다.

해병대와 해군 상륙병들은 담요를 둘둘 말아 어깨에 어슷하게 걸치고 수통은 벨트에 매단 뒤, 지급받은 건빵을 비롯한 이틀 치 비상식량을 배낭에 담았다. 탄약은 해병대원에게 100발, 해군 전투병에게는 60발이 지급됐다. 장교는 피스톨을 휴대하고 칼을 찼다.

조선에 원정 온 미군은 모두 1,400여 명이었다. 함선 항해병을 제외한 순수 전투 병력은 759명이었고 그 가운데 상륙작전에 참가할 병사는 651명이었다. 나머지 병사들은 정박지를 경비하고 상륙부대의 병참 지원을 맡는다.

작전에 동원되는 함선은 포함인 모노캐시와 패로스다. 조선군 화력이 워낙 하잘 것 없었으므로 중소형 포함 두 척으로도 강화해협과 광성보 인근의 조선군 진지는 충분히 제압할 것으로 확신했다. 이들 포함은 보병의 총탄과 야포탄까지 넉넉히 적재하여 수시로 육상으로 보급하는 병참선 역할까지 맡았다.

작약도 정박지에는 제독과 공사가 머무르는 기함과 순양함 두 척이 남는다. 순양함에 거치된 거대 함포는 강화도 같은 경량급 타격 목표에는 과분하다. 대기 중인 헤비급 전함 3척은 만에 하나 미국 포함의 화력이 소진되어 지원사격이 필요하다고 판단되면 서슴없이 강화해협으로 진입할 작정이었다.

먼동이 터오르자 유월의 싱그런 하늘이 열렸다. 바다는 면경같이 맑고 잔잔했다. 그날은 정오를 전후한 시간에 오랫동안 고조(高潮)가 유지되어서 해협을 진입한 포함이 작전을 펼치기에 더없이 좋았다. 로저스 제독이 기함의 함교에서 팔짱을 낀 채 "날씨마저도 우리 편이야……."라며 미소를 띄우곤 일사불란하게 출항을 준비하는 부하들을 잰 눈으로 살폈다.

작전 총지휘를 맡은 블레이크 중령이 전투복 차림으로 함교에 올라와 로저스 제독에게 깍듯한 거수경례와 함께 출정보고를 했다.

"오전 10시까지 모든 준비를 마칠 예정이며, 현재까지의 준비 상태는 완벽합니다. 준비 이후에는 언제라도 명령만 내려주십시오. 곧장 출항하겠습니다."

이른 아침임에도 인천 해변에는 하얀 옷을 입은 사람들이 떼로 몰려와 미국 함대의 소란함을 지켜봤다. 그들이 불길한 눈길을 보내는 것도 무리는 아니었다. 지난 열흘 동안 꼼짝 않고 제자리를 지키던 함대가 갑자기 대열을 허물고 포함 두 척이 시꺼먼 연기를 뿜으면서 강화도 방향으로 선수를 고정시켰기 때문이다.

오전 8시에 "상륙군은 지정된 단정과 보트에 승선하여 대기하라"는 지시가 떨어졌다. 완전군장을 한 병사들이 정해진 보트에 질서정연하게 올랐다. 병력과 야포를 실은 보트와 단정이 포함 뒤쪽으로 가지런히 정렬했다.

10시 30분에 로저스 제독의 출진 명령이 떨어졌다. 모노캐시의 고물에는 상륙군을 실은 보트 18척이 새끼줄로 엮은 양미리처럼 로프에 매달려 있었다. 포함이 파도를 헤치고 나아가자, 보트들은 어미 오리를 따라가는 병아리마냥 일렬로 오종종 뒤따랐다.

인천 해변의 조선인 구경꾼이 더욱 늘어났다. 그들은 콩알만 했지만, 그들의 콩닥거리는 심장 박동은 마치 맥놀이 파장처럼 미국 함선의 뱃전까지 전해졌다. 소총을 움켜쥔 채 보트 바닥에 앉아 흔들리던 미군 병사들이 하얀 조선 사람들을 향해 가운뎃손가락을 세우고 휘파람과 야유를 길게 날려 보냈다.

"에고 에고, 어쩔꼬, 어째야 좋을꼬······."

인천 해변의 하얀 사람들은 길게 탄식했다. 그러나 마나 미국 함선들은 뱃고동을 붕붕거리며 황해의 파도를 가르고 쭉쭉 앞으로 나아갔다.

포함이 강화 해협 입구 황산도(皇山島) 아래를 진입할 즈음이었다. 블레이크 중령이 갑자기 함선 정지 명령을 내렸다. 인천 쪽 해변에서 뜬금없이 나타난 돛배 한 척이 함대의 진로를 가로막았기 때문이다. 충돌을 겨우 모면했음에 블레이크 중령이 가슴을 쓸어내렸다.

두루마기 차림의 갓쟁이 하나가 돛배의 이물에 서 있었다. 한 손으론 하얀 깃발이 펄럭이는 깃대를 붙잡고 또 한 손에는 서찰로 보이는 흰 봉투를 흔들고 있었는데, 그의 입이 연신 고함을 지르고 있었다. 블레이크가 직감으로 조선 조정이 보낸 전령임이 분명하다며 쾌재를 불렀다.

미군이 협박해도 비웃어 마지않던 조선 조정이었지만, 막상 무장한 함대가 병력을 가득 싣고 광성보로 출정하자 부랴부랴 항복 문서를 가지고 왔으리라. 대원군이 보낸 항복문서만 손에 쥔다면, 골치 아팠던 조선 원정도 극적인 대단원을 맞을 터였다. 작약도 정박지에서 기다리는 제독과 공사의 입이 함지박 만하게 벌어질 것이 틀림없었다.

갓쟁이가 쥐고 흔들던 서찰을 받아와 통역관이 즉시 번역했다. 한문 글씨가 낯익은 정자체였다. 내용을 보고받은 블레이크가 적이 실망했다. 기대했던 대원군의 서찰이 아니었을 뿐더러, 항복이란 단어는 찾아볼 수 없었다. 게다가 편지 내용이 가관이었다.

"당신들은 지금 커다란 실수를 하고 있다. 지금이라도 늦지 않았으니 함선을 철수하여 당신네 나라로 돌아가거라. 뱃길이 멀어서 식량이 부족하다면 비록 우리가 가난한 나라이고 내가 관할하는 인천도 헐벗은 고을이지만 그대들이 우리보다는 더욱 딱한 형편이니, 내가 관할하는 관아의 곳간에서 쌀과 고기를 가져다 배에 실어 주겠다. 좋은 얼굴로 점잖게 말할 때 조선을 떠나라."

서찰을 작성하여 블레이크에게 전달한 주인공은 이기조 인천 부사였다. 그동안 애간장을 녹이며 작약도에 정박하던 미군 함대를 지켜보았는데, 마침내 함선이 병사들을 가득 싣고 강화도로 향하자 더 이상 두고 볼 수가 없어서 직접 나선 것이었다.

이기조의 고육지책이었다. 그는 상부에 보고도 않고 미국함선에 장대 편지를 보냈다가 강화유수의 진노로 직권파면을 당했으나, 대원군이 어여삐 여겨 부사 자리만은 겨우 건사한 바였다. 더이상 장대 편지를 보낼 수 없게 된 이기조는 강화 해협에 가까운 인천 쪽 해변에다 돛배 1척과 격군 서넛을 상시 대기시켜 놓았다. 만약의 경우 미국 함대가 해협을 침공하는 비상사태가 발생하면 자신이라도 떨치고 나서서 저들의 뱃길을 가로 막으려는 우국충정의 발로였다.

이기조는 그날 새벽 미국 함대가 출항을 서두른다는 급박한 보고를 받자 미리 적어놓았던 서찰을 들고 부랴부랴 돛배를 댄 해안까지 말을 달렸고, 절묘한 타이밍으로 미국 포함의 항진을 가로막았던 것이다.

미군의 상륙선단이 갓쟁이 하나로 말미암아 급작스럽게 정선하여 허둥거린 사실이 기가 막혔다. 블레이크가 부관에게 "돛배를 무시하고 다시 전속 항해하라"고 고함 질렀다. 모노캐시가 뚜뚜 기적을 잇달아 울려 이기조가 타고 온 돛배를 쫓아내려 했다. 그러나 손바닥만 한 조선 돛배는 냉큼 물러서지 않았다.

돛배에 타고 있던 이기조는 자신을 상대조차 않으려는 포함을 바라보며 짚신 발을 동동 굴러댔다. 그가 입에다 손나팔을 대고 거의 울먹이며 고함을 질렀다.

"지금이라도 늦지 않았으니 당장 뱃머리 돌려 네 나라로 돌아가라, 그게 인간의 도리다."

조선말을 전혀 모르는 블레이크 중령이었지만 희한하게도 이기조의 애타는 고함이 무슨 뜻인지를 금방 알아 차렸다. 함교에서 갑판 뱃전으로 뛰어 내려온 블레이크가 이기조를 향해 목을 길게 빼고, 그 역시 손나팔 고함으로 대답했다.

"헤이, 하얀 옷 입은 영감, 우리 함선이 되돌아가기에는 이미 늦었어!"

블레이크가 질러댄 꼬부랑 영어 고함을 이기조 역시 알아들었다. 이기조가 체념한 표정으로 블레이크를 향해 고개를 끄덕이자 이번엔 블레이크가 두 손을 번쩍 들고 마구 휘저어 화답했다.

조선과 미국 간에 이심전심 언어 소통이 이루어졌으되 결국 이기조만 고개를 떨어뜨려야 했다. 모노캐시가 다시 앞으로 나가면서 밀어낸 집채만 한 파도 물살로 말미암아 풀죽은 이기조의 돛배가 사정없이 뒤뚱거렸다.

블레이크의 상륙 함대가 정오 경에 초지진 앞바다에 닿았다. 조선군 홍이포 사정거리의 두 배가 넘는 먼 바다에서 함포방열을 시작했다. 초지진 인근의 황산 포대와 진남 포대 화포병들이 멀뚱멀뚱 모노캐시와 패로스 함을 살폈다.

공격 대기시간은 그리 길지 않았다. 블레이크 중령의 명령으로 포격신호 깃발이 올라가자 초지진을 향해 뻗었던 무수한 함포 아가리들이 일제히 불기둥을 뻗었다. 갖가지 구경의 함포가 내지르는 높고 낮은 포성으로 상륙작전의 서곡이 시작됐다. 시꺼먼 대포구멍에서 화염이 뻗칠 때마다 강화도의 흙과 돌이 하늘로 튀어올랐고 초지진의 성곽이 허물어졌다.

상륙하는 보병들이 털끝 하나 다치지 않고 뭍에 오르려면 해변의 진지 모두를 잘근잘근 짓이겨서 무기와 성채는 물론 사람의 씨도 말려야했다. 보트에서 상륙을 대기하던 미군 병사들이 초지진 성채에 포탄이 박힐 때마다 환호성을 질렀다.

작약도에 정박한 콜로라도 함까지 포성이 전해지자 로저스 제독이 근 열흘 만에 처음으로 함박웃음을 지었다.

"흐흐……. 함포의 위력은 성경 말씀만큼이나 위대하지, 그러나 이건 시작에 불과해!"

초지진 일대를 한 시간이나 두들겼다. 얼마나 맞았는지 지형이 바뀌고 말았다. 타원형 성채 돌담은 무너지고 패어서 원래 모습과 사뭇 다른 벌거숭이 둔덕으로 변했다. 함포 사격이 멎을 즈음에 미군 병사들을 실은 단정 하나가 초지진 해변 쪽으로 급하게 나아갔다.

퀸(Quin) 하사가 지휘하는 공병대원 36명으로 상륙군 본대가 닿을 해안 교두보의 정찰 임무를 띠고 있었다. 공병 침투조가 개펄 해안에 닿아 안전하다는 깃발 신호를 보냈다. 상륙 본대를 실은 보트가 그제야 일제히 해변으로 진격했다.

상륙 루트는 두 갈래였다. 초지진 아래 해변은 해병대가 앞장섰고 그 뒤에 해군 전투병이, 남쪽 300미터 해변에는 포병대가 상륙했다. 보트 18척이 우르르 해안으로 몰려갔다. 보트바닥이 개펄에 얹히자 용감무쌍한 미군 병사들이 고함을 지르며 앞다퉈 뛰어내렸다.

상상도 못한 일이 그때 벌어졌다. 상륙군이 개펄에 뛰어들자 시꺼먼 개흙이 군홧발을 붙잡고 늘어졌기 때문이다. 개흙은 무릎 깊이가 기본이고 심한 곳은 가슴까지 푹푹 빠졌다. 병사들이 질러대던 돌격 함성은 불과 몇 분 뒤에 진창의 아우성으로 바뀌고 말았다.

개펄은 찹쌀가루를 찐득하게 갠 것처럼 차졌다. 당길심이 강해 디뎠던 발을 도로 빼내는 것이 여간 힘들지 않았고, 군화와 양말까지 빨아들이곤 돌려주지 않았다. 바지를 개펄에 뺏기고 아랫도리 알몸으로 엉금엉금 뭍에 기어오르는 병사도 있었다. 심지어는 소총까지 빠뜨리고 고함을 지르는 병사도 있었다.

포병대의 야포 양륙(揚陸)은 더욱 황당했다. 7문의 야포를 적재한 증기 단정이 개펄에 닿으면서 700킬로그램이 넘는 암스트롱 야포는 오로지 포병대원의 손아귀 힘만으로 해변에 끌어 올려야 했다. 웃통을 벗은 병사들이 개미처럼 달라붙어 사투를 벌인 끝에 개펄 밭을 통과했다.

해변의 야포는 또 다시 젖 먹던 힘까지 다 짜내 가파른 해변의 언덕 위로 끌어올려야 했다. 초지진 둔덕에 7문의 야포를 올려놓은 포병대원들은 죄다 탈진하여 벌러덩 드러누웠다. 광성보 아래 개펄을 겨우 빠져나와 뭍에 오른 상륙군 보병들도 군복에 달라붙은 개흙을 떼어 내느라 정신이 없었다.

미군의 강화도 상륙작전 최대 걸림돌은 개펄이었다. 조선군이 침묵하자 개펄이 들쑤시고 일어난 셈이었다. 도망쳐야 살았던 조선군을 대신하여 개흙이 싸우고자 했다. 이유 있는 악다구니였다.

암중모색

상륙군이 초지진 아래 해변에 집결을 마치자 킴벌리 중령이 서둘러 지휘부 회의를 갖고 해병대 척후병을 초지진으로 올려 보냈다. 그들이 곧바로 돌아와 "조선군은 그림자도 보이지 않는다"고 보고했다. 해병대원이 초지진에 무혈 입성했다.

성조기가 초지진에 게양되자 온몸에 개흙을 바른 병사들이 빳빳한 자세로 거수경례를 붙였다. 그들의 위대한 조국이 또 한 번 승리의 신화를 창조했음에, 더군다나 그들이 그 신화의 오롯한 주인공이었음에 미군 병사들의 가슴은 뜨거워졌다. 주룩주룩 감격의 눈물을 쏟는 병사도 있었다.

초지진이 마냥 서글펐다. 병인년에는 프랑스 오랑캐들이 듀 콩데(Du Condé) 요새라는 괴상한 이름을 지어놓고 달아났는데, 이번엔 미국 오랑캐가 몰려와 머린 리다웃(Marine Redoubt: 해병 진지)이란 해괴한 이름을 붙였다.

그날 초지진은 진장인 이혐(李簾) 첨사가 지휘하는 화포군과 삼수병 2초, 모두 250여 명이 방어했다. 황산 포대의 6문, 진남 포대의 12문 홍이포가 강화 해협을 겨누곤 미국 함선이 나타나기만 기다렸다. 그들은 언제든지 포탄을 날릴 수 있게끔 대포마다 화약과 탄환을 꼼꼼하게 쟁여놓았고, 포대장의 발사명령만 떨어지면 약실에 꽂은 심지에 불을 붙일 만반의 준비를 갖추고 있었다.

그러나 야속한 미군 함선은 홍이포 포탄이 닿지도 않는 먼 바

다에 정박하여 함포를 우박처럼 쏘아댔다. 그 통에 조선군 화포
병들은 속절없이 도망치고 말았다. 눈앞에서 바윗돌이 깨지고 집
채와 나무가 뿌리째 뽑히는 생지옥을 피할 방법이 줄행랑 말고는
없었기 때문이다.

도망을 가던 조선군 몇이 작렬 포탄에 맞았다. 갈가리 찢긴 사
지가 허공으로 솟았다간 풀섶에 흩뿌려졌다. 동료들의 가슴이 무
너져 내렸다. 야산 숲 속으로 도망간 초지진 병사들은 목숨처럼
소중하게 여겼던 초지진이 어이없이 허물어지자 발을 동동 굴렸
다. 초지진의 화약고가 폭발해 검붉은 불기둥이 하늘로 솟구칠
땐 "아이고, 아이고, 저걸 어쩌나!"하며 뜨거운 눈물을 쏟았다.

미군 지휘부가 다음 목표인 덕진진 공격을 서둘렀다. 그러나
발목이 잡혔다. 개펄을 오르느라 진을 뺀 병사들이 늘어져버렸기
때문이다. 야포 7문을 뭍으로 끌어올린 포병대원들은 아예 까부
라져 있었다.

상륙 당일로 광성보 턱밑까지 쳐들어간다는 계획이 수정되어
초지진에서 하루를 숙영하기로 했다. 체력을 비축한 뒤 덕진진을
거쳐 광성보까지 내리 함락하기로 한 것이다. 짐을 풀고 하루를
쉬어간다는 지시가 떨어지자 병사들이 소풍 나온 아이들처럼 환
호했다.

병사들은 그들의 함포가 박살내놓은 초지진의 황량한 흙 두덩
이 위에서 주말전쟁의 첫 야전 점심식사를 했다. 시야를 가렸던

성곽 장애물이 말끔히 사라진 탓에 해협 쪽 경치가 훤히 트였다. 미군 장졸들이 무르익은 신록과, 지저귀는 새소리와, 자르르 소리를 내며 흐르는 해협 물소리가 한데 버무려진 강화 섬의 풍광을 넋 놓고 바라다 봤다.

오후의 따끈한 햇볕 아래 삼삼오오 흩어진 병사들은 군복을 벗어 말리고 담요로 알몸을 덮은 채 총구에 박힌 개흙을 털어냈다. 볕 좋은 봄날 수표교 다리 밑 걸군들이 웃통을 벗고 옹기종기 모여 옷 솔기에 달라붙은 이를 잡는 모습 같았다.

초지진 아래 해협에는 포함 모노캐시가 닻을 내렸다. 그러나 해협 가운데는 소형 포함 패로스가 강바닥 자갈돌을 올라타고 있었다. 빠른 물살이 웅덩이와 돌무더기를 수시로 만드는 해협 바닥이어서 흘수가 낮은 패로스 함은 꼼짝없이 당했다. 초지진 북쪽 해변의 개펄에는 상륙병이 타고 왔던 보트와 단정 20여 척이 새끼줄에 엮인 굴비처럼 서로를 마닐라 밧줄로 묶고 있었다.

블레이크 중령이 증기 단정에 연락장교를 태워 상륙 작전 성공 소식을 로저스 제독에게 전했다. 제독이 두 주먹을 불끈 쥐고 호탕하게 웃었다.

"정의가 승리 한다고 믿는 사람이 많지만, 사실은 승리가 언제나 정의의 편이지!"

강화도 상륙작전 성공의 따끈한 감동이 식기 전에 보고서부터 작성하기로 했다. 집무실 책상 위에 편지지를 펼치고 잉크를 듬뿍 묻힌 펜을 꾹꾹 눌렀다.

 "대통령 각하! 용감한 미국 병사들은 죽기를 각오하고 완강하게 저항하는 조선군을 물리쳐 마침내 초지진 상륙작전을 성공시켰습니다. 6월 10일 정오, 조선의 요새 초지진에서 가장 높은 깃대에 성조기가 펄럭였습니다. 각하가 영도하는 미국은 언제나 신의 가호와 함께 하고 있습니다."

 그랜트 대통령은 남북전쟁에서 북군 연합을 승리로 이끈 야전군 사령관이었으며 자신을 조선원정함대사령관으로 임명하신 분이다. 전투의 본질을 누구보다 잘 꿰뚫는 분이어서, 현장 분위기가 물씬한 전승 보고서를 대하면 마치 당신이 승리하신 것처럼 기뻐하시리라. 그의 펜대가 편지지 위에서 흥겨운 왈츠를 추고 있었다.

 공병대원들이 초지진 일대를 평탄하게 다지고 오후 4시 30분경에 야영막사를 설치했다. 해군 중대는 초지진 바로 뒤쪽에, 해병대는 서북쪽으로 500미터 이상 전진한 개활지에 캠프를 치고 전방에 야포 1문을 거치했다.

 개펄수렁을 헤친 노곤함으로 말미암아 저녁식사를 마치고 막사에 든 병사들이 풀죽처럼 늘어졌다. 좁고 울렁거리는 선실을 20여 일 만에 벗어난 미군 병사들은, 그날 저녁 처음으로 포근하면서 흔들리지도 않는 강화 흙바닥을 베고 누웠다. 해병대와 해군 캠프에서 애잔한 취침나팔이 울렸다.

조선 땅에 처음 울린 그 나팔소리가 엉뚱한 사달을 불렀다. 숨죽이며 새우잠에 들었던 초지진 일대의 조선 백성을 모조리 깨워 놓았기 때문이다. 정적이 흘러야 마땅한 조선의 오밤중에, 죽은 혼령을 깨우듯 흐믈흐믈 유장(悠長)하게 흐르는 나팔소리는 강화 사람들의 온 몸에 소름을 돋게 했다.

강화도에 울려퍼진 미군의 취침나팔은 한 편의 서글픈 코미디였다. 그날 초지진 인근의 주민들은 대낮에 몰려온 미국 함대가 조선군 진지를 무차별 포격하여 불바다로 만드는 광경을 생생하게 지켜보았다. 진지가 무너지자 이내 시꺼먼 저승사자 복장의 육척 거구들이 총창(銃槍)을 쥐고 개펄에 기어오르던 모습도 목도했다. 5년 전에 쳐들어온 프랑스 아귀 떼의 악몽을 떠올린 섬 사람들이 진저리를 쳤다.

미군 병사가 상륙하자 맨몸인 채 야산으로 피신했던 주민들은 총포소리가 멎자 마을로 몰래 다시 돌아왔다. 오랑캐 떼거리가 초지진 부근에다 병영 막사를 치자 주민들은 오랑캐들이 저곳에 눌러 살면 언제 우리 마을을 덮칠지 모른다며 사립문을 닫아걸고 측간 볼일도 삼간 채 온 식구가 구석방에 모여 와들와들 떨었다.

그러나 밤이 깊도록 쳐들어오는 기미가 없자, 그제야 안심한 마을 주민들이 살그머니 부엌으로 들어가 밥을 짓고 장독의 짠지를 꺼내 허기를 때우곤 겨우겨우 잠이 들었던 것이다. 바로 그때

등골이 오싹해지는 나팔소리를 들었다. 초지진 인근의 마을사람들은 잠든 조선인을 쥐도 새도 모르게 죽이려는 오랑캐의 야간작전 신호일 것으로 확신하고 온 밤을 뜬 눈으로 지새웠다.

그날 밤은 속내가 짐작되지 않는 어둠 속에서 무수히 많은 손들이 강화 섬의 위와 아래쪽에서 꿈틀거리며 기어 나왔다. 그 손들은 상대를 향해 촉수처럼 길고 긴 손가락을 뻗었다.

작약도의 기함에 머무는 로저스와 드디어 상륙한 초지진의 미군병사가 불과 20리 북쪽의 광성보를 더듬었고, 어재연의 광성보 부대도 길쭉한 더듬이를 내밀어 강화도에 막 기어오른 오랑캐를 향해 뻗었다. 보이지 않는 기다란 그것들은 밤새 서로를 얼키설키 더듬었다.

시뻘건 하루

6월 10일 광성보의 새아침이다. 돋을볕을 기폭에 안은 수자기가 황금빛으로 펄럭였다. 해협에서 불어오는 상큼한 바람이 돈대의 구석까지 입김을 후후 뿜어서 화승총을 껴안고 선잠 든 범 포수들을 깨웠다. 팽팽한 긴장이 또 하루를 쾌쳤다.

온다는 오랑캐는 어제도 오지 않았고 아직도 기별이 없다. 진지에 투입된 장졸들이 아침 식사를 마치고 잠시 휴식을 취하던 오전 9시 어름이었다. 기발 하나가 광성보 문루 앞에서 말을 묶고 허겁지겁 손돌목 돈대로 뛰어올랐다. 동검도 정찰 전령이었다.

"적 함선이 오늘 미명에 진용을 갖추고 강화도로 치고 올라올 채비를 차렸습니다. 이범선(二帆船) 두 척에는 종선을 무수히 매달았고, 종선에는 아마도 오랑캐 병사 수백 수천 명이 타고 있는 것 같습니다."

올 것이 오고 있었다. 어재연의 머릿속이 백지를 깔았다. 지금부터 새로운 그림을 거기에 채워 넣을 작정이다. 가슴이 두근거렸으나 우선은 광성보를 들깨워야 했다. 이현학 비장에게 "휘를 올리고 전고를 두들기며 날라리를 길게 질러라!"고 명했다.

일주일째 강도 높은 훈련에 시달려 쪽잠 들 시간마저 부족한 병사들이었다. 그럼에도 불구하고, 찰주소가 올린 영하기와 북소리와 날라리는 한순간에 광성보 부대원들을 하나로 뭉치게 했다. 드디어 오랑캐가 쳐들어왔음에 640여 장졸이 벼락 함성을 쏟아내며 가물치처럼 퍼덕였다. 진무중군이 찰주소 거치대의 화승총을 쥐고 혼잣말을 뇌었다.

"이제 네 이름을 되찾아 주려한다……. 조금만 기다려라."

장군이 예비대를 찰주소에 불러서 대모산의 봉수대 마루터기 주변에 매복할 것을 지시했다. 예비대의 정찰분대가 해협과 육로의 적정을 빠짐없이 살피고 수시로 찰주소에 보고하라 명했다. 대모산은 덕진진과 광성보를 내려다본다. 그 아랫길은 광성보로 진입하는 유일한 통로여서 저들은 머지않아 그 길로 밀어닥칠 것이다. 대모산을 장악해야 손돌목 돈대와 기각지세를 이루며 유리한 작전을 펼친다.

선봉 분대장 부뜰이가 장군 앞에 다가가 출진 신고를 했다.

"대모산을 끝까지, 죽음으로 지키겠습니다."

장군이 부뜰이의 어깨를 잡았다. 분기를 주체하지 못하여 저들과 맞총질하고 예비대가 와해되는 불상사는 막아야 했다. 선봉 분대장의 역할이 중요했다. 장군이 차분하게 일렀다.

"만약에, 기습에 성공하지 못한다면 예비대원 모두를 즉시 퇴각시켜 손돌목으로 돌아오거라. 대모산은 협격이 용이한 지세지만 죽음으로 사수할 진지는 아니다. 부뜰아, 내말을 알아들었느냐."

부뜰이가 고개를 숙이고 있었다. 장군이 어깨에 얹은 손에 힘을 주고 흔들어서 재차 다짐을 받았다.

"알겠느냐, 꼭 그렇게 해야만 한다."

그제야 부뜰이가 "……명령을 따르겠습니다"라고 대답했다. 70명 예비대원이 총과 칼, 단독 군장으로 정렬하여 장군에게 고개 숙였다. 북소리가 울렸다. 부뜰이가 인솔하는 선봉분대가 일렬로 돈대 석문을 빠져나갔다. 예비대의 마지막 병사가 석문 밖을 빠져나가나 싶었는데, 날랜 선봉분대는 벌써 저만큼 언덕길을 타오르고 있었다.

해가 중천에 닿았을 즈음이다.

"쿠웅!"

낯선 대포 소리 하나가 남풍에 묻어왔다. 20리 아래 초지진을
때리는 미군 함포의 초탄이었다. 미군 전함의 뱃전에 걸린 시커
먼 함포가 쏘아대는 포탄은 그 크기가 홍이포 포신만 한것도 있
었다. 길쭉하게 생긴 놈들의 포탄은 수백 장을 가뿐하게, 슈유웅
바람 가르는 소리를 내며 하늘을 날았다. 초탄 이후 산발적이던
포성이 얼마 안 가 쿵쿵쿵, 연속음으로 잇대었다.

포성은 공기를 타고 밀려왔으며 포탄이 파는 구덩이는 미세한
울림으로 전해졌다. 생전 처음 접하는 울림과 떨림의 공포에 손
돌목 병사들은 얼어붙었다. 말로만 듣던 저들의 함포가 현실의
공포로 몰려오자, 강고하게 걸었던 마음속 빗장이 한 순간에 풀
어졌다.

그것은 악마의 속삭임처럼 공포의 구덩이를 팠다. 포성이 겹치
면서 공포의 구덩이는 점점 아가리 지름을 키웠고 더욱 깊게 팼
다. 돈대의 병사들이 두려움을 떨치려 귀를 틀어막고 모질음을
썼다. 어재연이 쉴 새 없이 북을 두드리게 하여 함포 소리의 상쇄
를 도모했다.

북소리가 우선은 함포 소리를 묻는 듯 했으나 땅이 흔들리는
포성의 뿌리까지는 제거하지 못했다……. 어재연이 성가퀴를 돌
며 그들의 정신 고삐를 죄고 다잡았다.

"총을 움켜쥐어라, 매가리를 놓지 마라, 그러다간 싸우기도 전

에 진다."

불상사가 일어났다. 돈대 가운뎃자리 대기병대의 창병 하나가 하얗게 질린 얼굴로 장창을 내던지고 석문 쪽으로 달아났다. 그를 지켜보던 김현경 천총이 쏜살같이 내달았다. 창병의 걸음을 단숨에 따라잡고 득달같이 왼손으로 목덜미를 낚아채며 일갈했다.

"네, 이놈!"

김현경은 오른손에 쥔 환도를 치켜들고 창병의 등짝을 내리그어 등뼈를 발랐다. 악 소리를 지르며 바닥에 고꾸라진 병사가 찰주소에 대고 기를 쓰며 고함질렀다.

"장군, 왜 군졸을 다 죽이려 하십니까!"

진무중군이 싸늘한 미소를 흘렸다. 피를 쏟으며 뒹구는 그를 호되게 꾸짖었다.

"네가 군문에 발을 들여 강화도까지 왔고 게다가 전투를 원치 않는 자는 모두 귀향시켰거늘, 네 스스로 지금까지 이곳에 발을 붙이고 어찌 그 이유를 모른단 말인가."

비명을 질러대던 창병이 이내 숨을 거두었다. 눈앞의 일벌백계에 병졸들이 바싹 긴장했다. 그 순간에도 함포 소리는 끈질기게 돈대 담장을 타고 넘었다. 진무중군이 쩌렁쩌렁한 다잡이를 했다.

"그 누구라도 도망치는 자가 또 있다면, 돈대 문을 나서기 전에 내 화승총이 먼저 불을 뿜을 것이다. 만약 내가 찰주소를 등

돌린다면, 부대원 모두가 나의 몸통을 베고 창을 꽂으며 화승총을 쏘아라!"

공포의 근원을 끊어야 했다. 오랑캐의 총포는 점점 더 가까이 다가올 터이므로 광성보 부대원이라면 마땅히 그 공포를 극복해야 했다. 어재연이 비장에게 일러서 놋쇠 주발을 가져오게 했고 참모들을 찰주소 앞에 불러 모았다.

허리춤의 단검을 뽑아 왼팔 손목을 긋고 그 밑에 주발을 받쳐 선혈을 담았다. 김현경 천총에게 주발을 건넸다. 이현학, 박치성, 유예준, 강계 포수와 평안도 별포군 초관, 유풍로와 장군의 동생 재순까지 손목을 그었다. 열 개의 왼 손목에서 흐른 핏물이 놋쇠 주발의 목까지 차오르자 진무중군에게 건네졌다.

장군이 주발을 두 손으로 번쩍 들어 몇 모금을 마셨다. 피를 보탠 모든 이가 골고루 나눠 마셨다. 북소리와 날라리와 자바라가 최고조를 울렸다. 날 서고 강파른 범 포수의 함성이 터져 나와 돈대 위를 분수처럼 뻗었다.

성가퀴의 병졸들이 어깨를 폈다. 땅과 공기를 울렸던 포성은 더 이상 두렵지 않았다. 한 시간이나 계속되던 함포 소리가 멎었다. 자바라와 북소리도 잦아들었다. 광성보의 장졸들은 그제야 소금을 버무린 주먹밥 두 덩이로 점심 끼니를 때웠다.

두어 시간 뒤에 돈대 아래의 광성보 문루가 왁자지껄했다. 옷을 찢어 상처를 동여매거나 팔다리에 부목을 댄 20여 명의 조선군 부상자가 그곳에 닿았다. 그들은 초지진 부상병이었다. 성한 장정이 부상당한 동료를 소달구지에 싣고 끌어 20여 리를 이동한 참이었다.

그들이 전하는 초지진 소식은 참담했다. 미국 함선이 쏘아댄 포탄은 처음 몇 발이 진지 외곽에 떨어지다 차츰차츰 진지 안쪽으로 몰려들어 결국 초지진에는 풀 한 포기 남지 않았다고 했다. 초지진 부상병들은 서둘러 강화 진무영으로 향했다. 별동대장 복길이가 화승총과 단검으로 무장하고 장군 앞에 달려왔다.

"미리견 놈들이 초지진을 함락하고 그곳에 진을 친 만큼 별동대원도 신속히 그쪽으로 이동해야겠습니다. 저들의 동태를 정탐하여 매복했다가, 기회가 닿으면 곧바로 기습 공격하겠습니다."

진무중군이 핏발 선 눈으로 복길이의 눈을 바라봤다.

"그래, 떠나거라……. 기습이 여의치 않으면 거기서 끝장을 보려말고 곧바로 돈대로 되돌아와야 하느니라. 최후의 결전은 길바닥이 아니라 이곳 찰주소에서 치러야 함을 명심해라."

광성보 부대의 최정예 범 포수와 무사들로 구성한 별동대여서, 그들이 기동하여 거두는 전과는 전체 부대원의 사기에 지대한 영향을 미칠 것이었다. 별동대를 내보내는 장군의 심정이 착잡했다. 강계 포수가 복길이에게 다가와 "아무리 다급해도 열 장 바깥에서 저놈들과 맞총질은 하지 말아라"하면서 신신 당부했다.

별동대원들이 하나둘씩 돈대 석문을 빠져나갔다. 면갑 조각을 몸통에 두른 호태도 별동대의 뒤를 따랐다. 그들은 초지진 뒤쪽 야산의 집합 장소만 정하고 조별로 다른 침투 경로를 탔다.

길었던 하루가 마감되면서 찰주소 수자기가 노을빛을 기폭 가
득 껴안았다. 하필 6월 10일의 해넘이가 참으로 빨갰다. 화승총
을 거머쥐고 서있는 병사의 몸통에도 처연한 붉은 물이 들었다.
저들의 먼 함포소리에 한때나마 기가 꺾였던 부끄러움을 털어내
려는 듯 장졸들 모두가 이를 악물었다.

진무중군과 참모 장수들의 왼 손목을 감은 천에 발간 핏물이
말라붙어 있었다. 장군의 붉은 갑옷에 절정의 노을빛이 더해지며
검붉은 불덩이로 이글거렸다. 광성보가 한 덩어리로 붉게 탔다.

뇌고눌함

6월 11일 새벽 4시, 초지진 미군 캠프에 일제히 기상나팔이 울
렸다. 상륙 지휘부가 둘째 날의 작전지시를 각 캠프에 하달했다.
장병들은 두어 시간에 불과한 지난밤의 단잠에 만족해야 했다.
발을 디딘 곳이 적지이고 더군다나 조선의 최정예 장졸로 득시글
거리는 강화도의 한가운데여서 야간경계를 게을리 할 수가 없었
기 때문이다. 고달프기로는 해병대원들이 더했다. 해군 캠프보다
훨씬 앞으로 나가 사방이 노출된 들판 한가운데서 숙영한 탓
이었다.

해병 캠프가 야전용 등유 램프의 희미한 불빛에 의지하여 천

막을 거두었다. 군장을 꾸린 병사들이 지휘관 점호를 마치고 아침식사를 준비할 즈음에 김포 쪽의 먼 하늘이 희붐해지며 먼동이 텄다. 그때였다.

캠프 북서쪽 야산 기슭 쪽에서 갑자기 따다당, 수십 발의 화승총 총성이 터져서 새벽의 정적을 갈랐다. 곧바로 북과 꽹과리, 고함이 어우러진 벼락같은 소리가 캠프로 몰려왔다. 조선군 화승총수와 뇌고눌함(擂鼓吶喊) 부대의 기습이었다. 총성과 괴성을 뒤섞은 조선군의 느닷없는 공격에 해병대원들이 혼비백산 흩어졌다.

복길이가 이끈 별동대는 지난밤 해병대 캠프를 대척하는 야산 솔숲에 잠입하여 매복에 들어갔다. 그때 칠흑 어둠의 저편에서 다가오는 또 다른 조선군 매복 부대와 조우했다. 초지진 첨사 이혐과 별장 김양규가 인솔한 50여 명의 조선군이었다.

초지진 부대는 화승총과 환도로 무장한 30여 명의 공격조와, 소리 북을 목에 걸거나 꽹과리를 쥔 스무 명의 뇌고눌함 장정들로 구성돼 있었다. 뇌고눌함은 쉴 새 없이 북을 두들기고 목이 터져라 악바리 함성을 질러 적의 혼쭐을 쏙 빼놓는 일종의 심리전 공격이었다.

복길이는 이혐 첨사와 협의하고 두 부대원이 함께 숙영지를 덮치기로 했다. 기습 시간은 동틀녘, 캠프의 병사들이 기상하여 야영천막을 철거하는 어수선한 틈을 이용하기로 했다.

숨을 죽이고 동이 트기만 기다리던 병사들이 단 한명이라도 죽으니, 저놈들 머리에 총알을 박아 기세등등한 사기를 꺾어 주리라 단단히 별렀다. 특히 초지진의 병사들은 으드득 으드득 이를 갈았다. 자신의 성채가 눈앞에서 무너지고 그곳을 빠져나오던 동료의 사지가 갈가리 찢기는 모습을 지켜보며, 오로지 복수의 칼날을 벼린 그들이었다.

열 장 이내로 다가서는 일이 난제였다. 해병대 캠프 주위는 풀포기만 무성한 개활지여서 땅굴을 뚫지 않은 다음에야 화승총의 사거리까지 접근하는 일은 불가능했다. 은폐 사격으로 캠프를 공격할 수 있는 거리는 스무 장 정도였다. 거기까지 몰래 접근하여 일제히 사격하기로 마음을 굳혔다.

신 새벽에 기상나팔이 울리자 해병들이 일시에 일어나 천막을 걷고 군장을 꾸리느라 법석을 떨었다. 야산에 매복했던 조선군 기습 부대원들이 몸을 숨기고 이동하여 미군 캠프에서 불과 스무 장 거리인 풀숲까지 다가가 캠프를 에웠다. 희붐하게 날이 밝는 순간에 화승 총수들이 심지에 불을 붙였고 뒤이어 이험 첨사와 복길이가 부대원들에게 사격 명령을 내렸다.

북과 꽹과리, 고함소리가 한꺼번에 터졌고 뒤이어 6~70정에 달하는 화승총이 불을 뿜었다. 군장을 꾸리는 해병대원들은 조선군 북소리와 고함에 놀라 마치 용수철이 튀듯 일제히 캠프장 인근 은폐지로 흩어져 감쪽같이 몸을 숨겼다. 비록 적군이지만, 미국 해병대는 훈련이 제대로 된 병사들이었다.

화승총 일제 사격은 총성만 컸을 뿐 몸을 숨긴 미군은 맞추지 못했다. 게다가 유효사거리를 넘은 거리여서, 제멋대로 튄 총알은 캠프 주변의 흙더미만 후벼팠다. 조선군 기습 부대원들은 혹시라도 눈 먼 화승총 탄환이 생겨서, 한 놈이라도 좋으니 미군 병사의 몸통에 박혀주기를 간절히 바랐지만, 요행은 끝내 일어나지 않았다.

적을 기습할 때 사격 한 방을 지르면 곧장 도망가야 하는 것이 화승총이다. 재장전하여 다시 쏘겠노라 꾸물거렸다간 저들의 과녁이 되고 만다. 연환을 날린 기습 부대원들은 즉시 뒤돌아 야산을 향해 꽁지가 빠지게 달아났다.

캠프 주변에 은폐했던 해병대원들이 곧바로 전열을 수습하고 소총에 실탄을 장전했다. 지휘관인 틸턴 대위가 포병에게 야포로 응사하라고 명령했다. 기습을 대비해 엄폐해 놓았던 야포는 즉각 조선군이 사라진 야산 둔덕으로 포구를 직사 조준하고 이내 화염과 함께 작렬 포탄을 날렸다. 포탄이 박힐 때마다 숲이 한 자락씩 무너졌다.

해병들도 야산을 향해 조준 사격을 시작했다. 대여섯 발의 포탄이 날아가고 콩 볶는 라이플 소리가 수분 간 이어진 뒤에야 틸턴이 사격 중지 명령을 내렸다. 그렇게 시끄럽던 조선군이 마치 거짓말처럼 그림자도 남기지 않고 사라졌다.

수색 나간 해병 정찰대가 가까운 언덕 덤불만 뒤지고 되돌아왔다. 풀벌 깊숙이 진입했다가는 기습을 당할 수도 있었다. 다시금 안정을 찾은 전진 캠프의 해병들이 삼삼오오 모여서 술렁거렸다. 잘못하다간 조선군 화승총에 맞아 죽을 수도 있겠다는 생각에 어깨를 움츠리며 당혹스러워했다.

화승총을 쥔 조선군이 미국 해병대를 기습했다는 사실이 도무지 믿어지지 않았다. 그들의 지휘관은 조선군과 맞총질 할 일은 결단코 없을 것이라고 누누히 강조했다. 사실 틀린 말은 아니었다. 조선군과 같은 종류의 화승총으로 무장한 중국과 일본의 군졸들은 서양 군인들이 휴대한 라이플의 그림자만 비쳐도 식겁해서 달아났기 때문이다.

복길이가 야산의 푸나무서리 뒤편에 웅크려서 분함을 삭였다. 화승총을 쥔 손이 푸들푸들 떨렸다. 수백 장을 날아오는 저들의 총알과 포탄이 겁나서 불과 스무 장 밖에서 총 한 발을 쏘곤 미친 듯이 도주한 자신이 못내 부끄러워서였다. 이혐 첨사의 병졸도 분해하기는 마찬가지였다.

별동대원이 멀리서 지켜보고 있음에도, 전진 캠프의 미군들은 아무 일 없었다는 듯 전열을 재정비하여 행군 대오를 갖췄다. 눈앞에 빤히 보이는 적들을 어찌할 수 없는 범 포수들이 가슴을 쥐어뜯으며 하염없이 의기소침해졌다. 호랑이를 만나도 눈 하나 깜빡 않던 그들이, 서양 오랑캐 앞에서는 하릴없이 오금을 저리고 꽁무니를 빼는 청맹과니 같아서 얼굴이 벌겋도록 자괴했다.

복길이가 흩어져있던 별동대원에게 각개 철수해서 덕진진에서 만나자는 수신호를 보냈다. 다친 대원이야 없다지만 스스로의 몰골이 서글펐다. 막 돋아난 아침 해가 햇살을 쏟았다. 다발 햇살이 복길이의 처진 어깨를 포근히 감싸고 등짝을 도닥거렸다. 복길이가 터덜터덜 산속 숲길을 내달았다.

"화약 뒷심이 두 배만 돼도 맞붙어볼 만 했는데……."

용두에 걸린 화승불은 그때까지도 타고 있었다. 풀 죽은 복길이가 덕진진으로 향했다. 새벽에 북을 두들기고 목이 터져라 고함을 질렀던 이협의 군졸들이 야산 저쪽 숲속에 둘러앉아 눈물인지 땀인지 모를 물방울을 손등으로 찍어내고 있었다.

미군의 상륙 둘째 날 일과가 시작됐다. 해군 C중대장 토튼(Totten)과 D중대장 맥키가 이른 아침에 중대원을 인솔하고 퀸 하사관이 이끄는 공병대원과 함께 초지진 점령의 뒤치다꺼리에 나섰다. 그들은 초지진 해안 포대와 성곽 진지를 샅샅이 뒤져 총포와 병장기를 수거하고 노획할 것과 버릴 것을 구분했다. 원형이 훼손되거나 수량이 많아 노획 가치가 없는 병장기들은 조선군이 다시 쓸 수 없게 해안 절벽으로 가져가 개펄에 던져버렸다.

초지진 본부 건물과 군기고, 병영 막사로 여겨지는 건물은 모조리 부수거나 불 질렀다. 곳간의 쌀이나 부식창고의 말린 생선까지 말끔히 태웠다. 초지진 외곽을 돌면서도 군이나 관아 시설로 의심되는 건물은 모조리 파괴했다. 로저스 제독이 당부하던 초토화 작전의 오롯한 구현이었다.

종군 사진가 패리스 비토가 사진기를 들고 해군 D중대 앞에 나타났다. 맥키가 중대원을 불러 모아 조선군 시신이 나뒹구는 초지진 성채와 함포가 파놓은 구덩이 앞에 세웠다. 맥키와 중대원들은 비토가 요구하는 다양한 포즈로 조선 원정 기념사진을 찍었다.

조용한 아침의 나라 조선의 초지진을 함포로 잘근잘근 박살낸 미군의 용맹함이란, 그 사진 몇 장만으로도 충분히 증명될 터였다. 비토가 연출하고 맥키 중대가 출연한 기록 사진들은 몇 달 후 미국의 신문과 잡지에 소개될 것이 분명했다.

헬 마치(Hell March)

조선군 매복공격에 잠시나마 휘둘렸던 해병대가 오전 7시에 아침식사를 마치고 행군 대오를 지었다. 상륙 지휘부가 곧장 행군하여 덕진진을 점령하라는 메시지를 하달했다. 야포 1문을 앞세운 해병대의 진격이 시작됐다. 완전 무장한 미국 보병과 포병의 조선 땅 첫 행군이었다.

해군 본대가 그 뒤를 따랐다. 선두의 타악병 6명이 2열종대로 각을 잡고 짜르륵 짜르륵, 경쾌한 드럼 마치를 울렸다. 미국 보병의 드럼도 조선의 북이나 날라리처럼 야전 전투의 지휘 신호로 쓰인다. 행진간 걸음걸이의 추임새 장단으로 혹은 돌격과 퇴각,

집중사격을 북소리로 알릴 때가 있다. 타악대 뒤로 해군 본대가 중대기수를 앞세워 3열종대로 행진했고 마지막에는 의무 지원대가 따랐다.

포병대는 좌우 포대로 나누어 해군 본대 앞쪽과 꼬리에 각각 3문의 야포를 배치하여 끌고 갔다. 암스트롱 야포는 미국 포병이 자랑하는 보병 지원 화력이다. 남북전쟁 당시에 워낙 뛰어난 화력을 보였던 탓에 미국 육군은 누구나 듬직하게 여긴다.

포탄 장전이 간단하고 두어 번 탄착점을 수정하면 엔간한 목표는 정확하게 타격했다. 암스트롱 야포의 작렬 포탄은 사정거리 1킬로미터를 가뿐히 넘겼다. 크고 튼튼한 쇠바퀴가 포신을 끌어서 보병이 진격하는 곳은 어디든 따라나섰다.

그 듬직한 암스트롱 야포가 강화도에서는 꽤나 속을 썩였다. 개펄에서 뭍으로 양륙할 때도 그랬지만, 본대를 따라 포 바퀴를 굴리면서 특히나 애물단지로 변했다. 강화도의 흙길 푸서리에 크고 무거운 야포 바퀴를 굴리는 일이 여간 끔찍하지 않았기 때문이다.

암스트롱 야포는 애초에 광활한 미국의 펀더기 길에 굴리기 좋도록 설계됐다. 강화도 흙길은 미국과 딴판이어서 사람 두엇만 걸어도 어깨가 부닥칠 만큼 좁았고, 바닥은 자갈 지천으로 우둘투둘했다. 게다가 곧은길도 아니어서 수시로 돌출 언덕을 만나고 끊임없이 V자 협곡을 만들었다. 무거운 야포를 끌기에 최악의 조건만 두루 갖춘 셈이었다.

공병대가 앞장서서 나뭇가지를 쳐내고 야포 바퀴가 구를 노폭을 확보해야 전진할 수 있었다. 길쭉한 다리로 성큼성큼 내딛는 보병의 보폭을 따라잡느라, 포병대는 7문이나 되는 야포 바퀴에 매달려 비지땀을 흘렸다. 된비탈이나 웅덩이를 만나면 보병까지 대오를 허물고 야포에 달라붙었다.

깊게 팬 골짝을 만나면 야포를 밧줄로 칭칭 감고 수십 명이 달라붙어 아래로 조심조심 내렸고, 반대편에서 그 줄을 잡아 다시 끌어 올리는 일을 반복했다. 지독한 막노동에 시달리던 포병대원 몇은 행군 시작 30여 분 만에 탈진으로 쓰러졌다.

해병대 선두 대오가 덕진진을 불과 1킬로미터 남겼을 때였다. 강화 해협 물살을 타고 오른 포함 모노캐시가 덕진진 아래 해협 수로에 닻을 내리곤 함포의 포구를 덕진진 쪽으로 틀었다. 포함 패로스는 지원사격에 가담하지 못했다. 전날 초지진 앞바다에서 좌초한 뒤 그때까지도 꼼짝을 못했다.

상륙군 지휘부가 포함 모노캐시를 향해 함포사격 요청 깃발을 올렸다. 함포가 일제히 덕진진을 향해 포탄을 후려쳤다. 그것은 악마의 발톱처럼 덕진 돈대 땅바닥을 후벼 파곤 성곽의 돌 뿌리까지 흔들었다. 중심을 잃고 무너져 내리는 성벽의 마름돌 무더기에는 또 다른 포탄이 꽂혀 돌가루를 흩날렸다.

어렵사리 끌고 간 야포도 제 몫을 했다. 덕진진 성곽과 돈대를 향해 마구잡이 포탄을 날렸다. 꼬부랑 계곡을 수도 없이 넘은 화풀이라도 하듯 한 치의 오차도 없이 돈대 안으로 날름날름 포탄을 박아 넣었다.

흙먼지와 돌덩이가 하늘로 튈 때마다 미군 병사들이 휘파람과 박수로 환호했다. 코딱지만 한 덕진진 일대를 함포와 야포가 3~40분 동안 줄비 포탄을 퍼부은 뒤에야 비로소 해병 정찰대가 덕진진 돌격 채비를 차렸다. 육상 지휘부가 즉각 포사격 중지 신호를 보냈다.

피멍이 들도록 두들겨 맞은 덕진 돈대와 남장포대가 그제야 포탄받이 신세에서 해방됐다. 불길이 솟구치며 먼지와 연기를 자욱하게 뒤집어쓴 덕진진의 몰골이 처량했다.

틸턴 대위가 해병 척후대 30여 명을 덕진진 언덕 아래 200미터까지 올려 보냈다. 나머지 해병들은 뒤따라오는 해군 본진과 합류하고 대기했다. 20여 분 만에 돈대로 올라갔던 척후병이 돌아왔다. 들으나 마나한 보고였다.

"조선군 진지가 대부분 파괴됐고 포격을 당해 전사한 조선군의 사체만 널렸으며, 더 이상의 조선군 저항은 없을 것이 확실합니다."

해병과 해군 중대가 라이플 끝에 기다란 총검을 꽂았다. 지휘부가 일제 진격 명령을 내리자 해병대원이 먼저 고함을 지르며 덕진진을 향해 뛰어올랐다. 그 뒤로 해군 중대가 더욱 우렁찬 함성을 지르며 내달렸다.

용감무쌍한 미군 병사들은 다 부서져 형체만 남은 덕진진 성채로 으스대며 입성했다. 살아있는 조선군은 물론 없었고 돈대 성곽을 비롯해 막사나 관고도 성한 곳이 없었다. 화약고로 짐작되는 단칸 기와집은 흙벽과 지붕이 날아가고 숯 기둥 몇 개만 잔불을 매달고 있었다.

오전 9시에 덕진진이 함락됐다. 덕진진 아래 해안 쪽에 축조된 남장 포대에도 미군병사가 들이닥쳤다. 남장 포대는 홍이포를 거치한 석축 포좌가 15개나 돼 강화 진무영 소속의 8개 포대 가운데 최대 규모를 자랑했다. 강화 섬 제1포대이자 조선군부 자타공인의 조선 최강 화력을 뽐냈던 포대였다.

석축 포좌는 길쭉한 반달 형상으로 강화 해협을 향했고 포대에는 홍이포 말고도 불랑기와 천자총통, 대완구까지 거치돼 있었다. 미군이 진입했을 때 홍이포 모두에 화약과 포탄이 꼼꼼하게 장전된 상태였다.

허물어진 포좌의 마름돌과 함께 불랑기 포신 10여 문과 화약을 장전한 자포 수십 개가 나뒹굴었다. 화포병들이 느닷없이 퍼붓는 함포 소낙비를 맞고 속절없이 도망친 흔적이 고스란했다.

부서진 막사 곁에는 병사들의 끼니를 짓는 한데 부엌이 있었는데, 신통방통하게 그곳만은 멀쩡했다. 부뚜막 하나에는 가마솥이 걸려있었다. 아직도 남은 장작 불씨가 가마솥을 달궜고 솥뚜껑

틈으로는 하얀 김이 몽글몽글 새나왔다.

진기한 물건이라도 발견한 양 미군 병사들이 가마솥을 빙 둘러 쳐다보았다. 호기심이 넘쳐나는 해군 병사 하나가 솥뚜껑을 열려 하자 구경하던 나머지 병사들이 질겁하며 몸을 피했다. 조선군이 도망가면서 설치한 부비트랩일지도 몰랐기 때문이다.

쌀밥이 자르르 차지게 뜸 들어가는 순간이었다. 솥뚜껑을 열었던 용감한 병사가 야전 스푼을 꺼내 쌀밥을 한 술 푹 떠서 후후 불어가며 입안에 넣고 오물거렸다. 꼭꼭 씹어 맛을 보던 그가 엄지손가락을 치키곤 굿, 굿 소리를 연발했다. 눈치만 보던 병사들이 그제야 가마솥에 몰려들어 차지게 익은 밥을 한 술씩 떠먹었다.

남장 포대의 조선군이 쌀 한 톨을 아끼고 또 아꼈던 군량미로 지은 6월 11일의 아침밥을, 조선 땅에 소풍 나온 미국의 젊은 병사들에게 고스란히 진상했다. 죽 쑤어서 개 준 격이었다.

덕진진에 두 번째 성조기가 펄럭였다. 존엄의 성조기는 아무렇게나 휴대하는 물건이 아니다. 칼같이 다림질하고 반듯하게 각을 잡아서 고이 접고, 신주 모시듯 가죽 가방에 넣어 보관한다. 상륙군은 강화 전쟁에서 점령할 진지 세 군데에 휘날릴 성조기 3장을 미리 준비했고 공병대의 목공병 헤이든(Hayden)이 휴대했다.

덕진진 점령의 뒤치다꺼리가 시작됐다. 화강암으로 짜 올린 진지 석문은 두 번 다시 사람이 드나들지 못하도록 모질게 파괴했고, 돈대 안에 설치됐던 화승총과 대조총 사격수의 발판과 참호도 원형을 알 수 없게 허물어버렸다. 관고와 막사는 물론 모든 시설은 복구가 불가능하게 부수고 불태웠다. 초토화의 진면목이 초지진에 이어 덕진진에서도 구현됐다.

병장기 가운데 깨끗한 놈만 노획물로 챙기고 나머지는 해변의 절벽 아래로 던져 폐기했다. 뒤처리를 끝낸 병사들이 돈대 성벽 위를 일렬로 늘어서서 승리의 함성을 외쳤다. 덕진진 아래 해협에 정박했던 모노캐시 포함의 수병들도 일제히 갑판에 몰려나와 화답 고함을 질렀다.

덕진진 함락의 수훈갑은 포함 모노캐시였다. 패로스 함의 도움 없이 자신의 함포만으로 덕진진을 깔끔하게 초토화시켰기 때문이다. 상륙 지휘부가 즉석에서 모노캐시 진지(Fort Monocacy)라 명명했다.

장병들이 승리를 만끽할 겨를도 주지 않았다. 지휘부가 서둘러 다음 목표인 광성보로 상륙군을 몰아붙였다. 지휘관들이 긴장의 고삐를 죄는 날카로운 명령들을 잇달아 쏟아냈다. 최후의 요새(Citadel)라 이름붙인 광성보는 덕진진에서 불과 2마일 북쪽이었다.

야포를 앞세운 해병 정찰대가 선두였고 그 뒤로 해병 본대가 따라 붙었다. 해병대의 훨씬 뒤쪽에서 해군 전투중대와 포병대가 드럼소리에 발 맞춰 행군했다. 포병대원이 또 입을 비쭉거리며 투덜댔다. 해안선을 따라 들쭉날쭉한 행군로가 사람이 겨우 하나

다닐 만큼 좁아터진데다 오르막내리막 요철의 연속이었기 때문이다. 그 길은 고려의 고종 임금이 몽골군을 피해 강화도에 천도하면서 섬의 해안선 바깥을 삥 둘렀던 외성(外城)의 흔적이었다.

해병 정찰대가 갑자기 행군을 멈췄다. 대열 옆으로 조선 장정 서너 명이 기다란 나무작대기에 쇠붙이가 달린 무기를 손에 쥐고 후다닥 도망쳤기 때문이다. 몇몇 병사가 사격자세를 취했다. 틸턴 대위가 나서서 사격하지 말라고 외쳤다.

그 젊은 남정네들은 조선군이 아니라 밭일하던 농부였다. 미국 해병대가 갑자기 자신들을 향해 행군해오자 놀란 나머지 흙을 뚜지던 괭이를 손에 든 채 달아났던 것이다. 틸턴이 차분한 어조로 설명했다.

"그들은 민간인이고 손에 쥔 것은 농기구야. 우리가 비록 조선 군과 전쟁을 벌이고 있지만, 강화도의 농민은 우리의 적이 아니라 우리가 보호해야 할 비무장 민간인일 뿐이다!"

해병대원들은 곤혹스러웠다. 민간인과 군인을 구분할 수 있는 기준이 없었기 때문이다. 새벽에 해병 막사를 기습했던 조선군이나 들판에서 일하는 농부의 복장이 같았다. 원정 함대가 조선 서해안을 따라 인천 해변에 이를 때까지, 지금까지 마주쳤던 조선 남정네는 모두 흰색 바지저고리를 입었다.

틸턴이 정찰대의 행군을 잠시 멈추고 몇 가지 주의사항을 환기시켰다.

"우리가 싸울 조선군은 절대로 우리 앞에 모습을 드러내지 않

음을 명심하라. 그들이 무장한 화승총이나 칼로는 우리의 라이
플과 정면 대결할 수 없다는 사실은 그들이 더 잘 안다. 조선군
은 매복과 기습이 아니면 우리를 공격하지 못한다. 만약에 무장
한 조선군을 만난다 하더라도, 그들이 싸울 의사를 보이지 않
고 달아난다면 더 이상 조선군을 추격하지도 말 것이며 라이플
을 조준하지도 마라. 16세기 무기로 무장한 조선군에게, 최첨단
무기를 가진 미국 해병대가 갖춰야할 최소한의 명예를 생각하기
바란다."

총을 겨눴던 해병대원이 틸턴의 말을 부동자세로 듣고 있었다.
그가 이윽고 벌개 진 얼굴로 고개를 숙였다.

친구

해군 중대는 해병대 본진의 뒤를 따라 행군하던 중이었다. E중
대장 맥킬베인 중위가 앞섰던 D중대장 맥키 중위에게 다가갔다.
덕진진 출발 때부터 줄곧 그와 이야기를 나누고 싶었으나 맥키의
표정이 내내 굳어있어 눈치만 살피던 참이었다.

맥키는 강화도에 상륙한 뒤 부하 중대원과 나누는 몇 마디 이
야기만 제외하면 입을 닫고 있었다. 맥킬베인은 말을 걸때마다
애써 피하는 맥키가 안타깝기만 했다.

맥키의 천성은 원래가 외향적이었고 쾌활했다. 원정을 떠나기

전에는 조선이란 나라에 대한 왕성한 호기심으로 말미암아 마치 첫 사랑에 빠진 열두 살 소년처럼 달떠있었다. 적어도, 넉 달 전 콜로라도 함에 승선하기 전까지는 그랬다.

지난해 가을, 아시아 함대의 조선 원정이 확정되면서 참전 장교들에게는 열흘간의 휴가가 주어졌다. 휴가가 끝나가던 주말 저녁에, 맥킬베인은 우연히 들렀던 뉴욕 번화가의 한 사관(士官) 사교클럽에서 맥키와 마주쳤다.

그때 맥키는 약혼녀 곁에 바싹 붙어앉아 공화국 승전가(Battle Hymn of the Republic)를 클럽이 떠나라 노래하고 있었다. 노랫소리가 얼마나 컸던지 클럽 문을 열고 들어서는 맥킬베인이 단번에 알아차릴 정도였다. 맥키는 위스키 한 병을 비운 홍시 빛깔의 얼굴을, 노래하는 짬짬이 약혼녀의 뺨에 붙이곤 부비적거렸다.

맥킬베인이 두 사람 앞에 나타나자 맥키가 용수철처럼 튀어나와 그를 껴안았다. 그날 아침에도 만난 맥킬베인을, 마치 10년 만에 만나는 친구인양 "보고 싶었어, 내 친구, 맥!"하면서 고래고래 고함을 질렀다. 맥킬베인이 합석하자 그가 기다렸다는 듯 손목을 잡아끌었다.

"난 말이야, 이번 원정 임무만 마치면 약혼녀에게 프러포즈를 할 거라고! 난 지금 세상을 모두 내 품에 안은 것 같아. 축하해줘 맥!"

그가 꾀꼬리를 통째로 삼킨 고양이처럼 달뜬 소리를 냈다. 맥킬베인이 그의 두 손을 잡아서 치키며 "축하해, 맥!"이라고 외쳐

주었다. 그때 맥킬베인은 맥키의 약혼녀 얼굴을 흘끗 쳐다보았다. 맥킬베인은, 냉랭하기 그지없는 그녀의 얼굴 표정에 놀라 흠칫하고 말았다.

그날 저녁 맥키는 끝도 없이 노래하고 약혼녀를 사랑한다는 고백을 수도 없이 반복했다. 맥키의 한없는 유쾌함에 장단을 맞춰주기는 했지만 맥킬베인의 마음 한 구석은 썩 개운치 않았다.

그렇게나 유쾌했던 맥키가, 지금 강화도의 흙길을 행군하며 세상을 모두 잃은 참담함에 절어있었다. 맥킬베인은 "이 바보 멍청아, 세상에 널린 게 여자야! 떠난 여자의 얼굴 따윈 잊어버리라고!" 그렇게 고함지르며 맥키의 머리통을 쥐어박고 싶었다.

멀리 광성보를 에워싼 성곽이 비탈능선을 따라 늘어서 광성보 문루까지 연결돼 있었다. 성벽 위에는 조선군이 일정 간격으로 꽂아놓은 노란 깃발 50여 개가 펄럭였다. 어깨가 쳐져있는 맥키를 더 이상 두고 볼 수 없었다. 맥킬베인이 빠른 걸음으로 다가가 그의 팔을 툭 쳤다.

"맥, 뭘 그리 고민하고 있어. 얼굴 좀 펴봐, 이젠 주말전쟁도 끝물이잖아."

맥키가 씨익 웃었다. 쓰게 웃는 미소였다. 둘 다 이름 철자가 맥(Mc)으로 시작되는 탓에 그들은 서로를 맥이라 불렀다. 맥키가 입을 뗐다. 건조한 어투지만 얼마만의 대화인지 모른다.

"난 말이야……. 군복을 입고 나서 늘 이런 고민을 했어. 군인이니까 언젠가는 전쟁에 투입될 것이고 그때가 곧 내가 죽어야 할 순간이라는 그런 생각 말이야."

덜컥 겁이 났다. 맥키가 골똘히 붙잡고 있는 번민이 그것이었을까. 맥킬베인이 맥키의 말을 끊으며 버럭 고함을 질렀다.

"뚱딴지같은 소리 하지 마! 600명의 상륙병력이 불과 이틀 만에 조선군 요새를 두 곳이나 점령했잖아! 미군은 아직 한 명도 죽지 않았어. 조선군은 애초에 우리 상대가 되질 못해. 원시인 돌도끼나 다름없는 화승총알에 맞아서 미군이 죽는다는 게 상상이나 돼?"

"군인이 죽어야 할 자리는 전쟁터야……. 전투에서는 그런 기회가 항상 가까이 있어. 아버지는 늘 전장에서 죽는 것이 군인의 사명이라 말씀하셨거든."

맥킬베인이 가만히 친구의 손을 잡았다. 그를 다독여서 가슴속의 시꺼먼 그림자를 걷어내고 싶었다. 그러나 그가 끌어안고 있는 체념은 겉껍질이 너무 단단해서 단짝 친구인 그마저도 끼어들지 못했다. 무력감을 느낀 맥킬베인이 오히려 차분해졌다.

"그래, 어쩌면 그럴지도 몰라. 어차피 너와 난 군인이고 우리 앞에 닥치는 전쟁은 곧 숙명이니까. 머나먼 조선까지 총 들고 왔으니, 나도 죽음이란 단어가 실감이 나기는 해. 그런데 말이야 우리가 굳이 죽어야 한다면, 그 전쟁터가 적어도 조선은 아니야. 미국과 조선은 서로를 죽여야 할 만큼 원수진 사이가 아니야. 목숨을 내걸 명분은 그 어디에도 없어. 맥키, 이건 전쟁이 아니야. 미국이 일방적으로 행사하는 무력시위에 불과하다고!"

"지금…… 내 가슴은 마구 뛰고 있어."

맥키는 단짝친구의 설득에도 불구하고 암울함만을 곱씹고 다졌다. 그쯤에서 이야기 꼬투리를 다른 곳으로 돌려야 했다. 맥킬베인이 행군 대열 저 앞에서 펄럭이는 광성보 성곽 깃발을 가리켰다.

"맥, 저걸 봐! 성곽 위에 쭉 늘어서서 펄럭이는 저 깃발 말이야. 조선군의 심리 전술인 것 같아, 안 그래? 적에게 겁을 주려고 꽂아놓은 깃발인 게 분명해. 난 말이야 저게 갑자기 갖고 싶어졌어. 조선 원정 기념품으로 저만한 게 없을 것 같거든."

맥키가 선선히 그러자고 맞장구쳤다. D중대와 E중대의 병사 둘씩을 차출해 조선군 깃발 노획을 지시했다. 병사들이 집총한 채 성곽으로 달려갔다. 불과 10여 분 만에 탈취한 깃발 넉 장을 접어 왔다. 맥키가 깃발을 한참이나 들여다봤다.

"네 말처럼 조선군은 우릴 겁주기 위해 깃발을 걸어 놓은 것이 분명해. 원래 요란하게 짖는 개가 무는 법이 없거든. 제집 앞에서는 호랑이가 덤벼도 일단은 요란하게 짖고 보는 거지 ……."

오랜만에 함께 깔깔거렸다. 맥킬베인이 그의 어깨에 한 손을 얹고 지그시 눌렀다. 마치 확답이라도 받으려는 듯 또렷한 목소리로 다그쳤다.

"어떤 일이 있어도, 이 전투에서 절대로 죽으면 안 돼. 이 전투를 마치고 미국에 돌아가면, 조선이 어떤 나라였냐고 묻는 사람이 많을 거야. 조선이란 나라는 그만큼 생소하고……. 뭐랄까, 그래서 더욱 호기심이 당기는 그런 나라임이 분명해. 사람들이 궁금해 할 때마다 이 깃발만 꺼내 보여주면 돼. 이걸로 산더미 같은 뒷이야기를 술술 풀어낼 수 있잖아. 그러기 위해서라도 우린 꼭 살아서 미국으로 돌아가야 돼."

맥키가 아무런 대꾸 없이 쓴웃음만 입 꼬리에 매달았다.

조우

복길이가 인솔하는 별동대원이 덕진진의 맞은편 야산에 속속 집결했다. 그들은 새벽 기습을 실패한 뒤, 초지진을 철수하고 덕진진으로 향하는 미군 대열을 먼발치에서 지켜보며 산자락 숲길로 이동했다. 별동대는 미군의 함포사격에 처절하게 무너져 내리는 덕진진과, 미처 빠져나가지 못하고 장렬히 산화하는 조선군의 모습을 생생하게 지켜보았다.

생니가 욱신거리도록 치가 떨렸다. 눈앞에 빤히 보이는 저들의 만행을 마땅히 응징할 방법이 없음에 복길이는 더욱 좌절하고 분노했다. 그곳에 더 이상 머무를 수 없었다. 별동대원에게 지시를 내렸다.

"놈들이 광성보로 치고 올라올 것이 분명한 이상 여기서 더 이상 지체할 수 없소. 대모산 언덕바지로 이동하고 그곳에 매복했다가 다시 한 번 더 기습을 노립시다. 이번엔 꼭 총알을 먹여 한 놈만은······. 꼭 고꾸라뜨리는 겁니다!"

복길이의 예상대로 미군은 야포를 앞세워 곧장 광성보로 향했다. 별동대는 발톱을 감춘 고려 범처럼, 짚신 코 걸음으로 숲속 길을 이동했다. 그들은 야포와 함께 이동하는 해병 정찰대보다 먼저 대모산에 닿았다.

광성보로 향하는 흙길이 눈 밑에 깔리는 대모산 숲 더미에 별동대가 은폐하여 매복했다. 북동쪽으로 불과 500미터 남짓한 언덕바지에 찰주소의 수자기가 나부끼고 있었다.

별동대가 포진한 등성이의 위쪽 봉수대 인근에는 예비대원 70명이 미리 매복하고 있었다. 광성보 부대의 120명 기동 타격부대가 대모산의 아래위로 모두 집결한 셈이었다. 별동대든 예비대든 어느 한 쪽이 선제 사격하면 나머지가 지원사격할 것이었다. 복길이가 수신호를 보내 산개한 별동대원을 한자리에 모아 놓고 작전지시를 내렸다.

"미군 선봉대가 아랫길에 나타나면 최대한 가깝게 접근하는 거요. 열 장 안쪽이다 싶으면, 누구라도 좋으니 지체 없이 준적하고 발포하시오. 첫 총성을 신호삼아 전원이 일제사격을 퍼붓는 걸로 정하겠소."

별동대원들이 떨떠름한 표정을 지었다. 범 포수 하나가 나서서 "하늘이 시퍼런 대낮 아니오! 열 장은 고사하고 스무 장도 접근 못하고 발각되어 집중 사격을 당하면, 그땐 또 어찌 할 셈이오?" 퉁명스럽게 물었다. 복길이가 대답했다.

"아시다시피……. 저 놈들을 기습할 뾰족한 방법이 없소이다. 그렇다고 어두워지기를 기다릴 수도 없는 노릇이고. 일단은 놈들에게 접근하다가 한 명이라도 발각되면, 남은 거리에 상관없이 일제 사격을 합시다. 그런 뒤에는 현 위치를 신속하게 이탈하여 대모산 봉수대로 올라가 매복해있는 예비대와 합류합시다."

몇몇 범 포수가 대놓고 반발했다. 덕진진이 그들의 눈앞에서 처참하게 무너졌음에, 그 분을 삭일 수 없는 노여움이 묻어났다.

"어디서 어떻게 싸운들 저놈들과 맞총질을 할 순 없지 않소. 대낮에 기습공격이 성공하기란, 화승총을 바늘구멍에 밀어 넣는 것보다 더 어려울 거요. 총을 맞고 죽으나 저놈들의 모가지를 따다 죽으나 죽는 건 매한가지요. 화승총 한 발을 쏘고 꽁무니를 뺄 것이 아니라, 단검으로 달려들어 한 놈이라도 좋으니 신나게 칼탕쳐서 분풀이를 합시다!"

주위 범 포수들이 "맞는 말이오, 내 심정이 꼭 그렇소!"하고 거들고 나섰다. 복길이가 그들을 에둘러 진정시켰다. 별동대원이 미군과 무리한 접전을 벌여서 떼죽음이라도 당하면, 광성보 부대원 모두의 사기가 한 순간에 무너짐을 누누이 강조했다. 어금니가 뭉개지게 이를 간다고 풀릴 응어리가 아니었다. 어쩌랴, 조선군은 미군에게 복수할 그 어떤 수단도 가지고 있지 못했다. 침묵이 흐르면서 별동대원들이 하나 둘 고개를 떨어뜨렸고 마침내 "대장 명령에 따르리다……." 읊조리며 화승총목을 다시 붙잡았다.

사실 별동대원의 기습공격은 여러 면에서 무리수였다. 몸통 하나는 은폐했다 치더라도 환한 대낮에 하늘로 피어오르는 화승 연기는 붙들어 맬 수 없었다. 게다가 하얀 옷차림은 초록빛 숲과 극명하게 대비됐다. 별동대가 매복한 등성이의 숲진 곳은 아랫길과 40장(120미터)거리다. 30장 이상을 들키지 않고 뛰어내려야 화승총 사거리에 미군을 가둘 수 있었다.

찔레꽃머리 더위가 극성인 대낮에, 별동대는 온 몸을 땀으로 칠하고 꽁꽁 숨어있었다. 기다리는 시간은 그리 길지 않았다. 틸턴 대위가 인솔하는 해병 정찰대가 대모산 아랫길 모롱이에 모습을 드러냈다.

대열 선두의 옆에서 은칼을 찬 지휘관에게 복길이의 눈길이 꽂혔다. '저놈을 잡자⋯⋯.' 복길이가 바늘 같은 눈총을 틸턴에게 쏘았다. 그런데 뜻하지 않은 변수가 생겼다. 지휘관 틸턴이 갑자기 정찰대의 휴식을 명령했던 것이다. 야포에 달라붙어 돌너덜 흙길에 비지땀을 흘린 포병대를 고려한 조치였다.

해병 정찰대가 별동대원이 매복한 숲 등성이 바로 밑에서 멈췄고, 병사들이 길 가장자리에 앉거나 인근의 나무 그늘에 들어가 휴식을 취했다. 복길이는 곤혹스러웠다. 발걸음을 떼고 야포를 옮기느라 정신이 팔린 행군 대열을 급습하기로 했는데, 그 기회를 고스란히 박탈당했기 때문이다. 해병 정찰대는 휴식을 취하면서도 사주 경계를 늦추지 않고 있었다.

틸턴 대위가 모자를 벗고 이마에 흐르는 땀을 닦았다. 그가 부하들에게 다가가 눈앞 먼발치의 손돌목 돈대 찰주소를 가리켰다.

"잘 봐둬라, 저곳이 우리가 점령할 마지막 요새다. 조선 정예군이 저기서 우릴 기다리고 있지. 펄럭이는 저 깃발은 조선군 총사령관의 지휘소가 거기에 있다는 표시야."

그때 대모산 언덕 쪽을 응시하던 틸턴 대위가 마치 누군가에게 감시를 당하는 것처럼 섬뜩한 기분을 느꼈다. 예의 주시하여 나지막한 산등성이 수풀을 살펴보자 흰 옷자락이 언뜻 스치는 것 같았다. 그곳 어딘가에서 화승총을 겨눈 조선군이 매복하고 있을지도 모른다는 데 생각이 미치자 틸턴의 머리카락이 곤두섰다.

정찰병 두 명을 가만히 불러 행군 대열 뒤쪽 대모산 언덕바지로 올려 보냈다. 자신은 권총을 빼들고 슬그머니 산자락 둔덕으로 걸어가서 갑자기 수풀 속으로 뛰어들었다. 그 순간 별동대의 화승총 10여 발이 한꺼번에 터졌다. 화승총 연환은 휴식을 취하던 해병대원의 앞쪽에 탄착하거나 머리 위를 붕 떠서 날았다. 기겁한 해병대원이 모조리 흩어져 몸을 숨겼다.

별동대원들이 땅을 찼다. 행군대열이 멈춰서 쉬는 바람에 이러지도 저러지도 못하고 어정쩡하게 매복해있던 차에 틸턴 대위가 갑자기 매복지점을 향해 뛰어오르며 산통을 깼기 때문이다. 틸턴 쪽으로 몰려있던 10여 명의 별동대원들이 어쩔 수 없이 방아쇠를 당기고 말았다.

화승총 기습 사격에 놀라 흩어졌던 해병 정찰대원들이 반격을 준비하고 대모산 쪽으로 라이플 총구를 겨눴으나 부지휘관 브리스 중위가 손을 저으며 사격하지 말라고 외쳤다. 지휘관 틸턴과 수색 정찰병이 숲속에 뛰어 든 탓에 오인 사격을 할 수도 있었기 때문이다.

그 사이에 별동대원들은 대모산 정상의 봉수대 쪽으로 뛰어올라가 미리 매복해있던 예비대원과 합류했다.

숲 둔덕으로 뛰어오른 틸턴은 갑자기 터진 화승총 소리에 놀라 흙바닥에 바싹 엎드렸다. 가슴 고동이 쿵쾅거렸다. 정신을 가다듬고 사방을 두리번거리다가 등성이 위쪽 30미터 전방의 솔숲 옆으로 설핏 새나오는 파란 연기 가닥을 보았다. 매복한 조선군의 화승불 연기가 분명했다. 틸턴이 천천히 몸을 일으켜 10여 미터를 포복으로 접근했다. 나무 등걸 옆으로 화승 총신 끝부분이 삐죽 튀어나왔다가 다시 숨었다. 틸턴이 피스톨을 겨누어 두 발을 그 쪽으로 발사하고 숲을 향해 내달렸다.

틸턴이 쏜 곳은 복길이가 매복한 솔숲이었다. 권총 탄환이 복길이의 짚신 발 서너 치 옆에 박혀 흙을 튀겼다. 복길이가 더 이상 숨어 있을 수만은 없었다. 나무 등걸 옆으로 머리를 내밀고 달려오는 틸턴을 향해 화승총을 겨눠 방아쇠를 감았다.

틸턴은 왼쪽 수풀로 몸을 던져 가까스로 화승총 연환을 피했다. 땅바닥에 엎어진 그의 머릿속이 아찔하고 섬뜩했다. 아시아 함대의 해병대 지휘관 생활을 수 년째 해온 그다. 몇 번의 우발적인 총격전을 치러본 그였지만 화승총으로 미군과 맞서려는 동양의 병사는 지금까지 만나보지 못했다.

권총을 다잡은 틸턴이 포복으로 전진하다가 다시 벌떡 일어나 두 발을 발사하며 솔숲 뒤쪽으로 뛰어들었다. 그러나 숨어 있던 조선군은 감쪽같이 사라져 버렸다.

복길이는 소나무 뒤 덤불에 몸을 던지고 엎드렸다. 눈을 감고 귀를 열어 오로지 틸턴의 소리에만 집중했다. 눈을 감으면 나머지 신체 감각은 오롯이 귓바퀴에 의탁되고, 귓속에 전해지는 소리 가닥에 오감이 응결됐다. 고려 범을 기다리던 그 숱한 밤에 체득한 육감의 곤두세움이다. 볼 수 없는 상대는 소리로 느껴야만 실체가 그려졌다.

일곱 장 안쪽의 인기척이 느껴졌다. 위험이 다가왔지만 대적할 수단이 없었다. 쟁였던 화승총 실탄은 이미 날렸으므로 복길이가 든 화승총은 빈총이었다. 복길이가 다시 신경을 곤두세웠다. 기척이 불과 서너 장 앞으로 다가왔다.

이제 덤불도 그를 가려주지 못할 지경이다. 마음속으로 하나, 둘, 셋, 셈을 마친 복길이가 다가온 인기척을 향해 벌떡 몸을 솟구쳤다. 복길이 앞에는 시커먼 군복에다 권총을 든 미군 하나가서 있었다.

  벼락이 꽂히듯 나타난 조선군이 검지로 화승총의 방아쇠를 감
은 채 사나운 눈매로 틸턴의 이마에 총구를 정조준했다. 꿈쩍도
않는 서서쏴 자세였다. 틸턴은 그의 앞에 갑자기 솟구쳐 자신의
머리에 총을 겨누는 범 포수 앞에서 얼어붙고 말았다. 조선군은
불과 7~8미터 앞에서 절벽바위처럼 버티고 서 있었다.

  가늠자와 가늠쇠를 잇는 연장선에 틸턴의 이마가 얹혔고, 그
가 조금만 움찔거려도 화승총 총구가 적확(的確)하게 따라붙었
다. 조선군의 눈에서 분노가 출출 쏟아졌다. 틸턴이 그 눈총을
받아치면서 온몸이 뻣뻣하게 굳어갔다. 참으로 기이한 경험이었
다. 피스톨을 쥔 틸턴의 오른손이 벌벌 떨리며 손가락의 힘이 풀
렸다.

  온 몸의 맥이 풀린 틸턴이 피스톨을 손에서 미끄러뜨렸다. 마
치 그것이 신호였던 것처럼, 조선군이 틸턴의 이마를 겨누었던
화승 총구를 천천히 밑으로 내렸다. 찰나가 억겁처럼 더디 흘
렀다.

  조선군이 갑자기 몸을 돌려서 산자락 위로 달음질쳤다. 숲을
헤치고 달아나는 조선군을, 틸턴은 넋 나간 사람처럼 멍하니 바
라보고만 있었다. 권총을 쥐었던 빈손이 그때까지 바르르 떨렸다.

  틸턴은 머나먼 조선 땅에서 호랑이를 보았다. 혹은 말로만 들
어왔던 조선의 타이거헌터를 마주쳤다. 퍼뜩 제정신이 들었을 땐

복길이의 모습이 대모산 등성이 위쪽으로 사라진 뒤였다. 틸턴이 그제야 떨어뜨린 피스톨을 줍고 숲길을 내려왔다.

"따다다당!"

대모산의 봉수대 인근에 매복했던 예비대가 별동대원과 합류하여 일제사격을 했다. 80여 개 화승 총구가 지르는 벼락이 대모산을 쪼갤 듯 우렁찼지만, 해병 정찰대원과는 100장이 넘는 거리여서 저들의 몸통에 탄환을 박는 실속은 챙기지 못한 허당이었다.

틸턴 대위가 산등성이에서 내려와 정찰대와 합류하자 대모산 자락 뒤쪽으로 수색 나갔던 척후병 둘도 때 마침 숨을 헐떡이며 돌아왔다.

"매복한 조선군과 마주쳤는데 조준을 하기도 전에 사라져버렸고, 그 뒤를 쫓다가 번번이 놓치고 말았습니다. 도무지 사람 같지가 않았습니다. 마치 산짐승처럼 날랬습니다."

틸턴이 고개를 끄덕였다. 척후병 보고가 거짓이 아님을 그도 확실히 알았다. 방금 맞닥뜨렸던던 타이거헌터가 그랬기 때문이다. 틸턴이 해병 정찰대원의 대오를 수습하고 전열을 가다듬었다.

권총을 빼든 킴벌리 중령이 허겁지겁 틸턴 대위에게 달려왔다. 예상치 못한 조선군의 대모산 매복 공격으로 말미암아 상륙 지휘부는 비상이 걸렸다. 조선군이, 그것도 벌건 대낮에 미군의 진격

로 길목을 매복하여 화승총 일제사격을 퍼부으리라고는 상상조
차 하지 않았던 일이다.

지휘부가 틸턴 대위와 긴급 협의를 거친 뒤 작전 계획을 수정
했다. 광성보 진격에 앞서 조선군 매복부대가 웅크린 위험천만
한 대모산을 먼저 점령하는 쪽으로 가닥을 잡았다. 해군중대의
후열 방어도 강화하기로 했다. 광성보의 조선군이 미군의 선두
를 공격하고 동시에 대모산의 조선군 매복 부대가 미군의 후미를
기습한다면, 상륙군 전체가 고립되거나 퇴로를 차단당할 수도
있었다.

미군의 후방 경계를 위해 해군 3개 중대와 야포 5문을 따로 떼
놓기로 했다. 지휘부가 해병 본대에 대모산 봉수대 인근을 먼저
점령하라는 명령을 내렸다. 포병대에게는 대모산 정상에 야포 2
문을 추진하여 광성보를 사정권에 두라고 지시했다.

미군의 대모산 점령 공세가 즉각 시작됐다. 라이플 탄환이 참
빗 살처럼 대모산 숲 머리를 가르고 정상 쪽으로 뻗었다. 엄호 지
원사격을 받는 포병 대원들이 야포 2문에 까맣게 달라붙어 대모
산 자드락길 위로 힘겹게 끌어올렸다.

예비대의 선봉 분대장 부뜰이는 당황했다. 복길이의 별동대와
합류하고 나서 다음 매복지를 숙의하던 중, 내처 광성보로 진격
할 것 같던 미군이 갑자기 방향을 틀어 대모산을 치고 올라왔기
때문이다.

라이플 엄호사격을 받으며 치오르는 저들과는 애초에 맞총질을 할 상황이 아니었다. 부뜰이와 복길이는 더 이상의 매복과 기습 작전을 포기하고, 부대원 전원을 진무중군과 강계 어른의 당부에 따라 손돌목 돈대로 철수시키기로 했다.

복길이와 부뜰이가 즉각 부대원들에게 "사격을 중지하고 철수하라!"고 외쳤다. 그러나 아무도 총질을 멈추지 않았다. 두 사람이 애원조로 고함을 질렀다.

"돈대로 돌아가서 결전에 대비하자, 여기서 싸워봤자 승산이 없다."

시퍼렇게 독기가 올라있는 범 포수들이 지시를 따르려하지 않았다. 철수하라, 돈대로 돌아가자, 목이 잠기도록 호소했지만 따르는 범 포수는 몇 명에 불과했다. 방아쇠를 당긴들 저들의 몸통에는 총알이 닿지 않음을 잘 알면서도, 한 발을 쏠 때마다 화약과 연환을 쟁이기가 그렇게나 번거로웠음에도, 범 포수들은 기어코 물러나지 않았다.

화승총 한 방이 산 아래로 향하면 열 발, 스무 발의 라이플 탄환이 그 길을 따라 올라왔다. 범 포수 열두 명이 선홍 핏물을 수풀에 흩뿌리며 쓰러졌다. 복길이와 부뜰이가 엉엉 울고 통곡하며 범 포수들을 껴안고 "손돌목으로 돌아가세, 거기서 모두가 함께 싸우세!"라고 고함을 질러대자 그제야 하나 둘 철수하기 시작했다. 범 포수들은 죽어간 동료의 시신도 수습하지 못하고 도망치는 자신이 너무나 부끄러워, 굵은 땀방울에 섞여 범벅이 된 눈물과 콧물을 연신 손등으로 훔쳤다.

대모산은 30분 만에 미군에게 점령당했다. 미국의 병사들은 정상에 거치한 야포를 빙 둘러싸고 혈기왕성한 함성을 질렀다. 눈 아래 광성보와 손돌목 돈대 찰주소가 깔렸다. 2문의 암스트롱 야포 아가리가 찰주소 수자기를 겨눴다.

조선군과 미군이 광성보의 결전만 남겨 두었다. 미군 지휘부가 전선을 재정비하고 돌격 선두에 세울 해병대를 광성보 쪽으로 전진 배치시켰다. 선봉 공격대, 후방의 해군 전투중대, 그리고 대모산 점령군이 제자리를 잡았을 무렵 킴벌리 중령이 전체 미군의 휴식을 명했다. 그들은 강화도 주말 사냥의 대단원을 준비했다.

12장
산화(散花)

총의 울음

6월 11일 새벽을 깨운 바람은 돈대의 남쪽에서 불어왔다. 초지진에 상륙한 오랑캐의 날 비린내가 거기에 묻어있었다. 진무중군이 찰주소 아래 천막 거소에 기거한 지도 일주일이 흘렀다.

천막의 가리개 천은 워낙에 얇아서 이슬이나 바람 같은 한데 것들이 무시로 넘나들었다. 그로 말미암아 낮과 밤의 두서와 저문 날과 새날의 경계마저 모호했다. 병사들이 질러대는 고함과 총포소리와 날아다니는 화약가루 냄새 같은 부산한 것들이, 아무런 여과 없이 밤낮을 구분치 않고 천막 안으로 들이쳤다.

어재연은 신새벽에 풀어헤친 머리로 천막을 나섰다. 젊은 아병 하나가 세숫물을 떠놓고 기다렸다가 아침 인사를 올렸다. 까칠해진 얼굴과 검불이 달라붙은 머리카락을 대야 물로 씻어내고, 이내 천막으로 다시 들어가 머리 타래를 정수리 가운데로 모아 비틀어 붉은 동곳을 꽂았다.

말간 아침 햇살이 천막 안으로 들자 취사군 화병이 개다리소반에 받친 진중 아침밥을 가져왔다. 장군이 몇 술을 뜨는 둥 마는 둥 수저를 놓았다. 왼 버선만 신은 두 발목에 대님을 매고 홑바지 저고리 위로 붉은 갑옷을 걸치고 투구를 썼다.

갑주를 갖춘 진무중군이 천막 밖을 나서자 이현학 비장과 강계 포수가 다가와 목례를 올렸다. 장군으로 인하여 광성보 부대가 깨어나기 시작했다. 전투위치 투입이 완료된 병사의 복창과 군관의 구령이 왁자지껄하게 진지 성벽을 타고 오르내렸다.

어재연이 화승총목을 거머쥐고 찰주소에 올라 발아래 강화 해협과 남쪽 덕진진을 굽어보았다. 저 멀리 숨어있는 오랑캐의 형체는 아직도 가늠할 길이 없었다. 복길이가 끄는 별동대는 지금쯤 어느 야산의 숲속을 헤맬까, 부뜰이가 앞장선 예비대는……. 초조한 머릿속 생각들이 해협의 잔 물살처럼 꼬리에 꼬리를 물었다.

아침부터 햇살이 따가웠다. 싸리 채반에 담아 나른 주먹밥으로 전 부대원이 아침끼니를 때웠을 즈음이었다. 10여 리 아랫녘 덕진진 쪽에서 마치 화산 분화구가 터지는 듯한 소리가 들렸다. 그 소리와 진동은 어제의 몇 갑절로 증폭되어 쉼 없이 서로를 물고 늘어졌다. 포성이 울리면 곧이어 돌이 깨지는 깡마른 소리와 흙

더미를 뭉개는 퍼석한 진동음이 뒤따랐다.

남풍이 절규를 퍼 날랐다. 덕진진이 함포에 뜯기고 무너지매 조선군이 새까맣게 타 죽어 갔다. 맹수의 날고기 뜯는 비린내가 해협 골바람을 타고 끊임없이 광성보로 올라왔다. 먼 덕진진 자리에서 검은 연기가 단속적으로 피어나고 새빨간 불꽃이 나찰의 혓바닥처럼 날름거렸다.

덕진진의 하늘을 덮은 화염이 꺼져갈 즈음에 강화 진무영의 군량미를 실어 나르던 색리(色吏) 전용묵이 숨을 헐떡이며 달려와 장군 앞에 엎디었다.

"이른 아침에 서양 오랑캐 4~500명이 덕진진에 몰려왔는데, 하나같이 새까만 군복을 입고 있어서 마치 까마귀 떼 같았습니다."

해가 중천으로 치오르면서 뙤약볕이 이글거렸다. 그럼에도, 면갑 조끼와 투구를 쓴 병졸들은 딥단 내색을 않았다. 시시각각 조여드는 긴장이 서리가루처럼 광성보를 덮은 탓이었다.

진무중군이 비장에게 전투태세 돌입을 지시했다. 영하기가 오르고 다급한 전고소리가 울렸다. 실체를 마주한 적이 없던 서양 오랑캐를 오늘에야 만나게 될 터였다. 지난밤을 거의 뜬눈으로 지샌 장졸들이 핏발선 눈을 비비며 다시금 눈빛을 돋웠다.

지휘 군관들이 분주히 움직이며 진지별 임전태세를 점검했다. 성벽을 타 넘어오는 적과 맨손으로 맞서는 경우를 대비해 손에 쥐고 던질 수 있는 몽우리돌과 자갈, 모래를 성채 곳곳에 쌓았다.

그리 멀지않은 곳에서 총소리가 울렸다. 귀에 익은 화승총 소리가 먼저였다. 뒤이어 처음 들어보는 날카로운 총성이 뒤섞였다. 오랑캐의 총성이었다. 그 소리는 너무 깔끄러워 마치 대침으로 고막을 긁듯, 온몸의 진저리로 와 닿았다. 따따땅, 쇳소리의 연속음이 대모산 쪽에서 무더기지어 터졌다. 성가퀴를 두른 범 포수의 시선이 일제히 대모산으로 쏠렸다.

저 멀리 대모산 등성이 쪽에서 조선군 예비대와 별동대가 아랫길의 미군 병사와 격렬한 총격전을 벌이고 있었다. 찰주소에 오른 어재연이 대모산 언덕바지를 기어오르며 총질해대는 검은 깨만한 미군병사들을 보았다. 화승총을 감아 쥔 장군의 오른손 범아귀가 후두둑 떨렸다. 분노를 삭이려 어금니를 옹골지게 물고 있었다.

대모산 총격전은 30여 분 만에 그쳤다. 야포 2문이 정상 쪽에 오르고 미군병사들이 고함을 지른 뒤에는 적막이 찾아왔다. 찰주소를 내려온 장군이 황망한 표정으로 서 있자 강계 포수가 조심스레 다가왔다. 그의 얼굴이 일그러져 있었다.

"장군님…… 별동대와 예비대원이 기어이 오랑캐와 맞붙어 맞총질을 해댄 것 같습니다……."

"그 애들…… 복길이와 부뜰이가 앞장선 별동대와 예비대인데……."

"……."

돈대를 휘감은 초초한 적막이 30분을 넘겼다. 그때 돈대 바깥에서 컹컹컹 귀에 익은 호태의 짖어대는 소리가 들려왔다. 진무중군이 병력 몇을 신속히 돈대 석문의 바깥으로 내보냈다. 얼마 지나지 않아 거친 숨을 몰아쉬는 복길이와 부뜰이가 별동대와 예비대 병졸을 끌고 돈대로 들이닥쳤다.

장군과 강계 포수의 경직됐던 표정이 그때서야 풀렸다. 들이닥친 병사들은 온 몸에 땀과 피를 찍어 바르고 있었다. 80여 명의 병사가 찰주소 장군 앞에 도열하여 가쁜 숨을 골랐을 즈음에, 곁부축을 받는 부상자 대열까지 석문으로 들어왔다.

여남은 명이 사지에 총상을 입은 채 옷고름으로 상처 부위를 동여매거나 꺾은 나뭇가지로 부목을 대고 있었다. 장군이 뛰어나가 "신속히 진사의 빈방으로 데려가 상처를 씻기고 지혈 약재를 발라라" 채근했다.

도열한 병사들이 어재연 장군 앞에 무릎을 꿇었다. 복길이가 앞으로 나와 별동대와 예비대의 현황을 보고했다.

"열둘이 전사하고 열여섯이 다쳤습니다."

고개를 숙인 채 눈물만 떨어뜨리던 부대원들이 급기야 어깨가 들썩이는 울음을 터뜨렸다. 장군이 그들에게 다가서서 어깨를 도닥거려 주었다.

"안다, 내가 다 안다, 울지 말거라."

가만가만 그들을 어루만지며 속삭이듯 달랬다.

"다시 기운 차려서 화승총 연환을 쟁이자……. 그만 일어나거라."

어젯밤부터 내처 산비탈을 헤집고 다닌 복길이와 부뜰이의 꼬락서니가 말이 아니었다. 장군이 두 사람에게 일렀다.

"대원들을 막사에 데려가거라……. 가마솥에 대궁밥이라도 남았거든 물 말아서 허기를 때우고, 잠시만이라도 쉬거라."

장군이 휴식을 지시했으나 돈대의 경황은 누가 봐도 그럴 형편이 아니었다. 소맷자락으로 눈물을 훔치던 대원들이 하나 둘 일어나더니 다시금 화승총을 부여잡았다. 구름 한 점 없는 파란 하늘에 박힌 태양이 범 포수의 심장처럼 타올랐다. 진무중군이 손돌목 돈대의 석문을 걸어 잠그라 명했다. 300명 조선군이 사생결단을 채비했다.

오전 10시를 넘기며 미군의 광성보 함락작전이 시작됐다. 조선군 사령관이 주둔하는 손돌목 돈대가 최종 공격목표였다. 해병대와 해군 전투중대가 돌격을 준비하는 동안, 포병대의 야포와 강화 해협을 거슬러 올라온 포함 두 척이 지원사격에 나섰다.

야포가 먼저 포탄을 쏘아붙였다. 뒤이어 광성보 밑쪽의 남성두(南城頭) 해변까지 접근한 포함 모노캐시와 패로스가 함포를 발사했다. 패로스 함은 초지진 앞바다에 좌초했다가 만조 물살을 만나 다시 떠올랐고 그길로 모노캐시 함을 따라왔다.

대모산에 추진한 야포 2문의 주둥이가 광성보 일대를 겨눴다. 포탄 재고가 거의 바닥임을 확인한 포병 장교가 공병대와 신호병을 해협 언덕 쪽으로 보내 모노캐시 함이 싣고 온 예비 포탄을 있는 대로 긁어 오라고 명했다.

슈우웅, 바람을 가르는 소리가 손돌목 돈대의 새파란 하늘 지붕을 갈랐다. 맨눈으로도 보이는 시커멓고 기다란 포탄이 범 포수 머리 위를 날아갔다. 난생 처음 보는 오랑캐 포탄은 휘파람 소리를 꼬리에 매달고 돈대성곽 저 너머로 사라졌다. 이윽고 그 포탄이 닿아 흙구덩이를 짓는 땅울림이 돈대 바닥을 타고 와 범 포수의 팔뚝에 소름으로 맺혔다.

"컹컹컹……."

풍산개 호태가 언제 성가퀴에 올라갔는지 흉장 사이로 머리를 밖으로 내밀고는, 흰 이빨을 드러낸 채 맹렬히 짖어댔다. 호태는 포성의 근원을 향해 네발을 꼿꼿하게 성가퀴 바닥에 버팅기고 꼬리를 위로 치켜든 채, 짖을 때마다 뱃가죽이 출렁이도록 온몸의 분노를 쏟아냈다. 범 포수들이 여기저기서 함성을 질러 호태의 분노에 가세했다.

초탄의 꽁무니를 물고, 크기가 제각각인 포탄들이 무수히 날아들었다. 대구경에서 소구경에 이르는 수십 문의 함포가 보병의 야포와 함께 마구잡이 포격을 퍼부었다. 포탄은 손돌목 돈대만 겨냥한 것이 아니었다. 광성 포대와 용두돈대, 광성보 문루와 성곽 일대를 고루 겨냥하고 있었다.

진무중군의 화포 발사 명령도 그때 내려졌다. 영하기가 번쩍 들려져 해협과 대모산 방향으로 숙여지자 북과 날라리, 자바라가 다급하고 강파른 소리를 쏟아냈다. 광성 포대와 돈대 두 곳에 거치된 홍이포가 불을 뿜었고 불랑기와 대조총도 화염을 피웠다.

화승총 총목을 움켜 쥔 장군이 성가퀴를 돌며 범 포수들을 독려했다. 한 치도 흐트러지지 말고 제 위치를 지켜라, 놈들의 대포에 겁먹지 마라, 쉴 새 없는 잡도리로 독전했지만 그 소리는 피아간의 포성에 금방 묻히고 말았다. 장군의 뒤를 따르던 호태도 돈대 바깥을 향해 쉴 새 없이 짖어댔다.

저들이 쏘아대는 함포탄의 궤적이 손돌목 돈대로 모아졌다. 처음엔 돈대와 그리 멀지않은 곳에 탄착해 성채의 돌 벽을 흔들었다. 쿵쿵쿵……. 돈대 바깥의 산등성이나 계곡 아래에서, 그리고 그 소리들은 차츰 찰주소로 수렴됐다. 돈대 바깥 가까운 곳에서 작렬한 포탄에서 튀긴 흙과 돌이 성곽을 타 넘고 들어오기 시작했다. 김현경 천총이 찰주소에 오르려는 어재연의 앞을 가로 막고 섰다.

"장군, 참호로 피하셔야 합니다. 놈들의 총포가 모조리 찰주소로 향하고 있습니다."

장군의 갑주 소매를 끌었지만 완강하게 뿌리쳤다.

"이 좁은 돈대 안에서, 어찌 살아날 자리가 따로 정해져 있겠습니까!"

장군의 갈라터진 입술에서 핏기가 비쳤다. 천총이 뒷걸음으로 물러날 수밖에 없었다. 어재연이 화승에 불을 댕긴 총을 움켜쥐고 찰주소에 올랐다. 그때 야포 포탄 하나가 돈대 안으로 떨어졌다. 대기병대 조선군 몇 명의 몸통이 찢겨 성벽으로 날아가 달라붙었다. 돈대 돌담너머 저 멀리 녹두알 크기로 비쳤던 미군 병사들이 어느 사이에 서리태 크기로 다가섰다.

장군이 화승총 일제사격 명령을 내렸다. 날라리와 자바라가 높고 곧은 소리를 지르자 성가퀴를 둘렀던 200여 정의 화승총이 참았던 울음을 쏟아냈다. 쏘아도 맞지 않는 적을 향해, 손가락이 부르트도록 방아쇠를 당겨서 총탄을 날렸다. 오랑캐의 침노를 응징하고 범 포수의 심장이 뛰고 있음을 확인하는 방법은 그것 밖에 없었다.

이곳 광성보에서 5년 전 프랑스 오랑캐에게 졌던 빚을 어재연이 갚아나갔다. 그의 화승총이 화염을 뿜으면서 그동안 애써 참았던 울음을 쏟아냈다. 총이 울 때마다 그도 울었다.

그가 쏜 탄환은 까마득한 저들의 몸통에 닿지 못했다. 그러나 그것은 그리 중요하지 않았다. 조선의 무장으로 태어나, 조선 땅을 침략하는 무리들에 맞서서 그의 범아귀가 움켜쥐고 장전한 화승총 탄환을 맘껏 퍼붓는다는 사실이 무엇보다 소중했다.

화약과 연환을 장전하고 격발하는 동작을 예닐곱 번 거듭한 뒤에야, 그동안 어재연의 기도(氣道)를 막고있던 체증이 뚫렸다. 포성과 총성의 시끄러움에 묻혀버리고 말았지만 그때 어재연은 와하하, 세상에서 가장 통쾌한 웃음을 날렸다. 조선의 무골 하나가 찰주소에 우뚝 서서 마치 실성한 사람처럼 웃다가 울기를 반복하고 있었다.

　범 포수 하나가 성가퀴 흉장 사이로 머리를 디밀어 준적하다가 미군의 라이플 총탄에 맞았다. 머리가 호박돌에 맞은 수박처럼 으깨졌다. 또 한 발의 포탄이 돈대 병기고 지붕에 떨어졌다. 나무와 돌 파편이 하늘로 흩뿌려지고 조선군 예닐곱이 나뒹굴었다. 보이지 않는 곳에서 날아오는 총포탄이 마치 쇠갈퀴처럼 범 포수의 몸뚱이를 후벼 파고 긁었다.

　모노캐시 함이 쏘아올린 8인치 포탄이 병기고 부근에 떨어졌다. 엄청난 굉음이 일면서 기와가 산산조각으로 날렸다. 부근을 서성이며 짖어대던 호태가 즉사했다. 뒷다리 한 짝이 뜯어져나갔다. 붉은 피가 하얀 털을 순식간에 선홍으로 물들였다. 찰주소의 장군 곁을 지키던 강계 포수가 황급히 달려가 마지막 숨이 넘어가는 호태를 끌어안고 돌아왔다. 강계 포수의 눈망울이 초점을 잃어가고 있었다.

　풍산개 호태의 나이가 열다섯이었다. 인간으로 치면 환갑 진갑을 넘긴 노인이다. 험했던 2,000리 북참로 행군도 별포군과 함께했고, 야영막사의 경계를 도맡았다. 최근에는 근력이 급격히 떨어져서 조금만 내달려도 가쁜 숨을 몰아쉬던 호태였다.

　싸늘해진 호태의 몸통을 안은 강계 포수의 두 팔이 부들부들 떨렸다. 나이 서른에 새까맣게 타죽은 네 살 바기 아들 호태를 가습에 묻었고, 이제는 그 자식의 이름을 물려줬던 사냥개마저 그의 가슴에 묻어야 했다.

포탄이 날아들 때마다 조선군의 비명이 자욱해지며 돈대 안이 연옥으로 변했다. 범 포수 40명이 숨지고 20여 명이 중상을 입었다. 대기병대가 나서서 조각조각 흩어진 살점들을 끌어 모아 한데 붙여서 운구해 돈대 구석에 안치했다.

미군의 함포와 야포사격이 일순 멎었다. 얼마 안 있어 대모산 등성이의 미군들이 일제히 고함을 지르며 돈대로 진격해 왔다. 돈대 언덕의 아랫길에 멈춰있던 상륙군도 거기에 가세했다. 화승 총알을 아무리 먹여도 끄떡 않는 불가살(不可殺) 무리들이, 물먹은 화선지에 번지는 먹물처럼 손돌목 돈대를 조여들었다.

돌격에 앞장 선 해병대원은 검은 군복이었고 그 뒤에는 푸른 복장의 해군 전투병이 따랐다. 뭉뚱그려 까마귀 떼 형상을 지은 아귀 떼들이, 제각각 손에 쥔 라이플로 연사(連射)의 줄비를 돈대로 쏟았다.

범 포수들은 쏘고 또 쏘아도 끄떡 않는 까마귀 무리를 바라보다 한 순간에 허탈해졌다. 저들을 조준하러 성가퀴 터진 틈으로 얼굴만 내밀어도 어디서 날아오는지 모르는 라이플 총알에 머리통이 깨졌다.

바로 옆 동료가 순식간에 죽어나가면서 혼을 뺏기고 넋이 나간 범 포수가 늘어났다. 실전처럼 조련하여 강인하게 북돋운 결사대의 전의가, 늦가을 낙엽처럼 돈대 바닥으로 굴러떨어졌다.

방아쇠울에서 검지를 빼고 성가퀴 뒤에 주저앉아 멍한 표정을 짓는 범 포수가 늘어났다. 몇몇은 불심지가 꺼진 총을 바닥에 뉘여 놓고 두 손으로 뒷머리를 감싸안고 있었다. 이현학 비장이 환도를 쥐고 성가퀴 둘레를 휘젓고 다녔다.

"꿇지 마라, 허리를 세우고 탄환을 쟁여라."

악바리 고함을 질러 범 포수를 일으켜 세웠지만 떨치고 나서서 화승총을 거발하는 포수는 손가락에 꼽을 정도였다. 성가퀴의 범 포수들을 멍한 눈으로 쳐다보던 강계 포수가 다급한 목소리로 대기병대에 섞여있던 복길이를 불렀다.

복길이가 뜀박질로 어른 앞으로 달려갔다. 호태를 보듬었던 어른의 손과 저고리 소매는 말라붙은 호태의 피로 번들거렸다. 어른이 복길이를 쏘아보며 일렀다.

"나를 대신해 찰주소를 지켜라. 그리고 지금부터 어떤 일이 벌어져도 입을 열어서는 안 된다. 너는 진무중군의 곁을 떠나지 마라. 약속해야 한다. 알겠느냐?"

강계 어른의 심중을 헤아릴 길은 없으나 예삿일이 아님은 직감했다. 게다가 어른의 목소리가 워낙 둔중했으므로 감히 거역할 계제가 아니었다. 복길이가 다만 그러겠습니다라고 대답했다. 강계 포수가 피대의 약관 통 세 개를 헐어 화승총 약실에 화약을 차곡차곡 담더니 삭장으로 쑤셔서 다졌다. 복길이가 기겁했다.

"어, 어르신, 그게, 그렇게 하시면!"

강계 포수가 화약을 쟁이다말고 총신을 붙잡는 복길이의 팔뚝을 힘껏 쳐냈다.

"복길아, 말을 않겠다고 약속하지 않았느냐. 다시 한 번 이르마. 지금 이 시간부로 찰주소 장군 곁을 떠나선 안 된다. 알겠느냐?"

어른은 오금이 저리는 눈빛을 복길이에게 쏘았다. 다시 움찔해진 복길이가 "예……." 모기소리로 대답하곤 이내 고개를 떨어뜨렸다. 어른은 화승 총구에 연환 두 개를 박아 넣고 또 꽂을대로 다졌다. 그만한 화약을 터뜨리면 폭발 압력을 이기지 못하고 총신이 파열되고 만다. 복길이가 떨리는 목소리로 어르신, 어르신을 나지막하게 연호하며 이번엔 팔소매를 잡았다.

강계 포수가 소맷자락을 홱 뿌리치더니 복길이가 다시 붙잡을 겨를도 주지 않고 성가퀴로 뛰어 올랐다. 귀를 틀어막고 쪼그려 앉은 범 포수 사이를 헤집은 강계 포수가 어느새 성가퀴의 터진 사이로 6척 거구를 벌떡 일으켜 세웠다.

강계 포수가 오른뺨에 화승총 개머리판을 붙이고, 태산 같은 서서쏴 자세를 취했다. 성가퀴 둘레의 범 포수들이 놀란 눈으로 어른을 쳐다봤다. 어른의 화승총이 손돌목 돈대로 쇄도해오던 미군 병사 하나를 준적했다. 선두 대열에서 마치 뾰루지처럼 튀어 나와 앞장 선 병사였다. 그 해병에게 강계 포수의 화승총이 쾅앙, 벼락을 쳤다.

엄청난 불똥과 연기가 어른의 머리를 뒤덮었다. 연환이 발사되며 화승 총열이 찢어졌다. 두터운 쇠붙이로 감싼 화승총의 약실도 감당하지 못한 검댕화약의 노여움이었다. 강계 포수가 준적했던 해병대원이 악 소리와 함께 고꾸라지며 언덕 아래로 굴렀다. 핸러한(Hanrahan) 일병이었다. 강화도 전투 최초로 범 포수의 화승총에 사망한 미군 전사자였다.

놀랍게도, 강계 포수가 발사한 탄환은 50장(150미터)을 넘게 곧추 날아가 미군 병사의 이마를 뚫었다. 손돌목 돈대로 쇄도해 가던 미군 병사들이 상반신을 노출한 강계 포수에게 집중 사격을 퍼부었다. 그의 몸통이 수십 발 라이플 총탄을 고스란히 받아내고 돈대 안쪽으로 젖혀졌다. 쩍 소리와 함께 어른의 머리가 성가퀴 바닥을 부딪었다. 지켜보던 범 포수들이 경악했다. 여기저기서 비명이 터져 나왔다.

어재연 장군이 눈앞에서 벌어진 믿기지 않는 일에 장전하던 총을 놓고 벌떡 일어섰다.

"이럴 수가, 이럴 수가……."

몸서리를 쳤다. 장군 곁을 지키던 복길이가 어르신, 어르신을 연호하며 울부짖었다.

대기병대 뒤쪽의 부뜰이가 장창을 내려놓고 성가퀴로 뛰어올랐다. 핏물을 쏟아내는 어른의 몸통 앞에 무릎을 꿇은 부뜰이가 반쯤 이겨진 얼굴을 두 팔로 감싸 안고 자신의 가슴팍으로 끌어당겼다. 부뜰이의 저고리 앞섶이 선혈로 낭자했다.

울지도 않았다. 다만 고개를 하늘로 치켜 든 부뜰이가 으아
아……! 긴 단말마 괴성을 질렀다. 사람의 소리라 여기기 힘든 슬
픈 울음이었다. 부뜰이의 감긴 눈에서 붉은 물이 흘러내렸다.

틸턴 대위가 해병 돌격대 선두를 이끌고 진격하다 성곽 위에
몸을 세운 강계 포수를 목격했다. 어디선가 본 듯한 흔들림 없는
서서쏴 자세였다. 불과 몇 시간 전 대모산 솔숲에서 철벽처럼 서
서 자신의 이마를 겨냥했던 조선군의 사격 자세와 흡사했다. 더
욱 놀라운 사실은 그가 쏜 탄환이 화승총 사정거리 훨씬 밖에서
진격하던 해병대원을 쓰러뜨렸다는 것이다.

틸턴이 망연자실하여 그 자리에 멈춰섰다. 그가 발을 디디고
선 자리는 사람끼리 서로를 죽이는 전장이었다. 전투를 지배하는
원칙은 오로지 하나다. 상대를 죽이고 자신은 살아야 한다. 문득
성가퀴 위로 몸통을 드러내 스스로를 죽인 그 조선군의 모습에
서, 틸턴이 그때까지 간직했던 전장의 원칙은 고스란히 폐기되고
말았다. 묘한 경외감이 느껴졌다.

"자신을 죽여서, 미군에게 공포감을 안기는 저 조선군은 도대
체 누굴까……."

죽음을 두려워 않는 조선군의 전의가 불가사의했다. 그만이 아
니었다. 돈대를 향해 돌격하던 수백 명의 미군 병사들이 강계 포
수의 모습을 목도하고는 잠시 동안 그 자리에 얼어붙어 있었다.

강계 어른의 죽음은 한 바가지 마중물 노릇을 했다. 사기가 고갈돼 전의를 상실했던 범 포수들은 어른이 홀연히 내던진 목숨으로 말미암아 다시금 세찬 피 돌림을 이어갈 수 있었다. 무릎 사이에 얼굴을 묻고 눈과 귀를 막았던 범 포수들이 하나둘 등뼈를 곤추세워 화승총을 다시 쥐었다. 자바라와 날라리 소리가 드세지며 범 포수들의 악 받친 함성이 화승총 벼락소리에 섞여 돈대 안을 진동했다.

동료의 머리통이 눈앞에서 터져나가도, 그 자리는 또 다른 포수가 메웠다. 10여 분간 범 포수가 쏘아댄 총포 화염이 손돌목 돈대를 자욱하게 휘감아 회오리로 일었다.

범 포수들이 어재연 장군과 함께 숭고한 죽음의 제의를 치르고 있었다. 배역은 확연했다. 미군은 죽임의 역할을 맡았고 조선군은 오롯이 죽음을 껴안았다. 죽임의 배역은 언제나 도도하고 죽음의 연기는 대저 비굴하기 마련임에도, 범 포수 모두는 그러하지 않았다.

갑자기 라이플 사격이 그쳤다. 공성 돌격전을 대비하기 위해 손돌목 돈대의 언덕 아래에 미군이 집결을 마친 순간이었다. 300여 명의 미군 병사가 손돌목 돈대를 에워쌌다. 돈대의 범 포수들도 화승총 사격을 멈췄다. 사방이 조용해졌다.

정신을 수습한 범 포수들이 하나 둘 강계 포수의 시신 곁으로

모였다. 범 포수들에게 어른의 위치는 단지 초관의 벼슬아치가
아니었다. 함께 행군하여 강화도까지 와서 광성보 전투까지 이끌
어 준 백두산 어른 포수였다.

군부의 장졸들과는 확연히 다른 것이 범 포수의 근본이다. 그
들은 단지 호랑이와 싸웠을 뿐 사람과 싸우고 사람을 죽이는 훈
련은 받지 못했다. 그런 범 포수에게 저 무지막지한 오랑캐와 맞
서 싸울 용기를 불어넣고, 기꺼이 나라에 한 목숨을 바치게끔 가
슴속 버팀줄을 얽어 준 이가 바로 강계 포수였다. 범 포수들이 강
계 어른의 시신을 운구하여 40여 구 동료 범 포수 옆에 모셨다.
다리 하나를 잃은 호태도 강계 포수 옆에 뉘었다.

그 앞에 범 포수가 하나 둘 모여들어 무릎을 꿇고 고개를 숙여
서럽게 목 놓았다. 우직한 사내의 낮고 두터운 호곡이 하나씩 더
해졌다. 자바라와 북과 날라리가 사격을 독려할 때와는 달리 사
뭇 느리고 구성진 추임새를 넣었다. 애끓는 초상집 호곡이 돈대
담을 타고 넘어 언덕 아래에 집결한 미군 병사들의 귓가에 닿았
다.

"어이여, 어이여……. 아이고, 아이고……."

골등육비(骨騰肉飛)

미군 지휘부가 통신장교 휴스턴에게 함포와 야포의 사격 중지
명령을 내린 것은 오전 11시 경이었다. 그로써 한 시간 동안이나

광성보 일대를 두들기던 포격이 멎었다.

지휘부는 기가 찼다. 조선군이 항복할 기미를 전혀 내비치지 않았기 때문이다. 그 정도의 총포탄을 퍼부었으면 유럽 열강의 군대라 해도 진즉에 백기를 올렸을 터였다.

로저스 제독이 노린 조선군의 공포 체험이란, 항복하거나 도망쳐 살아남은 조선군이 느껴야할 몫이었다. 그들의 입소문으로 지옥 같은 포탄 세례의 끔찍함이 널리 퍼지고 급기야 조선 군부와 조정이 사시나무 떨듯 와들거려야 마땅했다.

광성보의 조선군은 로저스의 의도 따위는 깡그리 무시했다. 포탄을 두들길수록 더 똘똘 뭉쳤고 돈대의 출입문까지 걸어잠그고 미군에 맞섰다. 총포탄 불구덩이를 피해 도망가거나 항복해오는 조선군은 단 한 명도 없었다.

함포와 야포 사격만으로 광성보 함락을 자신했던 미군 지휘부가 즉석에서 회의를 갖고 손돌목 돈대를 지키는 저 악바리같은 조선군을 어떻게 처리해야 하나, 골머리를 썼였다. 설왕설래 끝에 백병전을 치르더라도 광성보 함락 임무를 완수하자는데 의견 일치를 보았다.

조선 범 포수와 미국의 정예군이 자그만 진지 하나를 지키고 뺏느라 백병전까지 치를 줄은 아무도 예상하지 않았다. 미국이 동아시아에 진출한 이래 중국과 일본에서 소총사격 근접전을 펼친 경우가 더러 있었지만, 대개는 라이플의 월등한 살상력을 경험하고 난 현지 병사들이 무릎을 꿇고 살려 달라며 싹싹 빌었다.

광성보의 조선군도 당연히 그럴 것이라 여겼지만 실상은 그 반대로 치달았다. 미군의 육상작전 총책임을 떠맡은 킴벌리 중령은 여간 곤혹스럽지 않았다.

지휘부는 상륙군 전원에게 손돌목 돈대 아래까지 진격하고 성채를 포위하여, 마지막 공성 돌격을 준비하라는 명령을 하달했다. 해병대와 해군 전투병이 일제히 사격하고 함성을 지르며 손돌목 돈대로 향했다.

11시 15분, 상륙군은 손돌목 돈대 언덕 아래 100여 미터까지 진격하고 성곽을 에워쌌다. 지휘부가 사격을 중지시키고 잠시 휴식을 명했다. 피아간의 총성이 멎었다. 중대별로 전열을 정비한 미군 병사들이 대검을 라이플에 꽂아 공성 백병전에 대비했다.

그때였다. 적막의 틈을 비집고 어디선가 음험한 분위기의 주문(呪文)소리가 흘러나왔다. 언덕 위의 손돌목 돈대에서 새어 나오는 기괴한 합창이었다. 단순 음률이 반복되는 음울하고 낮은 합창은, 수백 명이 한꺼번에 질러대는 지옥의 멜로디 같았다. 그 음험한 소리는 날카로운 나팔소리의 낮고 느린 협주와 신묘하게 뒤섞였다.

그것이 조선 남정네의 초상집 호곡임을 미군 병사가 어찌 짐작이나 할까. 난생처음 곡소리 합창을 들어보는 미국의 젊은 병사들은 파리하게 질렸다. 죽음을 예고하는 주술사의 저주 같았고 혼령이 질러대는 땅 끝의 울림 같았기 때문이다.

죽음을 부르는 애가(A dirge-like dirge chant)에 귀를 틀어막는 미군 병사가 늘어났다. 조선군의 호곡은 5분이 넘게 돈대 바깥으로 너울너울 흘러서 미군 병사들의 귓바퀴를 남실거렸다. 지휘부가 가만히 있을 수 없었다. 마침내 지휘관 하나가 병사들 앞에서 벌떡 고함을 질렀다.

"이건 미군을 홀리려는 조선군의 심리전이야. 귀담아 듣지 말고 그냥 흘려버려!"

킴벌리 중령은 분위기의 반전이 필요함을 느꼈다. 전 병사에게 차렷 자세와 함께 호곡보다 훨씬 큰 함성을 길게 내지르게 했다. 미군 병사들은 그제야 호곡의 환청을 벗었다. 지휘부가 손돌목 돈대 총공격을 서둘렀다.

"우리가 백병전의 최후 승리자다. 주저하지 말고 앞장서라!"

미군 병사들이 주말전쟁의 막바지를 향해 얼굴이 벌겋게 달도록 고함지르며 돌격했다. 11시 20분 경이었다. 손돌목 돈대 안에는 죽은 자가 절반을 헤아렸고, 살아있는 절반의 생명이 악으로 버티고 있었다.

해병 돌격대가 돈대로 향하는 언덕을 뛰어 오르자 성가퀴 사이로 다시금 화승 총구가 디밀어져 불을 뿜었다. 미군의 선두 공성조는 성벽에 걸칠 사다리 대여섯 개를 잡아 쥐고 언덕에 올랐다. 손돌목 돈대의 외벽 높이는 4미터가 넘었다.

해병대원 뒤쪽을 해군 중대가 따랐다. 맥킬베인 E중대와 맥키의 D중대가 나란히 대오를 지어 대기했다. 해병대원이 돈대 언덕배기 중간쯤에 닿자 해군 중대에도 진격 명령이 떨어졌다. 그 때 맥키 중위가 거친 숨을 몰아쉬며 갑자기 대오 앞으로 튀어 나오더니 해병 돌격대를 따라잡기 시작했다.

맥키의 신들린 뜀박질이 해병대원까지 뒤로 제쳤고 급기야 사다리를 들고 뛰는 공성조와 나란히 돈대 성벽 아래에 닿았다. 사다리가 성곽에 걸쳐졌다. 성가퀴의 조선군이 화승총을 재장전할 겨를이 없자 흙과 돌을 던지고 장창으로 찔러대며 저항했다. 사다리에 올랐던 해병대원 하나가 조선군이 던지는 돌에 맞아 아래로 굴렀다. 뒤따라 오르던 해병들이 엉거주춤 물러났다.

돈대 성곽으로 쏘아 올리는 라이플 엄호사격으로 범 포수들이 잇따라 죽어 나갔다. 죽어서 빈 자리는 이내 다른 범 포수가 대신 맡아 탄환을 쏘아 내렸다. 조선군의 완강한 수성에 해병대 선두 진열도 허둥댔다. 그 틈으로 맥키 중위가 밀치고 들어오더니 사다리에 올랐다.

해병들은 전투 교범에도 없는 해군 중위의 돌발행동을 놀란 눈으로 지켜봤다. 해병대 퍼비스(Purvis) 일병이 맥키 중위의 뒤를 바싹 따라붙어 사다리에 올랐다. 마침내 맥키가 돈대 성벽 위에 우뚝 섰다. 그가 조선군 최후의 요새, 광성보의 손돌목 돈대 성벽을 가장 먼저 밟은 미군이었다. 왼손에 칼을 들고 오른손엔 피스톨을 쥐었다.

돈대 안에 진치고 있던 조선군의 시선이 일제히 맥키에게 모아졌다. 더 이상 주춤할 겨를이 없던 맥키가 피스톨로 조선군의 머리를 겨냥하고 두 발을 당겼다. 머리가 터져나간 조선군 병사를 확인할 겨를도 없이 함성과 함께 칼을 휘두르며 돈대 안쪽의 성가퀴 바닥에 뛰어내렸다.

부뜰이는 화승총에 연환을 먹이고 대기하던 중이었다. 불과 10여 미터 떨어진 성곽 위의 맥키를 부뜰이가 가장 먼저 조준하였고 그가 뛰어내리는 순간에 방아쇠를 감았다. 하복부에 납 탄환이 박힌 맥키의 몸통이 성가퀴 둔덕을 굴러 돈대 바닥에 곤두박질쳤다.

대기병대의 살수병들이 달려들어 맥키의 몸통을 쑤시고 밟았다. 무모하리만큼 용감했던 맥키의 돌진으로 말미암아 그토록 완강했던 조선군 방어막의 한 겹이 허물어진 것이다. 해병 돌격대는 맥키가 뚫은 그 길로 속속 성곽을 타넘었다.

로저스 제독의 부관 슐리 소령이 막 성벽에 올랐을 때 조선군 하나가 저항하는 맥키의 옆구리를 장창으로 찔러대는 현장을 목격했다. 슐리가 피스톨로 조선군 창병의 머리를 겨누어 쏘았다.

거구의 해병대원 맥나마라(McNamara) 일병이 성가퀴에 올랐을 때, 흉장 뒤에 몸을 숨겨 총탄을 장전하던 자그만 범 포수 하나와 눈이 마주쳤다. 5척 단신 범 포수가 악에 받친 소리를 지르더니 미처 장전치 못한 화승총을 몽둥이처럼 휘둘러댔다.

맥나마라가 그의 화승총을 한손으로 낚아채듯 빼앗아 내동댕이쳤다. 범 포수가 단검을 뽑아들고 악다구니로 달려들었다. 그러나 조선군 환도보다 두 배는 더 길쑴한 라이플 총창이 범 포수의 가슴팍을 깊게 찔렀다. 몸통에 박힌 총창으로 꼼짝달싹 못하는 범 포수가 맥나마라를 향해 단검을 내쳐 휘저었으나 칼끝은 허공만 그어댔다.

맥나마라가 범 포수의 가슴팍을 군홧발로 힘껏 걷어차 총창을 뽑았다. 휘청거리며 뒤로 나뒹군 범 포수가 입안에 고인 핏물을 뱉어내며 입을 앙다물고는 다시 일어나서 덤벼들었다. 새파랗게 질려버린 맥나마라가 뒷걸음을 치다가, 범 포수가 잠시 휘청거리는 순간을 놓치지 않고 라이플 개머리판으로 머리통을 힘껏 돌려쳤다. 자그만 체수의 범 포수 하나가, 희고 붉은 꽃잎처럼 팔랑거리며 성벽 아래로 떨어졌다.

부상 입은 맥키가 찰주소로 끌려가고 있었다. 갑판 사관 맥켄지(McKenzie)와 병참 장교 로저스(Rogers)가 돈대 안으로 뛰어내려 맥키를 구하려 달려갔다. D중대 견습병 루크(Lukes)와 콜먼(Coleman) 일병도 달려들었다. 조선군이 속속 들이치는 미군을 에워싸고 찌르고 벴다. 맥켄지가 조선군의 칼날에 쓰러졌다. 루크와 콜먼이 맥키 구출을 포기하고 맥켄지만 겨우 구해냈다. 루크는 조선군의 창칼에 열여덟 군데나 찔려 돈대 바닥을 뒹굴었다.

해병대원이 돈대 성벽을 모두 타넘자 뒤에서 받치고 있던 해군 본진도 중대별로 사다리를 타고 올랐다. 병참 장교 프랭클린(Franklin)이 치명상을 입고 조선군에 끌려 간 맥키를 대신해 D

중대 지휘를 맡았다. 이윽고 돈대 안에는 범 포수보다 미군 병사의 숫자가 더 많아졌다. 피아 구분도 어려운 좁은 돈대 안에서 수백 명이 서로 뒤엉켜 서로를 찍거나 베어 벌겋게 환칠했다.

백병전에서도 미군 병사가 단연 우세했다. 신체적으로 조선군보다 팔이 길었고 거기에 화승총보다 긴 라이플을 쥐었으며 총구 끝에는 조선군 환도보다 더 긴 대검을 꽂았다. 그 총칼은 창만큼 길어서 마치 기다란 송곳처럼 조선군의 몸통을 드나들었다.

게다가 강철로 날을 벼린 미군의 대검은 조선군 환도보다 강도가 강했다. 피아의 칼날이 부딪쳐 불꽃을 튀기면, 예외 없이 조선군 환도만 댕강 부러졌다.

돈대 화약고가 불타면서 시꺼먼 연기가 하늘로 솟구쳤고 간간이 불꽃을 터뜨렸다. 뜨거운 6월의 햇살 아래 강화섬 한 켠에서 벌어진 피빛 살육제는 최고조를 향해 치달았다. 뼈가 튀고 살점이 날았다.

맥키 중위와 함께 성벽에 올랐던 해병대 퍼비스 일병이 찰주소의 영하기가 게양된 곳으로 달려갔다. 그 깃발을 조선군이 에워싸고 지켰으므로 조선의 국기일 것으로 지레 짐작했다. 백병전이 점입가경으로 치달으며 조선군이 흩어지자 퍼비스 일병이 그 순간을 놓치지 않고 깃발 끈을 풀어서 끌어내렸다. 브라운(Brown) 상병이 달려와서 도왔다.

언제 다가왔는지 목공병 헤이든이 가죽 가방에서 성조기를 꺼내 영하기를 뗀 자리에 걸었다. 범 포수 몇이 악을 쓰고 달려들며 성조기 끝자락을 붙잡고 늘어졌다. 미군이 권총을 쏘고 대검 총창을 휘둘러 조선군을 밀어냈다.

광성보에서 제일 높은 손돌목 돈대에 성조기가 올랐다. 강화해협에서 세 차례의 미군 함성이 울렸다. 모노캐시 함의 승조원이 성조기를 쳐다보며 지른 환호였다. 마지막 요새 광성보가 어느덧 함락의 골짜기로 치달았다. 그럼에도 불구하고, 조선군 사령관이 머무는 찰주소에는 미군들이 범접하지 못했다. 아병과 휘하 제장이 환도를 뽑아 들고 서슬 푸른 막을 둘렀기 때문이다.

틸턴 대위가 이끄는 해병들이 찰주소로 몰려갔다. 아병 몇이 지휘대에 올라있던 어재연 장군을 떠밀어 찰주소 아래 해자로 대피시켰다. 미군이 참호 입구를 이중 삼중으로 가로 막은 아병을 에워쌌다. 그때 어영청 초관 유풍로가 환도를 휘두르며 치고 나왔다.

"덤벼봐라, 네놈의 게걸대가리를 따버리겠다!"

그의 품새가 하도 대차고 입살이 섬뜩하여, 총창을 쥔 해병대원마저 흠칫하며 뒷걸음 쳤다. 총상을 입어 왼팔에 무명천을 동여맨 이현학 비장도 나서며 "물러서지 마라, 장군을 지켜라!"라며 쩡쩡거리는 쇳소리로 독려했다. 참호 입구는 장군의 아우 재순과 겸종 임지팽, 별장 유예준과 별동대장 복길이가 칼을 빼들고 막아섰다.

찰주소를 두른 아병들의 서슬이 워낙 시퍼래서 총창과 권총을 든 미군 병사들도 섣불리 덤벼들지 못했다. 그러나 팽팽하던 긴장은 오래가지 않았다. 해병 두 명이 고함을 지르며 뛰쳐나가 참호 진입을 시도했다.

김현경 천총이 해병을 가로 막으면서 "네놈을 발라주마!" 고함지르며 붕붕 환도를 휘둘렀다. 해군 장교 하나가 천총에게 권총을 겨냥하여 쏘았다. 천총의 가슴이 직격되어 피를 뿜었고 이내 그의 몸통이 뒤로 자빠졌다. 별무사 유예준이 뛰어나가서 쓰러지는 천총의 몸을 한손으로 붙잡고, 권총을 발사한 장교의 어깨를 환도로 내리그었다. 주위의 미군이 유예준의 오른쪽 허벅지에 피스톨을 쏘았고, 천총을 부축하던 유예준도 결국 고꾸라지고 말았다.

순식간에 두 사람이 쓰러지자 호위 겹의 한 모서리가 무너졌다. 그 틈으로 해병대가 돌진해 왔다. 초관 유풍로가 환도를 휘둘러 한 해병의 허리를 찔렀지만, 사방에서 뛰어나온 미군 총창으로 인해 장렬한 최후를 맞았다. 해병대원 서넛이 찰주소 참호로 뛰어들었다. 날카로운 총창 끝이 장군을 향해 고슴도치 바늘처럼 모였다. 찰주소가 무너지고 있었다.

접은 날개

황소마냥 날숨을 씩씩대며 참호로 쇄도하던 해병의 허벅지를 복길이가 환도로 찔렀다. 도허티(Dougherty) 일병이었다. 그가 비명을 지르며 흙바닥으로 굴렀다. 불과 서너 걸음 뒤에 서있던 틸턴 대위가 자신의 부하를 칼질한 조선군의 뒷머리를 피스톨로 겨냥했다.

방아쇠를 당기려는 순간, 뒤를 돌아보던 복길이의 시선과 정면으로 마주쳤다. 틸턴 대위가 흠칫 놀라 총구를 위로 들어올렸다. 그 눈매였다. 불과 몇 시간 전 대모산 언덕에서 그의 이마에 화승총구를 겨눴던 바로 그 눈이었다.

틸턴의 입에서 "아……!" 가느다란 탄식이 새나왔다. 피스톨 방아쇠울에서 손가락을 뽑았다. 자신을 살려 보내 준 그를 차마 쏠 순 없었다. 복길이가 주위를 에워싼 미군 병사들을 경계하는 사이, 틸턴이 그의 뒤를 몰래 다가가 권총 손잡이로 힘껏 뒷머리를 내리쳤다. 복길이가 머리통을 뒤로 젖히며 휘청거렸다.

하늘이 핑그르르 돌았다. 검은 군복과 흰 옷을 입은 사람들이 한데 엉겨 서로를 찔러대는 모습이 빙글빙글 돌았으나 그들의 고함은 더 이상 복길이의 귀에 들리지 않았다. 정신을 놓지 않으려 어금니를 물고 참호 속 진무중군의 모습에 시선을 맞췄다. 아득바득 용을 쓰며 다시 일어나려고 바둥거렸지만, 단지 손가락만 오그라들었을 뿐이었다.

허벅지를 찔려 주저앉았던 해병이 다시 일어나 어재연 장군에게 뛰어드는 모습을 복길이가 보았다. 장군의 아우 재순이 쇄도하는 해병을 가로막자 사방에서 튀어나온 미군의 총창이 그의 몸통 여기저기를 박았다. 진무중군이 자신을 향해 달려드는 해병에게 대성일갈하며 환도를 휘둘렀다.

장군의 환도가 도허티의 총창과 부딪히자 두 동강 나고 말았다. 장군은 손에 잡히는 데로, 참호 바닥의 흙을 뿌리고 불랑기 납 포탄을 던졌다. 다가선 도허티의 총창은 기어이 장군의 가슴을 깊숙이 찔렀다. 검붉은 피가 분수처럼 뿜어져 나왔다.

가물거리는 의식 속에서 장군의 마지막을 복길이가 보았다. 그 장면은 한 땀씩 한 땀씩 머릿속에 똬리를 틀었다. 복길이 입에서 허연 거품이 단말마와 함께 섞여 나왔다. 그가 고함을 지른다며 악을 썼으나 누가 보아도 입술만 조금 달싹거릴 뿐이었다.

"아…… 아버지……."

단지 가슴에만 담아 두어서 생전에는 불러보지 못한 이름이었다. 범 포수의 기개를 심어준 강계 어른과 강화도까지 그를 데려온 어재연 장군은, 그렇듯 가슴 속의 아버지로만 계셨다. 복길이가 아뜩하게 정신을 잃어갔다.

쓰러진 복길이 곁에서 두 팔을 벌려 미군의 총창을 막은 사람은 틸턴 대위였다. 해병 몇몇이 도허티를 찌른 복길이의 얼굴을 알아보고 욕설을 뱉으면서 총창을 찌르려했으나 틸턴이 완강한 손사래로 막았다.

"찌르지 마라, 그는 이미 정신을 잃었다!"

30분을 넘긴 조선군과 미군의 손돌목 백병전이 진무중군의 장렬한 전사로 고빗사위를 맞았다. 그때까지 50여 명의 범 포수가 살아남아 있었다. 머리를 땅에 박고 목숨을 구걸하는 구차함을 거부했던, 그럼에도 죽지 못한 범 포수들이 끝내 고개를 떨어뜨렸다. 그때 카랑카랑한 고함이 울렸다. 광성 별장 박치성이었다.

　"산 자는 용두 돈대로 달려가라, 거기서 배수진을 친다."

　용두 돈대는 해안 절벽 위에 서 있다. 성채 아래는 칼바위 무더기와 모난 돌이 박힌 개펄 밭이다. 손돌목 돈대와 100장 남짓 떨어졌고 50여 명의 범 포수가 그곳을 지키고 있었다. 허물어진 손돌목 돈대 성곽을 타넘은 범 포수들이 속속 용두 돈대로 향했다.

　맥킬베인 중위가 E중대를 이끌고 손돌목 돈대에 진입한 것은 백병전의 막바지 무렵이었다. 찰주소가 함락되고 남아있던 범 포수들이 썰물처럼 용두 돈대로 빠져나가자 맥킬베인은 돈대 안쪽을 헤집고 다니며 친구 맥키를 찾았다. 켜켜이 쌓인 조선군의 시체 더미를 헤집고 "맥, 맥키! 살아 있으면 대답 해봐!" 고함을 질러댔다.

　얼마 안 있어 어지러이 널린 조선군 사체 옆 흙바닥에 누운 상처투성이의 맥키를 발견했다. D중대 병사 두 명이 그들의 중대장이었던 맥키 곁에서 상처 부위를 거즈와 손바닥으로 덮어 누르고 있었다. 맥킬베인이 맥키를 나지막하게 부르며 그의 머리통을 두 손으로 감쌌다. 맥킬베인을 알아 본 맥키가 눈을 가늘게 뜨곤 입술을 움직였다.

"맥…… 나는 죽을 것 같아, 너무 아파……."

그의 상처를 하나하나 살폈다. 온통 총상과 자상이었다.

"상처가 많아. 그렇지만 이 정도로 사람이 죽을 것 같지는 않아"

맥킬베인은 그렇게 말해 줄 수밖에 없었다. 맥키가 씩 웃었다.

"그렇다면 그건 네가 잘못 본 거야. 이번엔 네가 틀렸어."

그가 힘없이 말했다.

맥키가 갑자기 어금니를 꽉 깨물었다. 통증을 이겨내고 있었다. 맥킬베인이 바르르 경련을 일으키는 맥키의 왼쪽 뺨을 손바닥으로 가만히 눌러주었다.

"전쟁은 끝났어……. 우리는 이제 미국의 집으로 돌아가야 해."

맥키의 눈꺼풀이 힘없이 감겼다. 그때 의무병과 함께 돈대에 올라온 군의관 웰즈(Wells)가 맥키에게 다가왔다. 상처를 확인한 그가 즉각 의무병에게 모노캐시 함으로 후송하라고 지시했다. 맥킬베인이 들것에 실린 맥키의 손을 잡았다.

"치료를 받으면 나을 거야……. 마음을 단단히 먹어."

맥키가 힘없이 웃으며 손을 내밀었다.

"내 친구 맥, 여기서 작별인사를 해야겠지. 널 더 이상 볼 수 없다면 말이야……."

맥키의 손이 얼음처럼 차가웠다. 그를 떼어놓고 자신의 중대원에게 달려가던 맥킬베인은 걸음을 뗄 때마다 컴컴하고 칙칙한 나락으로 떨어지는 기분이 들었다. 안녕을 고하던 친구의 모습이 그 나락의 끝에서 내내 어른거렸다.

지휘부의 킴벌리 중령과 제독의 부관 슐리 소령이 피스톨을 손에 쥔 채 무너진 손돌목 돈대의 석문을 들어서다가 문득 발걸음을 멈췄다. 사방으로 흩뿌려진 핏물과 널브러진 조선군의 시신, 불과 두어 시간 전만 해도 피가 통하는 신체부위였을 조선군의 뼈와 살점 조각들이 아무렇게나 나뒹굴고 있었다. 킴벌리 중령이 착잡한 표정으로 독백 같은 말을 이었다.

"난 누가 잘했고 누가 잘못했는지, 혹은 왜 이 전투가 벌어졌는지 그런 걸 따지기는 싫습니다. 단지, 이 끔찍한 전투가 끝났다는 것에 오로지 하늘에 감사할 따름입니다……."

슐리 소령은 하늘만 올려다보고 있었다. 정확하게는, 눈앞의 참혹함을 외면하려 눈을 감고 있었다. 그때 돈대 안이 갑자기 술렁였다. 살아남았던 조선군이 일제히 무너진 성벽을 타넘고 용두돈대로 몰려갔고 그들을 쫓는 미군의 고함소리가 곳곳에서 터졌다.

슐리 소령이 조선군을 따라잡는 미군 병사들을 향해 "생포하라, 생포해서 항복을 받아내라, 절대로 죽이지는 말라!" 연거푸 고함을 질렀다. 광성보가 이미 함락된 지금, 더 이상의 조선군 사살은 범죄행위에 지나지 않았다.

용두 돈대로 달려가던 조선군 몇이 미군 병사에게 붙잡혔다. 예외 없이 눈을 홉뜨고 칼을 휘둘러 생포당하기를 거부했다. 총창으로 찌르면 혀를 깨물고 자진했다. 다리 부상으로 겨우 걸음을 떼던 범 포수는 미군이 다가오자 자신의 칼로 목을 찔러 피를 쏟으며 고꾸라졌다. 생포한 조선군은 의식을 잃고 쓰러진 부상병뿐이었다.

황망해진 미군이 추격을 중단했다. 정신이 멀쩡한 범 포수는 단 한 명도 목숨을 구걸하지 않았다. 해병대원을 지휘하던 틸턴이 눈앞의 광경에 할 말을 잃고 단지 멍하게 서 있었다. 저리도 강한 자존심을 가진 조선군의 생명들이, 너무 허무하게 꺼져가는 눈앞의 현실이 도무지 믿겨지지 않았다. 꺼져가고 있었다. 조선에 원정 온 이후 처음으로, 틸턴은 광성보 전투에 앞장 선 자신을 타박하고 책망했다.

"미국은 왜 이런 미치광이 전쟁 놀음을 벌이며, 나는 왜 거기에 앞장을 서야 했을까……."

손돌목 범 포수들이 용두 돈대로 몰려가 그곳을 지키던 범 포수 50여 명과 합류했다. 병력이 100여 명으로 불어났으나, 더는 장전할 화약도 연환도 없었다. 총을 내린 그들이 환도와 단검을 빼들었다.

언제든지 그들을 죽일 수 있는 미군의 라이플 앞에서, 범 포수들은 칼을 하늘로 쳐들고 휘저으며 바락바락 악을 써댔다. 사기를 북돋아 스스로를 돕는 지독한 투혼이었다.

미군 지휘부가 고민에 빠졌다. 칼로 버티는 조선군에게 라이플을 조준하여 사격하는 일은 명예로운 미군이 할 짓이 아니었다. 그렇다고 조선군과 마찬가지의 칼을 들고 승부를 결정지을 일도 아니었다. 일부 미군 지휘관은 몸서리쳐지는 백병전을 다시금 떠올린 듯 일제사격으로 조선군을 몰살시키고 지긋지긋한 강화도 전투를 여기서 끝내자고 했다. 킴벌리 중령이 그의 말을 되받아 더 이상의 총격 사살은 안 된다고 선을 그었다.

고심 끝에 결단을 내렸다. 해병대원들에게 대오를 갖추게 하고 소총에 대검을 꽂고 생포 작전을 전개하라고 지시했다. 앞에 총 자세로 열을 지은 미군 병사들이 용두 돈대를 향해 발맞추어 행진했다.

예상치 못한 일이 일어났다. 환도를 휘두르며 범 포수 앞에 서서 사기를 북돋우던 박치성 별장이 갑자기 해변 쪽 성가퀴에 뛰어오르더니, 우악스런 함성과 함께 해협의 물 벼루로 몸을 던졌다. 그러자 범 포수들이 별장의 뒤를 이어 한 명, 두 명 뛰어 내리기 시작했다. 돈대로 다가가던 미군들은 당황한 나머지 행진을 멈추고 말았다.

상륙 지휘부는 더욱 곤혹스러웠다. 그대로 두었다간 투신하는 조선군이 더욱 늘어날 것 같았다.

"신속히 돈대 안으로 진입하여 더 이상의 조선군 투신을 막아라!"

다급한 명령에 미군 병사들이 용두 돈대로 뛰어갔다.

미군 병사들이 돈대에 들어섰을 때였다. 돈대에 남아있던 범 포수들이 한꺼번에 우레 함성을 지르며 절벽 아래로 몸을 날렸다. 순식간에 용두 돈대가 텅 비고 말았다. 불과 몇 분 전까지, 100여 명의 범 포수들이 칼끝을 치키고 함성을 질렀다는 사실이 새빨간 거짓말 같았다.

지휘부가 다급하게 용두 진지로 뛰어가 돈대 성가퀴 아래의 해안절벽을 내려다보았다. 무수히 많은 뾰족 바위들에는 흰옷에 붉은 피를 묻힌 조선군이 포갬포갬 엎어져 있었다. 해협 물살이 때마침 고조(高潮)여서 개펄로 떨어진 병사들은 모두 익사하고 말았다.

백로는 까마귀 떼와 섞이기 싫었다. 하얀 깃털을 버릴까 차라리 이 세상을 버렸다. 범 포수들은 지난 몇 달간의 곤한 여정을 마치고 종착역 객사에 다다른 나그네처럼, 벼랑의 칼바위 위에 포근히 누웠다. 부뜰이도 거기서 안온한 얼굴로 잠들었다.

13장

강화의 빈 하늘

승리한 패전(Victorious Failure)

찰주소가 무너지고 용두 돈대의 범 포수들이 자진하자 광성보에는 미군 장졸만 남았다. 강화의 하늘이 그로부터 텅 비었다. 1871년 6월 11일 낮 12시 45분이었다.

광성보는 농 뿌리를 도려낸 자리처럼 피와 체액으로 흥건했다. 범 포수의 마른 울음이 바닥과 벽 여기저기에 피 곱똥처럼 들러붙었다. 유월의 싱그러운 강화 신록조차 붉은 흔적을 지워내지 못했다.

틸턴 대위가 넋 나간 사람처럼 배회했다. 손돌목 돈대에서만 40여 구 조선군 사체가 포갬포갬 엎어진 것을 목격했다. 대부분 까맣게 탔거나 총탄이 머리를 관통했다. 포함 모노캐시의 8인치 포탄에 그을려 즉사하거나 성가퀴의 틈에 얼굴을 내밀었다가 저

격당한 모습이었다.

손돌목 돈대는 미군 원정대가 끌고 온 기함 콜로라도의 갑판 면적보다 작아보였다. 틸턴은 그 자그만 땅뙈기를 빼앗기지 않으려 무수한 조선군이 죽음도 불사한 현실을 믿을 수 없었다. 성가퀴에 올라 발 아래의 강화 해협을 물끄러미 내려다보았다.

급하게 흐르는 물살은 수도 없는 잔물굽이를 만들며 조잘거렸다. 해협이 퍼 올린 물소리는 강화의 산등성이에서 깔리는 산새 소리와 어우러지며 쉴 새 없는 귀엣말을 들려주었다. 너희가 총칼로 이 땅을 뺏어서 성조기를 꽂았다만 우리는 결코 허락하지 않겠다. 강화의 산하가 절규하고 있었다.

오후 1시, 연락장교 휴스턴이 패로스 함을 타고 나가 인천 앞바다에 머물고 있는 로저스 제독에게 광성보 함락의 찬란한 승리(Brilliant Victory)를 보고했다. 블레이크 중령이 광성보 현지에서 상륙작전을 지휘한 킴벌리 중령에게 병력 철수를 지시했다. 그러나 킴벌리는 백병전으로 말미암아 심신이 지친 병사의 휴식을 건의하면서 하룻밤 숙영할 것을 제안했다. 미군 병사들은 2박 3일의 주말전쟁 마지막 밤을 광성보에서 보내게 됐다.

승리한 병사들의 뒤풀이가 시작됐다. 광성보 무기고와 화약고, 군막과 진지 건물을 닥치는 대로 불지르고 파괴했다. 원정 기념품이 될 만한 물건을 찾으려고 조선군 사체까지 뒤적거렸다. 본국으로 돌아가 자신이 조선 땅에서 펼친 무용담을 증명할 마땅한 물증이 필요했다.

지휘부의 명으로 조선군 사체 수습에 나선 병사들이 광성보 곳곳에 널려있던 시신 243구를 찾아냈다. 찰주소 참호에는 진무중군과 동생 어재순, 진무영 천총 김현경과 대솔군관 이현학, 별포군 초관 강계 포수와 장군의 겸종 임지팽을 가매장했다. 뒷다리가 절단되고 포탄 파편이 박힌 풍산개 호태의 사체도 거기에 묻었다.

나머지 시신들은 손돌목 돈대의 언덕 아래 비탈에 구덩이를 파서 차곡차곡 쌓고, 마른 나뭇가지와 섶을 덮어 불을 질렀다. 사체의 부패방지를 위한 임시조치였다. 불길이 닿은 사체는 피부가 부풀었고 팽창한 복부가 터져 퍽퍽 소리를 냈다. 용두 돈대의 절벽에 뛰어내려 자결한 100여 명 조선군의 시신은 수습을 포기했다.

오후 6시경 강화 해협 한 가운데에 정박했던 모노캐시 함에서 보트 한 척이 광성보로 건너왔다. 연락장교가 맥킬베인을 찾아와 맥키가 방금 숨을 거뒀다는 소식을 전했다. 맥킬베인이 이를 악물고 고통을 이겨내던 그의 마지막 모습을 떠올리곤 고개를 숙였다. 친구를 먼저 보낸 슬픔을 이겨내려, 이번엔 그가 눈을 감고 어금니를 꽉 깨물었다. 스물일곱 휴 맥키가 미국에서 태어난 날은 4월 23일이었다. 공교롭게도 그가 강화도 초지진을 상륙했던 날의 음력 날짜도 4월 23일이었다.

이틀간의 전투에서 미군은 라이플 실탄통 1,300개를 헐었다.

강화도에서만 52,000발의 미니에 볼 탄환을 쏘았다. 조선군이 응사한 화승총 연환은 10,000발을 겨우 넘겼다. 조선군 포로는 모두 20명이었으나 중상자 4명은 몇 시간 만에 숨을 거뒀다. 미군 사상자는 13명으로 맥키 중위를 포함한 3명이 전사했고 경상자와 중상자가 각각 5명이었다.

해군 D중대원이 광성보에서 노획한 조선군 금고 깃발과 화승총, 불랑기, 조선 군관의 철모를 따로 묶었다. 그 짐은 맥키의 유품과 함께 꾸려 렉싱턴의 맥키 어머니에게 보냈다. 상륙군 지휘부는 맥키의 용감한 죽음을 기려 광성보를 맥키 진지(Fort Mckee)라 부르기로 했다.

6월 11일의 노을은 범 포수가 흘린 핏물만큼 빨갛게 타오르다가 꺼졌다. 한낮의 백병전을 증거했던 광성보의 무수한 붉은 흔적들은, 검은 외투를 걸친 밤이 찾아들며 까맣게 지워져갔다. 강화 해변의 조가비는 어제도 그랬듯 오늘도 잔 썰물에 쓸려나갔다가는 잔 밀물에 다시 밀려왔다.

야전 식량으로 마지막 저녁식사를 마친 미국 병사들은 수학여행의 마지막 밤을 보내는 떠꺼머리들처럼, 밤늦도록 끼리끼리 모여 시시덕거리던가 혹은 우렁찬 군가를 불러댔다. 그날 밤은 광성보 언덕 마루에 야영막사를 치고 전방 경계병 몇 명만 남긴 채 장졸 모두가 편히 잠들었다.

6월 12일 아침 7시, 미군 병사 전원이 광성보 아래 해변에 집결하여 보트와 단정에 올랐다. 출항 때와 마찬가지로 포함 모노캐시의 꽁무니에 보트들이 조롱조롱 매달려 작약도 정박지로 향했다. 병사들은 승리의 에너지로 충만해 있었으므로 보트가 작약도에 닿을 때까지, 잠시도 쉬지 않고 왝왝, 승리의 노래를 합창했다.

상륙 전단이 작약도에 닿자 로저스 제독이 기함의 이물 갑판에서 두 팔을 활짝 벌려 그들을 맞았다. 블레이크 중령이 광성보 승전 소식을 구두 보고하자 로저스는 준비해 두었던 승전 축하 훈령(Congratulatory Order)을 낭독했다.

"자유와 정의를 사랑하고 진취적인 미국과 미국인의 노력은 머나먼 아시아의 조선까지 활동영역을 넓혔다. 우리는 오늘의 이 승리를 발판으로 미국의 이익을 더욱 확장하는 쾌거를 이뤘다. 승리의 영광은 오로지 우리의 자랑스러운 조국 미국의 것이다."

노획물로 인하여 승전이 더욱 빛났다. 광성보의 찰주소에 걸렸던 수자기와 조선군 깃발 50개, 화포류 481문을 일일이 살핀 로저스가 연신 싱글벙글거렸다. 노획물은 미국까지 모셔가야 했으므로 겹겹이 포장하고 감싸서 선창 깊숙한 곳에 보관케 했다.

로저스가 특히 좋아한 전리품은 조선군 사령관이 찰주소에 내걸었던 깃발, 수자기였다. 강화전쟁에서 자신의 카운터파트너였던 조선군 사령관이었으므로 더욱 뿌듯한 느낌이 들었다. 부관에게 수자기는 선창에 넣지 말고 기함 마스트에 높이 달라고 지시했다. 그 깃발을 쳐다보는 것만으로도, 대원군이 보낸 불깐 황소로 인해 상처를 입었던 자존심이 말끔히 치유됐다.

미군은 지난 이틀간 조선군과 강화도 전투를 벌였으며 누가 보아도 완벽한 승리를 거뒀다. 로저스가 그 엄연한 승전에 한껏 고무돼 있었다. 그러나 그 찬란한 승리는 미군의 광성보 철수 직후부터 희한한 모습으로 일그러지기 시작했다.

강화도의 조선군을 몰살시키고 그들의 진지를 초토화시키면 조선군과 조선 조정이 겁을 집어먹고 무릎을 꿇을 줄 알았다. 때문에 눈에 띄는 모든 것들을 파괴하고 불 질러 시꺼먼 재로 만들어 놓았으나 강화도의 조선군은 누구 하나 항복하지 않았고 차라리 자결을 선택했다. 강화도를 지킨 범 포수의 머릿속에 똬리를 튼 옹골진 투혼은 한 치도 구부리지 못했다.

또 강화 섬 진지의 함락과 조선군의 전멸 소식에 조선 조정이 분노했다. 미국 함대와 주고받던 장대편지마저 중단하고 일제히 미군을 성토하고 나섰다. 조정의 증오와 적개심이 두께를 더해가자 난감한 쪽은 전권공사와 제독이었다. 광성보를 철수한 다음 날인 6월 13일, 로 전권공사가 조선 조정과 대화 창구를 복원하기 위한 카드 하나를 끄집어냈다.

비서 드류의 명의로 강화 전쟁 때 생포한 조선군을 무조건 석방할 테니 협상단을 보내라는 서찰을 정기원 강화 유수에게 보냈다. 이윽고 답장이 왔다. 답서는 분노한 어조로 보복 하겠다는 맹세를 되풀이했다. 미군이 제의한 조선군 포로석방에 대해서는 '적군인 미군을 따라가서 목숨을 부지한 포로는 미군과 한 통속이니 중죄인이나 다름없다. 죽이든 살리든 너희 맘대로 하라'고 했다.

미군의 찬란한 승전은 조선과의 통상조약의 물꼬를 트기는커녕 사나운 말벌이 잉잉대는 벌집을 꼬챙이로 들쑤신 것에 불과했다. 강화도 대첩은 만 하루만에 미군 수뇌부의 애물단지로 전락하고 말았다.

게도 구럭도 다 잃었다. 이참에 한강을 치고 올라가 한양 4대문을 포격해서 쓸어버려야 그 옹고집 대원군이 무릎을 꿇을까, 로저스가 끙끙댔다. 그러나 더 이상의 확전은 현실적으로 불가능했다. 포탄 재고가 이미 바닥을 드러냈고, 아시아 함대 전력의 대부분을 조선에 끌고 왔기 때문에 중국과 일본에 남은 전력을 긁어모아도 그리 큰 도움이 되지 못했다.

포탄이 넉넉하고 미국 전투병이 대폭 증원돼 한양과 대궐을 박살낸다 한들, 그곳의 장졸과 백성이 죄다 범 포수처럼 눈을 부라린다면 그때는 또 어떻게 할 것인가. 미국 정부가 거국적으로 지원하여 조선 천지를 초토화시킨들, 조선 사람들의 그 꼬장꼬장한 기개를 꺾지 못하면 아무런 소용이 없음을 로저스가 깨닫고 있었다.

생뚱한 방향으로 치닫는 강화전쟁의 여파에, 하릴없이 한숨만

지어대던 로저스가 마침내 참모 지휘관들을 모은 뒤 곤혹스런 표정으로 운을 뗐다.

"조선군 포로는 치료가 더 필요한 중상자만 제외하고 모두 풀어주어라. 조선 관아나 군부가 포로를 인수하지 않겠다면 민간인 거룻배라도 붙잡아 강제로 태워 보내라. 이유는 묻지 말기 바란다."

살아남은 자의 멍에

복길이가 눈을 떴다. 정신은 돌아왔으나 온 몸을 꼼짝달싹하지 못했다. 복길이의 몸통과 사지는 로프로 묶여 있었고 입에는 거즈가 물려 숨 쉬는 것 말고는 아무 것도 할 수가 없었다. 구석자리에 열 명의 조선군 경상자 포로가 복길이처럼 꽁꽁 묶여 있었다. 자진하지 못하게 꽁꽁 동여 맨 것이었다.

조선군 포로가 수감된 곳은 모노캐시 함의 야전 의무실이었다. 천정 곳곳에 매달린 등유 램프가 선실을 대낮처럼 밝혔고, 한쪽에 늘어 선 부상자의 침대 사이를 의료진이 바빠 오가며 치료하고 있었다. 병실 가득 비명과 신음이 안개처럼 깔렸다.

미군 병사뿐만 아니라 조선군 부상자도 수술을 받거나 응급처치를 받았다. 혼수상태에 빠진 몇몇 조선군 중상자는 발가벗겨진 채 수술을 기다리고 있었다. 의무병 10여 명이 미군과 조선군 부상자 사이를 오가며 환부의 핏물을 닦아내고 붕대를 갈았다.

외과 수술 군의관 세 명이 칼이나 톱, 자그만 손도끼로 총상 환자의 상처 부위를 절단했다. 조선군 부상병의 맞은편에는 미군 부상병들의 침대가 놓여 있었다. 미군 부상병의 침대 한쪽 구석에는 흰 천을 덮은 미군의 시신도 보였다.

조선군 중상자는 팔 다리 총상이 많았다. 머리를 조준한 라이플이 빗나간 부위였다. 어재연 장군을 측근에서 호위했던 유예준 도령장은 오른쪽 다리에 관통상을 입어 출혈이 심했다. 군의관이 섣불리 칼을 대지 못하고 지혈만 해댔다.

살수병 조일록은 오른 팔뚝에 총알이 박혀 뼈가 으깨지고 대부분의 살점이 떨어져나가는 중상을 입었다. 침대에 누운 그에게 군의관 하나가 클로로포름(Chloroform)을 듬뿍 적신 거즈로 입과 코를 틀어막았다. 조일록이 의식을 잃자 군의관이 수술용 칼과 톱으로 오른팔의 절반을 잘라냈다.

총상과 함께 몸통 여러 군데에 포탄 파편이 박힌 조선군 하나가 막 수술을 받고 있었다. 수원 병영에서 차출된 별무사 이산석이었다. 총상 주위가 납 중독으로 시퍼렇게 변해있었다. 의식을 잃은 그의 몸을 의무병 둘이 붙잡았고 군의관이 메스를 찔러 곳곳에 박힌 포탄 파편을 빼냈다.

조선 사람으로 보이는 청년 서너 명이 부상병 사이를 다니며 일일이 몸을 흔들고 움직여서 "다친 곳이 더 없느냐, 아프지 않으냐"고 물었다. 그들은 로 전권공사가 중국에서 데려온 조선인 난

파 선원들이었다. 부상 부위를 확인하면 곧바로 미군 의무병에게 달려가 손짓과 발짓으로 전했다.

복길이가 기억을 되짚어 나갔다. 불과 몇 시간 전에 총탄을 맞고 총창에 찔려 세상을 뜬 강계 어른과 어재연 장군의 환영이 그의 머릿속에서 찬찬히 되박아졌다. 두 아비를 한 날에 잃었으나 옆자리에 있던 그가 지켜내지 못했다. 살아남은 불효자식의 욕된 명에가 자꾸만 그의 속에서 무거워져 갔다.

부질없는 목숨을 끊고 싶었으나 묶인 몸으로는 아무 것도 할 수가 없었다. 목청껏 큰 소리로 울었다. 그러나 재갈이 물려진 입에서는 단지 우우, 신음 소리만 새어 나왔다.

몇 시간이 그렇게 지났다. 반짝이는 가죽 군화를 신은 미군 하나가 복길이 곁에 다가왔다. 그가 의무병과 몇 마디 이야기를 나누더니 복길이가 누운 자리 옆에 쪼그리고 앉았다. 손을 뻗어 복길이의 뒷머리 상처 부위를 살피고는, 다시 한 번 의무병을 불러 설명을 듣고 고개를 끄덕였다. 복길이가 한눈에 그를 알아봤다. 대모산 솔숲에서 자신과 총을 마주했던 미군 선봉대 지휘관이었다.

틸턴이 자신의 허리춤에서 권총을 뽑아 거꾸로 잡아쥐고, 복길이의 뒷머리 상처를 가리키며 내가 권총 손잡이로 네 머리를 내려쳤으나 피를 조금 흘렸을 뿐 상처가 깊지 않다는 뜻을 손짓 발짓으로 전달하려 애썼다.

그때 옆을 지나치던 조선 청년 하나가 다가와 틸턴 대위를 가리키며 말했다.

"정신을 잃고 쓰러진 당신을 이 양반이 들쳐업고 여기까지 데려왔소. 나중에라도 고맙다는 인사 한 자락은 꼭 하시오."

틸턴이 복길이의 손과 몸통을 묶은 로프를 조심스레 풀었다. 복길이의 양손이 자유로워졌다. 복길이의 양 손목을 움켜잡은 틸턴이 자신의 가슴 쪽으로 그 손을 당겼다. 그리고 복길이의 눈을 빤히 쳐다보며 나직한 말을 반복해서 읊조렸다. 그가 '자살하지 말라, 목숨을 끊지 말라'고 애원하는 것임을 어렵지 않게 알아차릴 수 있었다. 의무병을 다시 부른 틸턴이 복길이의 입에 물린 거즈를 빼내고 다리를 묶은 로프도 풀어주게 했다.

복길이가 굴신의 자유를 되찾았다. 혀를 깨물든 칼을 빼앗아 목을 찌르든, 언제든지 자진할 수 있었다. 그러나 복길이는 참았다. 눈앞의 미군은 불과 몇 시간 전만해도 총을 맞댄 적수였지만 이제는 자신을 살리려 애쓰고 있었다. 복길이 자신도 적군이 보는 앞에서 스스로를 죽이는 나약함은 보여주고 싶지 않았다.

선실 벽에 기대앉아 양 무릎을 세워 두 팔로 감고, 무릎 위로 고개를 파묻었다. 세상을 뜬 두 어른의 생전 모습을 떠올리며 소리 없이 울었다. 틸턴이 아예 엉덩이를 깔고 복길이 옆에 앉았다. 그의 손이 가만히 다가와 복길이의 들썩이는 어깨를 감쌌다. 그의 눈빛이 '전투는 끝났소······. 우리는 살아야 하오.' 그렇게 말하는 것 같았다.

틸턴이 의무병을 불러 무언가 지시를 했다. 나머지 조선군 경상자 포로의 몸통을 감았던 로프와 입안 거즈가 제거됐다. 틸턴은 복길이에게 '식사를 하고 잠을 자라'는 몸동작을 해보이고 또 오겠다는 표현도 했다. 틸턴이 사라진 뒤 조선인 청년이 빵과 계란부침, 햄 조각이 담긴 트레이를 경상자 포로들에게 건네고 수통도 하나씩 나눠주었다. 복길이는 입을 대지 않았다. 아비를 죽인 원수가 주는 음식을, 자신만 살기 위해 목구멍으로 넘길 수는 없었다.

선실의 밤이 깊어갔다. 총상을 입고 몸통 곳곳에 파편이 박힌 별무사 이산석의 침대에는 전담 의무병이 붙어서 수시로 붕대를 갈고 맥박을 확인했다. 군의관이 한 시간 간격으로 나타나 그의 수술 부위를 살폈다. 조선 사람이라면 누가 봐도 이산석은 죽은 목숨이었으나 군의관은 포기하지 않았다. 죽여도 시원찮을 적군 부상병에게 그토록 지극 정성인 미군이 괴이쩍었다.

새벽녘에 이산석이 운명했다. 파란 눈의 군의관과 의무병이 낙담을 했다. 고인의 사체를 하얀 천으로 덮고 고개숙여 기도하더니 의무병 둘이 들것에 싣고 선실 밖으로 나갔다. 조선인 청년이 다가와 조선 사람이니 단정에 실어 조선 땅에 묻어줄 것이라고 말했다.

선창으로 아침햇살이 밀려들었다. 복길이가 놀라운 일을 목격했다. 어제저녁 오른팔의 절반을 잘라낸 무사 조일록이 의식을 되찾아 신음을 질러댔기 때문이다. 그의 팔을 잘랐던 군의관이 다가와 조일록의 어깨를 두드리며 빙그레 웃었다.

혼란스러웠다. 조선군 경상자 포로들은 낯선 함선의 선실에서 하룻밤을 지새우면서 자그마한 미국을 경험했다. 결박이 풀려 운신이 자유로웠지만 아무도 자진하지 않았다. 미군이 도깨비가 아니었음을, 조선 사람처럼 따뜻한 피가 흐르는 인간임을 아슴푸레 느끼기 시작했다.

선실바닥이 갑자기 출렁거리며 쿵쿵, 기관실 박동소리가 들려왔다. 모노캐시 함이 상륙군 철수병력으로 빼곡한 보트를 꼬리에 매달고 서서히 물살을 헤쳐 나아갔다.

두어 시간의 항해 끝에 작약도 미군 함대 정박지에 닿았다. 미군 병사들이 부상자들을 기함 콜로라도의 의무 선실로 이송했다. 조선군 포로는 양손을 허리에 포박시킨 채 끌고 나갔다. 갑판의 분위기가 험악했다. 미군 병사들은 조선군 포로를 빙 둘러싸곤 삿대질과 함께 고함과 욕지거리를 쏟아냈다. 마흔 살 조선군의 따귀를 후려갈기는 후레자식도 있었다.

조선군 포로들은 순양함 알라스카와 베니시아의 갑판으로 차례로 끌려가 조리돌림 당했다. 그때마다 야유가 쏟아지고 발길질이 날아왔다. 그 와중에도 몇몇 미군 병사들은 지긋한 미소로 조선군의 어깨를 껴안거나 엄지손가락을 치켜들었다. 범 포수의 용맹함을 두 눈으로 확인한 병사들이었다.

기함의 갑판에서 미군 병사가 둘러쌌을 때였다. 조선군 하나가 유독 심하게 침을 뱉고 욕설을 퍼붓는 미국 병사 앞으로 다가가더니 "여기가 뉘 땅인데, 네놈들이 주인행세 하느냐!"라고 고함을 지르곤 녀석의 사타구니를 힘껏 걷어찼다. 몸통이 묶인 조선군이 내지른 모진 발길질에 샅을 까인 병사가 비명을 지르며 데굴데굴 굴렀다. 훈련도감에서 차출된 군사 차인식이었다.

동료 미군 병사가 떼로 몰려와 차인식을 에워싸고 개 패듯 두들겼다. 정신을 잃고 쓰러진 차인식의 몸통 위에 이번에는 군홧발이 한 군데로 모여 짓이겼다. 복길이가 덤덤하게 바라만 봤다. 살아 있음이 구차한지라 모든 일이 성가셨다.

시간이 얼마나 흘렀는지 모른다. 복길이가 갇힌 갑판 아래 선창의 동그란 유리창에 과녁빼기처럼 붉은 달이 걸렸다. 틸턴 대위가 빵과 계란이 담긴 트레이를 들고 복길이에게 다가왔다. 곡기를 끊고 있는 복길이에게 제발 식사하라는 몸짓을 반복했다.

묵묵부답인 복길이 앞에 뚜껑을 연 수통을 들이댄 틸턴이 물이라도 마셔야한다는 간절한 눈빛을 지었다. 그 시선이 부담스러워 복길이가 차라리 눈을 감아 버렸다. 허탈하게 바라보던 틸턴이 한참을 앉아 있다가 자리를 털고 일어나 밖으로 나갔다.

사흘째 굶었다. 6월 13일 오전에 틸턴 대위가 다시 찾아왔다.

그가 입술이 갈라터진 복길이에게 환한 웃음을 보이더니 손을 덥석 잡아서 끌었다. 나지막한 소리와 함께 커다란 손동작으로 풀어놓는 이야기 모양새가 곧 석방될 것이라는 내용 같았다. 틸턴이 오른손으로 복길이 옆구리를 감싸고 갑판으로 데리고 갔다.

6월의 햇살이 너무 따가워 눈을 감았다. 복길이가 한참 만에 다시 눈을 떴을 땐, 갓을 쓰고 하얀 두루마기를 걸친 조선 관리 하나가 경상자 포로들과 함께 복길이 앞에 서 있었다. 영종진 교졸이라고 신분을 밝힌 그 갓쟁이는 초립을 쓴 부하 둘을 데리고 있었다.

"지난 며칠동안 오랑캐 놈들에게 붙잡혀있느라 고생이 많았소. 이제 우리가 당신들을 데려갈 것이오."

그의 표정이 묘했다. 잔기침을 두어 번 쿨럭이더니 지나가는 말처럼 복길이에게 넌지시 캐물었다.

"들자 하니, 조선군 포로 가운데 미리견 병사와 친하게 지내는 놈들이 많고, 미리견 배가 조선 연안을 정탐할 때마다 앞장서서 물길 안내를 한다는 소문이 떠돌던데, 그게 사실이었소?"

머리가 우지끈거렸다. 미국 함선에서 풀려난다 해도 적군에게 붙잡혀 목숨을 부지한 포로는 중죄를 면하기 어렵다. 주리가 틀리고 단근질 당하거나 치도곤을 맞으며 적과 내통한 사실을 이실직고해야 할 것이다. 조선이 개국한 이래 적군에게 붙잡혔다가 생환한 조선군은 모두 그런 대접을 받았다.

삼각 나무 받침대로 괸 시커먼 카메라 상자를 들고, 턱수염이 무성한 작고 뚱뚱한 남자가 조선군 포로 앞에 나타났다. 조선 원정 함대 종군 사진가 패리스 비토였다. 그가 조선인 포로들과 인솔하러 온 관리에게 기록사진을 찍는다고 했다. 포로와 교졸이 서고 앉을 자리까지 정해준 비토가 카메라를 고정시키고 나서 안면가득 웃음을 짓더니 웃어보라는 제스처를 반복했다. 무에 웃을 거리가 있는지 도무지 이해할 수 없는 일이었다.

조선군 포로들이 현문 사다리 쪽으로 이동하러 중앙 마스트를 지나칠 때였다. 복길이의 눈이 갑자기 번쩍 떠졌다. 마스트 돛 줄에 묶여서 높다랗게 게양된 낯익은 깃발, 수자기가 거기서 펄럭거렸다. 갑판에 있던 몇몇 미군 수병들은 때마침 조선군 포로들이 줄지어 나타나자 수자기와 포로들을 번갈아 손가락질 해대곤 욕설을 퍼부었다. 복길이의 억장이 무너졌다.

찰주소의 하늘에 펄럭여야 마땅한, 장군의 목숨과 매한가지인 수자기 아닌가. 오랑캐 따위가 범접할 수 없는 혼백이 거기에 담겼는데, 저 무지한 놈들의 전리품이 되면서 마구잡이로 폄훼되자 온 몸의 피가 거꾸로 쏟는 것 같았다.

치미는 분노로 말미암아 복길이가 부들부들 떨었다. 아비 둘을 한 날에 죽인 오랑캐에게 빌붙어 목숨을 부지하는 자신의 몰골이 얼마나 부끄럽고 궁색한지 몰랐다. 그의 욕된 삶이 너무 비루하여 곡기를 끊었지만, 그럼에도 쉬 죽지 못하는 처지가 서러웠다. 복길이가 갑판 바닥에 털썩 무릎을 꿇었다.

어흥흥 범 소리를 지르며, 자신의 머리통을 사정없이 갑판 바닥에 찧었다. 이마가 찢기져 거기서 흐르는 핏물이 안면을 타고 내려 저고리를 흠뻑 적셨다. 급기야는 까부라져서 또 한번 의식을 잃고 말았다. 미군 병사 대여섯이 깜짝 놀라 복길이에게 달려들어 실신한 그를 떠메어 의무실로 데려갔다.

갈갈이 찢긴 복길이의 이마를 알코올로 닦아낸 군의관이 스무 댓 바늘을 꿰맸다. 복길이가 누운 침대 옆에는 미군 병사의 삽을 걷어차고 몰매를 맞던 군사 차인식이 머리와 옆구리에 붕대를 감은 채 누워있었다. 틸턴 대위가 의무실로 달려왔다. 그가 황망한 표정인 채 복길이의 머리 상처를 살폈다.

복길이의 자진 기도로 말미암아 조선군 포로의 인수가 서너 시간 정도 미뤄졌다. 그날 늦은 오후에 블레이크 중령이 군의관을 대동하고 의무실을 찾았다. 차인식과 복길이의 상처를 이리저리 둘러보던 군의관이 OK 사인을 냈다.

블레이크가 복길이와 차인식의 손을 잡고 콜로라도 함 갑판으로 올라갔다. 영종 교졸이 열 명의 조선군 포로를 인솔하고 기함의 현문 사다리를 타고 내려 조선군 돛배로 향했다. 도령장 유예준과 별동대장 정복길 외에도 강화 진무영 무사 이도현, 황만용, 조일록, 고사달, 김동진, 그리고 어영청과 훈련도감의 군사 김대길, 김우현, 차인식이 그날 풀려났다.

기함 의무실에 남아있는 포로 다섯 명은 총상으로 신체 일부를

절단했거나 깊숙한 자상을 입은 중상자였다. 어영청 별무사 문계
안과 초군 이대길, 강화 유수부 군사 김의도, 엄원철, 최국길이었
다. 의무관은 상처가 아무는 즉시 풀어주겠다고 약속했다. 당장
석방할 경우 상처에 병균이 감염돼 목숨을 잃을 수도 있음을 염
려한 조치였다.

틸턴이 복길이의 어깨를 한 손으로 감싼 채 출렁이는 현문 계
단을 내려갔다. 그는 돛배에 오르려는 마지막 순간에 복길이를
껴안고, 그의 어깨 위에 얼굴을 얹은 채 한참 동안을 서 있었다.
이윽고 틸턴의 깊은 눈망울이 복길이를 쳐다봤다. 틸턴의 눈자위
가 물기를 머금고 있었다.

조선군 포로를 실은 영종진 돛배가 기함 콜로라도와 멀어지자
현문 사다리 끝에 서있던 틸턴이 부동자세로 경례를 붙였다.

토악질

핏물 밴 붕대를 이마에 싸맸던 복길이와 이별한 지도 사흘이
지났다. 틸턴은 미군의 승리가 오히려 조선을 굴복시키지 못한
그 지독한 이율배반과 맞닥뜨리며, 머릿속은 온통 복길이의 부릅
뜬 눈과 그가 겨누던 화승총의 총구로 가득했다.

해군성 장관에게 보고할 해병대의 전투상보는 일주일이 지나
서야 작성을 마쳤다. 보고서의 행간을 새겨서 읽는다면, 미군의
조선 원정이 애초에 잘못된 시도였음을 반성하는 틸턴의 고뇌를

공감할 수 있었다.

미군 함대가 작약도 정박지에서 허송하는 날이 늘어날수록 틸턴의 허탈감도 깊어갔다. 그 대신 조선이라는 나라와 조선의 사람들을 생각하는 시간이 길어졌다. 나가사키 항을 떠나올 때만해도 조선군에 대한 그의 생각은 부하 병사들과 별반 다르지 않았다. 그러나 지금 그는 무수한 질문을 자신에게 던지고 있었다.

"미국의 정의가 조선의 정의일까. 미국과 조선, 어느 쪽이 미개국이며 누가 더 정의로울까……."

강화도 전투를 기억에서 지우고 싶었다. 다만 가족의 품이 절실했다. 아나폴리스에 두고 온 아내 내니와 그녀가 껴안고 있을 자신의 아기가 불현듯 보고 싶어졌다. 사관 집무실의 책상 위에 편지지를 올렸다. 한 달 남짓 보고 느낀 조선의 강산과 그 산하를 지키는 경이로운 존재인 범 포수에 대하여, 마치 고해성사를 하듯 적어나갔다.

편지에는 맥키 중위의 전사 소식도 담았다. 틸턴은 1864년 6월 대위로 승진하면서 해군사관학교 해병 경비대장으로 근무한 적이 있었다. 그때 맥키는 4년차 생도였으며 멋쟁이로 소문이 자자하여 틸턴은 물론 그의 아내 내니도 잘 알고 있었다.

맥클레인 틸턴이

1871. 6. 21.

조선의 작약도 인근 해안 콜로라도 함상에서 14번째 편지를 씀.

내 사랑 내니(Nannie),

내가 아직 살아 있고 멀쩡한 사지로 발길질해댄다는 소식을 전하게 돼 기쁘지만, 한때는 내 아내와 우리 아기를 더 이상 못 보겠구나 싶은 적도 있었다오. 조선군이 제대로 된 무기를 가졌다면, 난 결코 살아 있지 못했을 거요.

조선은 아름다운 나라였소. 정감어린 언덕과 계곡들로 잇댄 산하 곳곳에 온갖 작물이 경작된 논과 밭이 줄지었고 그 농작물은 지금 익어가고 있는 중이라오. 온 세상이 초록빛 아름다움으로 충만하고 자그만 초가집 마을들은 소나무와 상록수 우거진 아늑한 곳을 끼고 들어서 있소.

원정에서 우리는 끔찍한 순간을 맞았다오. 680명 미군이 400미터 폭의 개펄 밭에 상륙했는데 무릎까지 푹 빠졌지만 모노캐시 함의 함포 지원사격으로 우리가 점령해야 할 첫 진지를 점령했고 숨어서 사격하던 조선군을 모두 몰아냈다오.

258

상륙군은 아무도 다치지 않았소. 그게 지난 6월 10일 토요일 이었다오.

상륙군은 그곳에서 야영을 했는데 본대 캠프 800~1,200 미터 앞선 곳에 해병대 전진 캠프를 쳤다오. 일요일 이른 아침에 다음번 진지 목표를 아무런 반격도 받지 않고 점령했는데 그곳에 남아있던 후장식 구리대포는 모두 화약을 장전하고 있었소.

우리는 강화해협을 향해 불거지듯 튀어나온 곳에 조선의 뛰어난 축성술로 지은 다음 공격 목표 요새로 진격했고 총포를 퍼부어 성벽을 무너뜨렸다오. 그 진지는 바다를 향해 마치 팔꿈치를 구부린 것 같은 형상이었소.

진지 110미터 앞 언덕 아래까지 진격하고 언덕을 향해 총탄세례를 퍼부어 진지 안의 조선군 40여 명을 사살한 뒤 가파른 언덕을 총력 돌진했다오. 조선군은 호랑이 같이 싸웠소. 조선의 왕은 그들이 진지를 뺏기면 강화 섬 진지를 수비하는 조선군 모두의 목을 벨 것이라는 이야기도 들었소.

지금은 모든 것이 끝났소. 예상한 대로 미국은 조선과 그 어떤 조약을 체결하는 것도 실패하고 말았소. 해군사관생도

시절 그렇게나 멋쟁이였던 맥키 중위는 가엾게도 전사하고 말았소. 적진 요새 성벽을 가장 먼저 뛰어넘었다가 치명상을 입고 여섯 시간 만에 숨졌다오.

내 개인적으로는 조선인 누구에게도 피해를 입히지도 않았거니와 추격하지도 않았다는 것에서 진실로 만족하고 있소. 난 오직 집으로 돌아가고 싶을 뿐이오!

화승총과 징겔 탄환이 핑핑 소리를 내며 날아다닌 그 전투는, 참전한 사람 모두가 얼마나 순진무구한지를 경고했소. 내 사랑 그대여, 나도 그 순진한 병사 가운데 하나였다오. 난 이 구역질나는 미국의 비즈니즈에 더 이상 관여하고 싶지 않소.

당신의 다정한
맥(Mc)이.

McLane Tilton
June 21st 1871
No. 14 US Ship "Colorado" off Isle Boisée, Corea, Asia

260

My dearest Nannie,

I am glad to say I am alive still and kicking, although at one time I never expected to see my wife and baby anymore, and if it hadn't been that the Coreans can't shoot true, I never should. It is all over now, and as I expected, we have failed to make any treaty with the Coreans.

The Country is beautiful; filled with lovely hills & valleys running in every direction and cultivated with grain of all kinds which even now is turning to the colors indicating ripening. Everything is pretty and green, and the little thatched villages are snugly built in little nooks, surrounded by pines & other evergreens.

We had a dreadful time on our Expedition, landed six hundred and eighty in all upon a muddy beach 1/4 mile wide, mud knee deep, but the guns of the Monocacy protected us shelling the first fortification where we landed and drove the Coreans out who retired firing at us, but didn't hurt anyone. This was Saturday the 10th of June.

We all camped that night, the Marines being in advance of the main body about 1/2 or 3/4 a mile. Early Sunday morning we started for the next fort, and took it without any opposition but found the guns in the fort, (brass breech loaders) all loaded. We knocked the ramparts down and proceeded to the great work of the Coreans a redoubt in a neck of land jutting into the river, which formed around it a bent elbow.

This place we advanced on and when about 120 yards from it, we laid down on a ridge & blazed away killing about forty in the fort and then we stormed the place which was on a steep hill. The Corean soldiers fought like tigers, having been told by the King if they lost the place the heads of every body on Kang Hoa Island on which the forts stood, should be cut off.

Poor Lieutenant McKee who was such a beau at the Naval School was killed. He was the first to get over the wall of the redoubt when he was mortally wounded & died six hours afterwards.

As for me I am quite satisfied, 'I have not lost no Coreans', and 'I ain't alooking for none neither'——I want to go home! The way the 'gingall' or match-lock bullets whizzed was a caution to all those innocents engaged in war.

My precious girl I am one of those innocents, and I don't want to engage in any more sick business.

Affectionately,
Mc.

썰물

로 전권공사가 조선 조정에 보낼 서신을 작성했다. 지금까지와 사뭇 다른, 얌전한 순둥이의 통사정 글들이 편지지를 메웠다.

"우리는 조선을 무력 침공하여 점령할 생각이 추호도 없습니다. 단지 조선과 서로 도우며 살아가기를 원하고, 그런 합의를 교환하는 수호 통상조약의 체결을 원했을 뿐입니다. 그러나 조선 조정이 그마저도 원하지 않는다면 저희가 굳이 강요할 생각은 없습니다. 조선과 미국이 수호조약을 맺지 않더라도, 조선 조정은 미국이란 나라에 대해 모쪼록 각별한 관심을 기울여주실 것을 삼가 부탁드립니다."

이 서찰을 고이 접어 밤섬 백사장의 소나무 가지에 매달았으나 야속하게도 그곳을 출입하는 조선인의 발길은 진즉에 끊겨 있었다. 편지봉투가 해풍을 받아서 몇날 며칠을 가지 끝에서 대롱거렸다. 기함에서 괭이눈으로 흘끔거리던 전권공사도 지쳐갔다.

조선 조정은 미군이 광성보를 철수한 다음 날로 대궐의 경연(經筵)을 통해 미군의 강화도 침공을 격렬하게 성토했다. 고종임금과 대원군은 승정원에 일러 한양의 종로와 전국 대처에 척화비를 세우게 했다.

비석에다 '양이침범 비전즉화 주화매국(洋夷侵犯, 非戰則和, 主和賣國)'이란 글귀를 팠다. 서양 오랑캐가 침범할 때 맞서 싸울 생각은 않고 화친을 주장하는 행위는 곧 나라를 팔아먹는 행위라고 경고한 것이다.

하루하루 답답한 나날을 보내던 로저스가 로 전권공사에게 불편한 속내를 털어났다.

"강화도의 무력 점령이, 조선 조정과 백성들로 하여금 복수를 다짐하게 만드는 도화선에 불을 당긴 꼴이 되고 말았으니……. 정말로 난감하오."

로 공사가 한 손으로 턱을 괴고 "베이징 외교가의 분위기도 미국에 썩 유리하지는 않은 것 같습니다……."라고 한풀 꺾인 목소리로 대답했다.

제독과 전권공사를 더욱 당황케 한 것은 미국 정부의 어색한 침묵이었다. 패로스 함에 연락장교를 실어 아시아 함대가 주둔한 즈푸에 보내 미국 의회와 해군성에서 보낸 전문이 없는지 살폈지만, 그들을 조선까지 보냈던 미국 정부는 오로지 모르쇠로 일관했다.

워싱턴 정가는 조선 원정 자체를 아시아 함대의 일부 전함이 조선에서 분란을 일으킨 국지전으로 처리하려 했다. 조선을 무력 침공한 미국의 행위를 규탄하는 열강들의 시선이 따가웠기 때문이다.

해군성도 대놓고 힐난하진 않았지만 눈치 없는 로저스가 서투른 함포질로 국내외 여론의 벌집을 쑤셨다며 마뜩찮아 하는 표정이었다. 미국의 유력 일간지들이 조선 원정의 무리수를 성토하는 논평을 잇달아 게재했고, 미국 국민들도 차츰 눈치를 채갔다.

미국 함대가 작약도에 장기간 정박하면서 병참 보급문제도 심각하게 대두됐다. 5월 16일 나가사키를 출항할 때 적재한 석탄은 추가 보급을 받지 못했기 때문에 귀항할 연료만 간당간당한 실정이었다. 식량과 식수의 확보도 문제였다. 인천 고을 사람들이 함대 정박지인 작약도가 빤히 보이는 해변에서 날마다 북과 꽹과리를 쳐대는 살벌한 분위기여서, 식량은 물론 식수를 구하러 해안에 보트를 대는 일조차 쉽지 않았다.

로저스가 더 이상 미련을 두지 않기로 했다. 조선 철수는 되도록 재빠르게, 아무 일 없었던 것처럼 처리하기로 결심했다. 신미년 7월 첫날의 참모 지휘관 회의에서 로저스 제독은 마른 침을 한 번 꿀꺽 삼키고는 우리 함대는 며칠 내로 무조건, 전부 철수한다는 명령을 내렸다.

강화 전투에서 전사한 해군 견습병 앨런(Allen)과 해병대 핸러한 일병, 그리고 항해 도중 열병으로 사망한 해군 전투병 드라이버(Driver)의 시신을 작약도에 묻었다. 미국 해군사관학교 졸업생 가운데 첫 전사자(KIA; killed in action)인 맥키 중위에게는 깍듯한 예우를 했다. 의료진이 시신을 약품으로 방부 처리하여 가죽 가방에 넣은 뒤 성조기를 덮은 관 속에 안치했다. 그의 관은 기함 콜로라도에 실려 미국 본토의 항구까지 운송한 뒤 육로로 고향인 켄터키 주 렉싱턴까지 운구하기로 했다.

명예도 영광도 없었다. 로저스는 하루라도 빨리 강화도란 존재를 자신의 머릿속에서 지우고 싶었다. 기함의 마스트에 게양한 수자기를 쳐다볼 때도, 승리감보다는 자괴감이 들었다. 조선군 사령관은 자신을 죽여 온 조선이 들고 일어나는 분노의 불씨를 활활 지폈다. 미국과 조선의 전쟁에서 궁극적인 목적을 이룬 것은 오히려 상대인 어재연 장군이었다.

7월 3일, 미군 함대가 일제히 닻을 올려 작약도를 떠났다. 일부가 중국 즈푸의 아시아 함대 주둔지로 향했고 나머지는 나가사키로 돌아갔다. 로저스와 로는 중국의 임지로 원대 복귀했다. 그날 인천 북쪽 해안의 밤섬 소나무 가지에는 거들떠보는 이 없는 미국의 서찰 하나가 이리저리 바람에 흔들렸다. 작약도를 떠나며 로 전권공사가 걸어놓은 마지막 호소문이었다.

"미국 함대는 아무런 조건 없이 조선에서 철수합니다. 우리가 떠난 이후라도 만약에 미국 선박이 조난당해 귀국의 해변에 난파한다면, 모쪼록 미국 선원을 잘 보살펴주시기 바랍니다."

출항하는 함대의 겉모습이야 달포 전 조선에 처음 닻을 내린 그때와 달라진 것이 없었다. 그러나 함선의 속을 메운 파란 눈의 생각들은 변해 있었다. 멀어져 가는 조선 땅을 바라보는 미국의 스무 살 윤똑똑이들은 하나같이 진지했다.

그들은 조선과 조선 사람의 본질을 캐고 있었다. 죽이고 부수어도 물러서지 않는 그들을 학살하고 강제로 진지를 점령하여 미국이 얻은 결실이 무엇이었는지, 혹은 미국의 강화도 원정이 정의로울 수 있는지에 대하여 골똘히 생각했다.

아슴아슴 멀어지는 작약도 그림자를 지켜보던 로저스가 브리지에 들러 즈푸에 닻을 때까지 자신을 찾지 말라고 이르고는 사령관 집무실에 내려가 칩거했다. 그는 집무실 책상 위에 놓인 화승총 한 자루를 만지작거렸다. 상륙군이 광성보를 함락하던 다음날, 킴벌리 중령이 조선군 사령관의 지휘소에서 노획한 어재연 장군의 유품이라며 정중하게 건넨 바로 그 총이었다.

조선군 사령관이 소지했던 총이라 믿기에는 총신과 총목이 너무 낡았다. 그러나 그 구닥다리 화승총이야말로 광성보의 범 포수를 두고두고 추억하는 데 제격일 성 싶었다.

웬만큼 아시아를 안다고 자부해온 로저스다. 그러나 원정을 떠날 때까지도 사실 조선이란 나라에 대해서는 잘 모르고 있었다. 중국과 일본이라는 보따리에 함께 싸서 저울질해도 충분한 나라가 조선이 아니냐 싶었기 때문이었다.

겉으로 보아 어금버금하거나 차이나는 것들은 결코 속성을 규정하지 못했다. 보이는 것들을 움직이는, 보이지 않는 것의 묘한 기운이 조선에는 있었다. 조선이라는 나라는 중국과 일본을 재던 잣대를 들이댈 나라가 아니었다.

로저스는 어재연 장군의 낡은 화승총에서 시퍼런 기운이 피어오름을 느꼈다. 광성보에서 산화한 수백 명 타이거헌터들의 분노와 기꺼운 죽음들이 거기에 박혀서 아우성치는 것 같았다. 로저스가 화승총의 구석구석을 살피다가, 문득 방아쇠 부근 총목에 칼로 깎아낸 하얀 나무 속살을 발견했다.

그 자리에 자신의 이름을 적어 조선 원정을 기억하는 증표로 삼고 싶었다. 그러나 곧 마음을 바꿨다. 로저스란 이름이 적힐 만큼 만만한 물건이 아니라는 생각이 들어서였다. 그곳에 이름자를 박을 사람은, 호랑이보다 더 용맹했던 조선의 타이거헌터 뿐이었다.

로저스는 펜에 잉크를 듬뿍 찍어 총목에 적었다.

Memorial to the Great Tiger Hunter

Corea, 1871

끝.

1.
근대사 재평가
-한국인의 '투혼'

1) 근대사 재평가 - 한국인의 '투혼'

한국전쟁으로 국토가 반토막이 났음에도, 대한민국은 불과 60여 년 만에 지구촌의 강국으로 우뚝 섰다. 무모하리만큼 당찬 한국인의 '깡'이 없었더라면 불가능했을 일이다. 작지만 매운 대한민국과 한국인들의 '투혼'. 우리 역사 속에서 그 흔적을 찾고 싶었다. 그리고 불과 140년 전, 개화기를 앞둔 조선의 강화도에서 그 지독하게 매운 기운의 흔적을 발견했다.

지금 우리들은 당시의 한국 근대사를 일러 "무능한 조선 조정과 대원군의 실패한 쇄국정책이 자초한 실패의 역사"로 치부한다. 근대사의 끝이 치욕스런 일제 강점기과 맞물렸으므로 완전히 틀린 말은 아니다. 그러나 일제가 침노하기 전, 조선은 이미 프랑스와 미국의 침략을 받았고 그들을 물리쳤다.

19세기 중후반의 동아시아에는 최첨단 무기인 함선과 총포로 무장한 서구 열강의 군대가 질풍노도처럼 밀어닥쳤다. 1840년, 영국은 아편전쟁으로 서태후가 섭정했던 청나라를 풍비박산냈다. 그리고 1853년에는 미국의 페리 제독이 원정함대를 이끌고 일본의 바쿠후를 무릎꿇려 문호를 강제개방시켰다.

다음은 조선의 차례였다. 일본 개항 십여 년 뒤인 1866년(병인년)에는 프랑스가, 1871년(신미년)에는 미국이 대규모 함대에 1,000명이 넘는 전투병을 태우고 강화도에 상륙작전을 펼쳤다. 중국이나 일본에 비하면 조선의 국력은 미약해 보였기에 이내 접수할 수 있을 것으로 확신했다.

그러나 결과는 정반대였다. 프랑스와 미국은 침공 목적을 단 하나도 이루지 못하고 조선에서 철수했다. 당시 조선군의 주력부대는 백두산 일대에서 활약하던 호랑이 사냥꾼들이었다. 그들은 80년 전 만주의 흑룡강에서 러시아 원정부대를 맞이하여 화승총 사격으로 궤멸시킨 나선정벌(羅禪征伐)의 후예였다.

병인년 조불전쟁(朝佛戰爭)에서는 화승총으로 무장한 조선군 기습부대가 프랑스군 수십 명을 사상시키는 전과를 거뒀다. 지독한 범 포수의 투혼에 기가 질린 프랑스군은 강화도 점령 40여 일 만에 조선에서 철수했다.

신미년 조미전쟁(朝美戰爭)에서는 광성보에 배수진을 친 진무중군 어재연 휘하의 조선군과 범 포수 300여 명이 결사대를 조직하여 맞섰다. 범 포수들은 사정거리 수십 미터에 불과한 화승총으로 사정거리 1킬로미터에 달하는 미군의 라이플에 맞섰고, 손돌목 돈대에서는 백병전을 벌여 전원이 장렬한 죽음을 맞았다. 이후 들고 일어난 조선과 조정의 강경한 태도에 미국 함대는 침공 한 달여 만에 조선에서 철수했다.

근대 서세동점의 역사에서 서구의 원정 침략군이 상륙작전을 펼쳐서 두어 달도 버티지 못하고 도주하듯 철수한 경우는 조선이 유일했다. 그럼에도 현재 사가(史家)들은 병인년과 신미년의 국제전쟁을 소요(騷擾)로 폄하하여 재조명하는 일조차 꺼린다. 그러나 그것은 분명히 잘못된 역사 인식이자 패배주의 사관에 불과하다.

당시 중국과 일본은 서구 열강의 침략을 물리친 조선을 부러워했고, 강제개항 요구에 굴복했던 자신들의 처지를 부끄러워했다. 또 침략 당사자인 프랑스와 미국은 조선군 범 포수의 투혼에 혀를 내두르며 용맹함을 칭송했다. 프랑스나 미국이나 자국의 무장함대를 파견하여 강제로 개항시키지 못한 나라는 조선이 유일했으므로, 지금도 조선 원정을 들추는 일에 소극적인 태도를 보이고 있다.

이는 우리 역사를 옹호하려는 아전인수식 해석이 아니다. 이 소설을 집필하기 이전에 조선이 기록한 정사(正史)와 프랑스, 미국의 관련 사료를 수합하여 서로 교차 비교하고, 오로지 상호 부합하는 객관적인 사실만을 소설에 반영했다.

우리는 스스로가 외면해왔던 대한민국 근대사의 한자락을 재조명하고 올바른 역사적 평가를 내릴 필요가 있다. 이 소설이 그러한 시도에 물꼬가 되기를 바란다.

2.
신미년
조미(朝美) 전쟁

'총의 울음' 집필 계기가 됐던 기록사진 조선군 포로 사진 한 장

1871년 6월 13일, 미국 원정함대 기함 콜로라도의 갑판에서 포즈를 취한 조선군 포로의 모습이
다. 사진 속 바지저고리 차림의 인물은 경상자 포로들이며 갓 쓰고 두루마기를 입은 이는 포로를
인솔하러 온 영종진 소속의 관리다. 필자는 이 사진을 접할 때부터 무릎을 꿇고 앉아있는 흰 옷의
젊은 포로를 주시했다. 세상을 달관하고 체념한 듯 서글픈 표정. 신미양요가 끝나고 포로의 신분에
서 벗어나는 순간, 저 분은 왜 저런 표정을 짓지 않으면 안 됐을까. 소설 '총의 울음'은 이러한 물음
에서 시작됐다.

조선군 부상병 포로의 모습

미국 함선의 갑판 위에서 찍은 사진으로 보아 미국의 신문이나 잡지에 게재됐던 것으로 여겨진다.

어재연 장군의 기록화 영정

어재연 장군(1823.3.15.~1871.6.11)은 신미양요 당시 조선군 최고사령관 격인 강화 진무영의 진무중군으로 광성보 전투를 이끌다 장렬히 산화했다.

어재연 장군 생가

경기도 이천시 율면 산성1리 돌원(石原)마을에 있다. 집 뒤편을 나지막한 팔성산 자락이 병풍처럼 두르고 있다.

상 쌍충비각

신미년 강화도 전투에서 순국한 어재연 장군 형제와 김현경 천총, 박치성 광성 별장 등 4인의 순절비 2기가 안치돼 있다. 신미양요가 끝난 지 2년 뒤인 1873년에 순절비가 만들어졌고 매년 순절일마다 조정이 파견한 제주가 제사를 올렸으나 일제 강점기 이후 폐지되고 말았다. 순절비는 광성보 인근의 마을에서 보관하던 중 1970년 어재연 장군의 3대손 어윤원(魚允源: 2006년 작고) 선생이 찾아냈고, 함종 어씨 문중의 뜻을 모아 지금의 쌍충비각을 지었다.

하 신미양요순국 무명용사비

이 무명 용사비는 1977년 10월, 당시 박정희 대통령이 강화도 전적지 정화사업 준공 행사에 참석하면서 "신미양요에 참전하여 산화하신 거룩한 무명용사의 넋도 추모할 것"을 지시하여 만들어졌다. 죽음으로 광성보를 지킨 296위 구국 혼령이 이 제단에 모셔졌다.

신미년 순절영령 추모 광성제(廣城祭)

어재연 진무중군 이하 광성보 사수 순절영령을 기리는 광성제는 매년 음력 4월 24일에 열린다. 이 제사는 조선 고종 임금 때부터 지냈던 국불천위(國不遷位: 나라에서 영구 주제하는 제사)를 이어받았으나 일제 강점기에 사라졌다가 1971년부터 강화군이 주재하여 지금에 이르고 있다. 사진은 2013년 6월 2일 거행된 광성제 식장에 게양된 수자기와 순국영령의 제상이다. 광성제에서는 352위의 영령에게 제사를 지낸다. 무명용사비 제단에 296위가 모셔지고 쌍충비각 제단 중앙에 충장공 어재연과 아우 재순 2위, 좌측에 무사 49위와 박치성, 이현학 등 51위, 오른쪽에는 김현경, 유풍로, 임지팽 등 3위가 차려진다. 신미양요 당시 미군 측의 집계에 따르면 조선군 전사자는 약 343명(243명 확인, 100여 명 미확인)에 부상자가 20명인 것으로 기록되고 있다. 조선왕조실록에는 사상 77명(사망자 53, 부상자 24명)이라는 기록만 전한다.

남장포대와 포함 모노캐시의 만남

우리나라 역사기록화로 초지진 상륙에 성공한 미군이 다음날인 1871년 6월 11일 아침, 덕진진 남장포대 앞에서 미국 포함 모노캐시가 함포사격을 준비하는 절박한 순간을 묘사하고 있다. 조선 화포병들이 분주하게 홍이포를 장전했으나, 미국 포함이 사정거리 밖에 머무르는 바람에 단 한발도 쏴 보지 못했다.

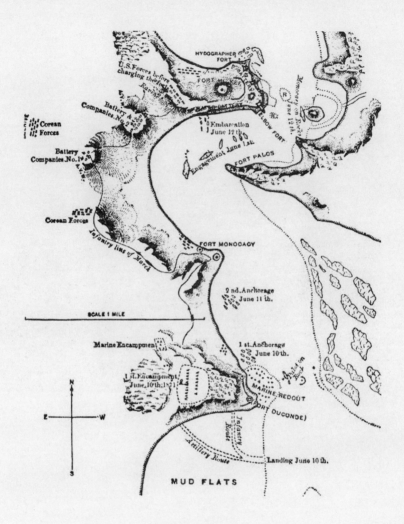

신미양요 당시 미군이 작성한 2박 3일간의 강화도 전쟁 작전도

6월 10일 초지진(Fort Duconde) 아래 개펄 밭(Mud Flats)에 보병과 포병이 상륙하여 캠프를 치고, 6월 11일 덕진진(Fort Monocasy)을 거쳐 광성보 손돌목 돈대(Fort McKee)를 함락했던 과정을 그림으로 자세히 표시하고 있다. 상륙군의 육상진격로를 따라 강화 해협으로 올라간 포함과 단정의 위치까지 자세하게 묘사하고 있다.

초지진과 미군 병사

미군 상륙병은 1871년 6월 10일 초지진을 함락시키고 그곳에서 야영을 했다. 사진의 해군 수병들은 6월 11일 아침 점령지 초지진의 뒤처리를 맡았다. 사진 왼쪽에서 네 번째, 흰 군모를 쓴 사람이 해군 D중대장 맥키(McKee)다. 맥키는 이 사진을 찍은 뒤 불과 몇 시간 뒤인 11일 정오경, 손돌목 돈대 공격의 선두에 섰다가 전사했다.

덕진진을 점령한 미군 병사

1871년 6월 11일 오전 9시경 덕진진이 점령되면서 성조기가 게양됐다. 사진은 사각형인 덕진 돈대 성벽에 올라 승리의 환성을 지르는 미군 병사의 모습.

남장포대 홍이포와 석축포좌

홍이포는 당차(운반용 활차)로 끌어 운반했으나 대부분 포좌에 고정해 발포했다. 포구는 강화 해협을 조준하고 있으나 한 방향으로 고정돼있어서 발사할 때마다 탄착지점은 거의 같았다. 사진의 홍이포는 1977년에 복원 제작한 것이다.

함락 직후의 손돌목 돈대 기록사진

원래의 형태를 짐작하지 못할 정도로 무너져 내렸고 흰옷을 입은 조선군 사체가 곳곳에 널려있다.
사진 정면의 흙 둔덕이 어재연 장군의 지휘소(찰주소)였을 것으로 추정되며 그 위에 걸쳐있는 흰
천이 수자기(帥字旗)일 것으로 짐작되지만 정확히 고증된 바는 없다.

찰주소와 수자기 게양을 묘사한 미국의 삽화

손돌목 돈대 백병전을 묘사한 미국의 잡지 삽화

그림의 제목은 "예상도 못했던 처절한 백병전"(A desperate hand-to-hand fight took place)이다. 망판복제(Halftone reproduction)기법으로 그린 삽화이며, 1907년 디트로이트의 페리언 키델사가 발행한 '무용(武勇; Deeds of Valor)' 잡지 2권의 89쪽에 실렸다. 미군은 중국이나 일본처럼 포격전이 벌어지면 조선군이 곧 투항할 것으로 예상했다. 그러나 끝까지 저항하고 백병전까지 불사한 조선군 범 포수에게 기가 질리고 말았다. 강화도에서 미군이 무조건 철수를 결정한 배경이기도 했다.

미군 기함의 작전회의

콜로라도 함상에서 열린 아시아함대 수뇌부의 조선원정 전략회의 모습이다. 사진 오른쪽 허리를 구부린 채 서서 탁자 위의 지도를 짚고 있는 사람이 존 로저스 제독이다. 탁자에 앉은 왼쪽부터 포함 모노캐시 함장 맥크리(Edward P. McCrea) 중령, 콜로라도 함장 쿠퍼(George H. Cooper) 대령, 그리고 참모장 니콜스(Edward T. Nicholsand Captain) 대령. 뒤쪽에 서있는 간부들은 왼쪽부터 필즈버리(John E. Pillsbury) 기함 주임상사, 베니시아 함장 킴벌리(Lewis A. Kimberly) 중령, 알라스카 함장 블레이크(Homer C. Blake) 중령, 기함 갑판장 휠러(William K. Wheeler) 소령, 그리고 패로스 함장 라크웰(Charles H. Rockwell) 중위.

통상수호조약의 관련자 회의

콜로라도 함상에서 조선과 펼칠 외교 전략을 수립 중인 로 전권 공사(Low; 오른쪽 서 있는 사람)와 비서관 드류(Secretary Drew; 왼쪽 두 번째). 사진 왼쪽에서 첫 번째와 세 번째는 중국인들로 외교 문서를 한문으로 작성하는 필경사들이다.

상 강화도 전쟁에서 미국 원정부대를 지휘한 존 로저스 해군소장
Rear Admiral John Rodgers (1812.8.8~1881.5.5)

하 사진작가 패리스 비토 Felice Beato; 1832~1909.1.29
미국 원정함대에 승선한 종군사진가로 강화도 전쟁을 사진으로 기록했다. 그는 언론의 역사에도
종군사진가의 영역을 개척한 선구자로 꼽힌다.

상 **해병대 지휘관 틸턴 대위** Captain McLane Tilton (1836.9.25~1914.1.2)

하 **해군 D중대장 맥키 중위** Navy Lieutenant Hugh McKee(1844.4.23~1871.6.11)
맥키 중위는 미국 측 전사자 가운데 유일한 장교였다.

Copyright@FeliceBeato

Copyright@FeliceBeato

상 포함 모노캐시에 승선한 해군 D중대 수병들

사진 앞줄의 왼쪽에 흰 모자를 쓴 채 다리를 벌리고 두 손으로 허리띠를 잡은, 다소 튀는 포즈를 취한 사람이 중대장 맥키다.

하 미군 장교들의 조선원정 기념사진

사진 왼쪽 앉아있는 첫 번째 장교가 해군 D중대장 맥키 중위, 그의 바로 뒤에 해병대 지휘관 틸턴 대위가 서 있다. 미국 함대의 기함 콜로라도 함의 갑판.

Copyright@FeliceBeato

미군이 노획한 찰주소의 수자기

광성보를 함락시킨 미군이 찰주소의 수자기를 노획하여 마스트에 걸어놓고 기념사진을 찍었다. 사진 왼쪽부터 해병대 퍼비스(Hugh Purvis) 일병, 브라운(Charles Brown) 상병, 그리고 지휘관 틸턴 대위. 사병 둘은 수자기 노획의 공로로 훈장을 받았다. 당시의 미군은 사병에게만 훈장을 수여했다.

광성보를 철수하는 미군 병사들

손돌목 돈대가 함락되던 다음날인 1871년 6월 12일 오전, 포함 모노캐시가 상륙병을 태운 보트를 로프에 매달고 인천 작약도의 함대 정박지로 향하고 있다. 싸움에서 이겨놓고도 범 포수의 투혼에 기를 빼앗긴 전쟁. 미국은 실패한 승리의 야릇한 승전가를 불렀다.

Equipment captured when Americans first fought on Korean soil—in June, 1871—is on display at the Lexington Public library. The display includes a Korean musket, held here by Transylvania Student Dorothy Foulkes; a breech-loading cannon of solid brass, a helmet and a Korean banner. The souvenirs were placed on exhibition at the library by Transylvania College, which keeps them permanently in its museum. They were given to the college by Mrs. William McKee. Her son, Naval Lt. Hugh McKee, was killed in a skirmish of U. S. and Korean forces 79 years ago.

광성보 전투에서 미군이 노획해 간 조선군 병장기의 일부

맥키 중위의 어머니 윌리엄 맥키 여사(Mrs. William McKee)가 1950년 "79년 전 한미 간의 첫 전쟁에서 아들이 전사한 후 미군이 부쳐온 노획 전리품을 트랜실버니아(Transylvania) 대학에 기증한다"며 렉싱턴 공립도서관(Lexington Public liberary)에서 유품을 공개했다. 조선군 화승총과 구리로 만든 불랑기포(Breech-loading cannon), 조선군 헬멧과 금고(金鼓) 깃발이 사진 배경으로 보인다. 이 유물은 트랜실버니아대학 박물관이 보관하고 전시했다. 화승총을 들고 서있는 사람은 트랜실버니아대 학생 도로시(Dorothy Foulkes)양. 이 사진은 1950년에 발행된 켄터키주 렉싱턴의 모닝헤럴드신문(Lexington Morning Herald) 24면에 게재됐다.

상 미국 해군 수병의 개인화기 레밍턴 롤링블록 라이플

하 신미양요 당시의 조선군 병사용 방탄조끼

병인양요 직후인 1866년 고종 3년 겨울에 대원군이 찰방인 김기두 등에게 적의 총탄을 막을 조선 군졸 방탄조끼 면제배갑(綿製背甲)의 제작을 지시했다. 화승총탄으로 실험한 결과 무명베 12겹을 포개면 방탄효과가 있음을 확인하고 13겹의 무명을 겹쳐서 만들었으며, 신미양요 때 광성보를 지키던 병사 모두에게 지급됐다고 전한다. 육군박물관에는 조선 후기의 면갑으로 여겨지는 방탄조끼가 보존돼있는데, 무명 30겹을 겹쳐서 만든 것으로 확인됐다.

암스트롱 야포

신미양요 당시 미 상륙군이 7문을 끌고 왔던 암스트롱 야포. 무게 700Kg으로 포탄 사정거리가 1.3Km에 달했다. 보병진격을 지원하는 화력으로 남북전쟁 때 쓰였다.

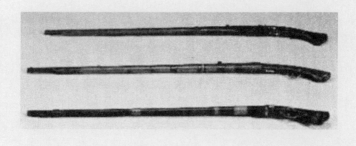

상 **조선군으로부터 노획한 화승총**

하 **조선군으로부터 노획한 불랑기**

자포(子砲)에 화약과 포탄을 미리 장전했다가 발사 때마다 모포(母砲)에 끼우고 심지 불을 붙여 발사한 후장식 대포다.

상 조선군으로부터 노획한 대조총 총신

총목이 떨어져나간 것으로 추정된다. 사정거리는 화승총보다 월등했으나 일일이 손으로 불을 붙여 점화했고, 반동이 커서 두 명 이상이 달라붙어야 했다.

하 조선군으로부터 노획한 귀약통(龜藥筒)

화승총수가 휴대한 흑색화약 통이다. 화승총 약실이나 화약 접시에 담는 가루화약을 이 용기에 담아 장전할 때마다 뚜껑을 열어 충전했다. 나무로 깎은 거북이 모양의 용기가 대부분이어서 귀약통이라 불렸다.

손을 맞잡은 맥키와 어재연 장군의 후손

조미전쟁 발발 129년만인 2000년 5월 27일(음력 4월 24일), 광성보 쌍충비각에서 광성제가 거행됐던 날이다. 그날 제사에는 파란 눈의 제관 워드랍(James Wardrop; 사진 왼쪽) 씨도 참사했다. 워드랍 씨는 광성보 전투에서 전사한 맥키 중위의 3대 종조카(great-great nephew)로 국내에서 신미양요를 연구하는 듀버네이(Thomas Durveney) 교수가 주선하여 한국으로 왔다. 이 만남에서 워드랍 씨는 미국의 침략행위를 진심으로 사죄하며 어재연 장군의 3대 족손 어윤원(魚允源; 2006년 작고, 사진 오른쪽) 선생의 손을 잡았다. 어윤원 선생도 미국을 용서했다. 한 세기를 훌쩍 넘은 다음에야 한미 양국의 후손들이 서로의 손을 꼭 잡았다.